U0124417

PE

PE

社會科學哲學

The philosophy of social science

An introduction

馬丁・霍利斯 著
胡映群 譯
彭孟堯 審閱

PE 學富文化事業有限公司

國家圖書館出版品預行編目資料

社會科學哲學 / Martin Hollis 原著；
胡映群 譯, 彭孟堯 審閱
--初版 -- 臺北市：學富文化, 2007[民 96]
面： 公分
含參考書目及索引
譯自：The philosophy of social science : an introduction
ISBN 978-986-7840-98-1 (平裝)
1. 社會科學 - 哲學,原理
501.1 96000936

初版一刷 2007 年 2 月

社會科學哲學

原　　著 Martin Hollis
譯　　者 胡映群
審　　閱 彭孟堯
發 行 人 于雪祥
出 版 者 學富文化事業有限公司
地　　址 台北市大安區 106 新生南路三段 60 巷 9 號
電　　話 02-23620918
傳　　真 02-23622701
E-MAIL proedp@ms34.hinet.net
法律顧問 宇州國際法律事務所 廖正多律師
印　　刷 文鴻彩色製版印刷有限公司
定　　價 480 元(不含運費)

ISBN: 978-986-7840-98-1

作者序

哲學家和社會科學家彼此之間想法交流，對所有人來說都是一個豐富的歷程，本書也試圖去推廣這個風氣。由於此書出自一所哲學座落在社會科學環境中的大學，共同合作是件愉快的事，除了一群促成交流的學生之外，我還得感謝許多人。「解釋與理解」搭配「整體論與個體論」的討論架構，是史蒂芬・史密斯與我在撰寫《國際關係的解釋與理解》(1990)時形成的。本書關於國際關係的討論都歸功於他，也感謝他對初稿所給的意見。本書與經濟學交鋒的最大功臣是史恩・哈格里夫斯・希普，以及我倆一同撰寫的文章，他在初稿修改上的幫助也很大。與希普以及與羅伯特・薩格登在賽局理論的基礎與《抉擇理論》的學術交流，使我對經濟學的掌握更爲精確，我們也在橫跨哲學、政治學與經濟學的學程中任教。強尼・史屈特在政治學課程上的貢獻很大，他也提供了我許多意見。還有我的哲學家同事，尤其是提摩西・歐漢根與安古司・羅斯，大家彼此在許多議題上都有共同的興趣。在其他的學術領域中，比爾・喬丹的評論也使我獲益良多，他更開拓了我對社會科學的眼界。初稿其他方面的改進來自喬福瑞・霍桑、強尼・史考路斯基，以及一位未具名的美國讀者。本書的形成要感謝的人還很多，昆提・史金納的理論影響深遠，不將他放在感謝名單之中就太說不過去了。

馬丁・霍利斯 Martin Hollis

東英格蘭大學，諾威治

修訂版序

本書第一版出版的時間已有八年了。現在再次讀它，看著它在歲月的洗禮下依舊屹立不搖，實在讓人驚奇。其間，世界上和社會科學哲學界中並沒有發生什麼重大的變化，能足以造成本書的修改。最令人難過的一件事就是作者馬丁‧霍利斯教授早逝於 1998 年。如果他能夠親自審視新版，馬丁教授必定會用他那帶著批判性的才智，配合上簡潔的文筆，為新版帶來更加充實的評論。少了他的才華，我只能將我無能力改善的部分放在一旁，將精力限縮在兩方面：第一在找尋明顯的錯誤（整體而言沒什麼成果），第二在擴充和更新參考書目。在此我加入了一些在本書第一版發行之後出現的重要著作、幾本在這領域中最近出版的導論書籍、以及來自馬丁教授的東英格蘭大學同事們的建議、列舉一些對本書所涵蓋的主要論題敘述較為詳細的參考文獻。我希望這使新版在未來的八年，能如同馬丁教授當初完筆一樣，對學習社會科學哲學的學生有所幫助，並提供一個清楚的導讀指引。

傑瑞‧古登爾夫 Jerry Goodenough
東英格蘭大學，諾威治

推薦序

當代自然科學的興起有相當久的歷史與驚人的發展，對於人類社會與文明具有深遠的影響。同時，社會科學的發展可說深深受到自然科學的「宰制」，其研究法、概念架構、學理基礎等，無一不是來自於自然科學以及用以爲自然科學奠基的哲學學說—邏輯實證論、波柏、孔恩都是大家非常耳熟的。

在過去一百多年來，哲學家對於科學的哲學研究有相當豐碩的成果。舉凡科學理論、科學定律、科學解釋、科學核驗、科學實在論與反實在論、理論化約、科學理性、機率、歸納、科學史與科學「進步」……等議題，都有深刻的哲學反省與理論發展，其中有些是形上學的、有些是知識論和方法論的、有些是語意學的。這些哲學研究的議題通常都會一併應用到對於社會科學的哲學探討。

不過，社會科學畢竟與自然科學有很大的差異。社會現象乃是人類意向性的展現，自然現象則不是。對於社會種種現象的研究當然必須顧及意向性（及其他相關性質）；對於社會種種現象進行「科學」的研究，勢必要顧及意向性的特異之處—如果對於社會現象真地能進行「科學」的研究。人類意向性的展現最大的特異之處，莫過於「人類的行動是具有意義的」。這種體認使得社會科學家對於如何研究社會現象有了新的想法，新的研究方法論、新的概念架構、新的學理基礎、新的研究課題—理解、詮釋、賽局理論、質性研究，都是不可或缺的概念與方法論。社會科學的研究不僅獲得高度的重視，亦逐步建立重要的學說、理論、與研究成果。

哲學家和社會科學家彼此交流互動，是非常關鍵的，但卻也不是一件容易的事。社會科學家缺乏哲學的涵養，哲學家缺乏社會科學的訓練，造成兩方面的陌生而失去互動。偏偏這種陌生不是讀幾本對方的書就可以克服的。在國內這種情形即使用「糟糕透了」也不足以形容。國內的社會科學家不懂哲學，只能隨手撿用一些現成的哲學術語；國內的哲學家連統計和微積分都不行，不要說無法瞭解社會科學的研究方法，恐怕就連其研究數據也不知如何解讀。要改變這種現象的手段很多，要改變這種現象所要花的時間很長。還好，任何改變都有起步，將好的社會科學哲學的書籍引進國內是其中之一。

馬丁・霍利斯（Martin Hollis）這本書將社會科學的研究所涉及的哲學概念、哲學立場與哲學問題做了相當周詳的解說。他還檢視了國際關係理論、經濟學、政治學、賽局理論等社會科學學門與領域，這是一般社會科學哲學家不太容易做到的。這樣的書在國內不僅還沒有人撰寫，也還沒有人翻譯。胡映群先生將霍利斯這本書譯成中文，引進國內，對於哲學界和社會科學家都是一項很大的貢獻。中文學界對於西方哲學的翻譯相當多，但譯著難免有詰屈聱牙之處。我與胡先生相識多年，知道他有很好的哲學訓練和認真的求學態度。在他攻讀博士學位期間，同時翻譯了這本書，過程雖然辛苦，結果卻相當豐碩，其譯筆順暢忠實，更是難得之處。我想胡先生對這本書的翻譯是一個好的開端，對於胡先生是如此，對於國內社會科學界和哲學界是如此，對於我個人學識的增長亦是如此。

彭孟堯
東吳大學哲學系

譯者序

一般我們區分自然科學和社會科學，前者研究的對象是物理世界，目標在發現大自然生成變化背後的規律。後者的對象是社會世界，目的在對人類活動的多樣提出一套說明。從古到今的思想家都試圖建立理論、預測人類行爲和社會發生的現象。面對社會科學界眾多理論，作者馬丁・霍利斯教授用他獨創的四宮格分析方式（「個體論」與「整體論」相對「解釋」與「理解」），將各個理論彼此之間的差異、所面臨的難題以及理論背後的基礎，以深入淺出、簡潔明白的書寫方式呈獻給讀者。無論對學習經濟學，社會學還是心理學的人而言，都是一本開拓眼界、擴大思考深度的好書。此書也是英國倫敦大學政經學院哲學系，社會科學哲學的教科書。

胡映群

目錄

第一章

簡介：結構與行動之問題

八〇年代結束於東歐共產政權的瓦解。現在已無法回想當初無法置信的情況。1945 年之後，這世界最確定的一件事是，以蘇聯和美國爲首分別建立的共產主義秩序和資本主義。突然間，其中一個極權解體了。還記得當時的每個早晨，我不斷地轉換頻道，一直不敢相信電視畫面上共產政權一個接著一個垮台，到最後只剩下蘇聯。沒多久令人無法置信的事發生了，再也沒有所謂的蘇維埃社會主義共和國聯邦。

面對突如而來的結果，專家不但和一般人同樣困惑，更無以解釋爲什麼這些事難以預料。急於宣稱知道一切的學究遭人消遣揶揄。掛在我牆上一幅由蘇俄畫家所畫的漫畫，巧妙地抓住了當時莫斯科市民扭曲的情緒。在這幅畫裡，衣衫襤褸的馬克思、恩格斯和列寧坐在莫斯科街道上伸出帽子乞討，馬克思對恩格斯和列寧說：「雖然到了這個地步，共產理論仍然是對的！」的確，在一個極度崇高抽象的層次上馬克思有可能是對的。某些對馬克思作品的解讀顯示，1917 年的蘇俄大革命並不滿足無產階級專政的條件，也就是說，蘇聯從來就不是社會主義體制；而且

1945 年後，蘇維埃對東歐的掌控更是背離了社會主義的理念。如果一個理論從未被測試過，它的正確性便沒有受到攻擊。同樣地，相信雙極權的理論家也可以辯稱，蘇聯僅僅是空出位置，直到新的霸權（或許是中國）出現而已。但是，每個樂於接受驚訝的人都比較傾向於認爲，當所謂的世界確定性被打破了，這些明顯相關的結構理論也隨之瓦解。

另一方面，共產政權並不單單是由於在少數英雄式個人行動的號召下所形成的虛張聲勢的組織而倒台的，即使再加上大規模群眾的力量也不夠。我們必須將社會團體的聯合對於現存社會網絡所造成的無形影響力納入考量。我們可以檢視到底是國家主義、市場力量、還是宗教團體所引發的壓力，才是整個過程中最爲重要的，但我們不能因此而合理推測，所有先前存在的「結構」都被純粹的「行動」所摧毀，就像一艘船因爲太多乘客爭著上船而沉入了大海。舊政權垮台，新政權取而代之，過去在檯面下的勢力團體卻適應存活下來。所以，即使某些結構理論已經一敗塗地，我們仍然有需要將結構納入考慮。關於社會結構和個體行動之間的問題變得越來越急迫而令人興奮，甚至連哲學家都覺得顫慄。只要看看到底能採取什麼行動，就更顯出這些問題有多難了。該是對集體自由和社會生活的鞏固提出新的思維了。

以政體倒場的場景作爲一本哲學性書籍的開場似乎過

於聳動。但是，我想要從一開始就告訴大家，社會科學哲學是沒有辦法在概念的真空下生存的。雖然，在社會科學最前線的是社會科學家，但是理論層面的缺乏，尤其在某些時刻缺乏哲學思考，會阻礙了社會科學家前進。反過來說，我也認爲，如果哲學家不做探索就不可能引起社會科學家的注意。相較於自然科學，社會科學之間的界線更是模糊不清，特別是在如何理解社會行動的討論上。政權倒塌的壯麗場面同時也可以作爲哲學界戲劇化改變的、但或許緩慢的一種寫照。我是在什麼是哲學討論、什麼是科學所關切的問題、以及兩者之間的關係是什麼，都很清楚的氛圍下接受教育的，在面對社會科學哲學時，這些在社會科學裡的結合也沒有問題。後來我才了解到，實際上問題早已在所有可能結合的形式下發酵醞釀著，只是問題所產生的影響，感覺起來並不一致，而且在討論社會科學方法學的教科書中，問題通常也不是很明顯。即使問題早已擴大蔓延，我們仍然有必要藉由過去的圖像來理解新發展，甚至於對抗過去。因此，我應該以一種不符時尚的方式切入人類理性和科學本質，以作爲開場。當然它並不預設凡是褪流行的就是錯的。

啟蒙計畫

在課堂上，現代科學給學生的印象，是一種以不帶偏見的理性來探索一個獨立存在的自然界。大自然是獨立存在的，不論人類在觀察後用什麼不同的理論探討或是解釋它，大自然就是如此。理性是不帶偏見的，現代科學避開迷信、過去的權威、意識型態；簡言之，拋開成見，一切只看我們能從大自然中學習到什麼。我之所以會將之稱爲「課堂上的印象」，是因爲如果「理性」真如同以上所言，那這本書就沒有存在的必要了。但是這印象的確標記了從上一個年代到現代世界、現代心靈、以至於現代科學的轉變。而且，儘管它遭受後現代思想的強烈質疑，「理性」這高貴形象還是具有很大的影響力。

關於現代性的傳奇和理性的發展是，大約在十五世紀的時候，科學家深刻了解到過去對於宇宙的想法錯得一塌糊塗。使用新發明的設備所得到的新發現指出，教會爲了讓聖經能結合古代典籍而建構出來的宇宙觀，尤其是亞里斯多德的宇宙觀，完全不符合事實。宗教的宇宙觀與望遠鏡和顯微鏡所展現的世界秩序完全搭不上邊。到了十七世紀中葉，對一些哲學家和科學家而言，在望遠鏡觀察下，世界不再是如古老的地球中心說所描述的那個樣子。顯微鏡的觀察結果已漸漸顯示出日常所見的事物，無論是有機的還是無機的，都是由微小物質以不同結構所構成的。而且，其組成物質的微小及其結構的多變，都遠遠超出聖經和亞里斯多德式的科學所說。這新意義的世界仍舊理性地運轉著，但已不再是依照舊學說所主張的那些原則在運轉。現在，只有用一套新的科學方法，才能揭露這新世界的結構和它背後的規律。方法的革命是這場科學革命的核心。

稱這方法爲「理性」，將它想像成可讓科學家揭露黑暗的一道光。透過這道理性之光我們解除了對大自然的兩類無知。第一類的無知是關於事實是什麼？舉例來說，謠傳飛龍存在於這個尚未被完全探索的世界。但是真的有飛龍嗎？如果現在並無飛龍，那飛龍曾經在過去某個時間或地點出現嗎？問題的解答須依賴於經驗觀察，但是以人類有限的心智和受到侷限的感官經驗，似乎無法得到答案。有鑑於此，理性之光必須提供一套推論方式，讓我們能從已知的事物來證立對未知事物的信念。另一類無知則是關於人類感官如何能接觸到大自然內部運行的規律。人類絕不可能看到、聽到、觸摸到、品嘗到、或是聞到構成大自然次序的結構、法則和力量。牛頓看到蘋果從樹上掉到地面，但是他並沒有看到地心引力和重力定律。在這裡，理性之光更加深入照亮黑暗，方式更爲神秘。理性之光使人類的心靈跳脫出感官的桎梏——但是，現今所遇到的難題皆導因於這個想法，尤其當我們和十七世紀的思想家一樣，主張基於感官經驗所做的推論最終是依附於有關世界隱藏次序的知識。

科學界的先鋒也常將人類的理性象徵爲穿越黑暗的一道光。正因爲它標誌著科學領域的開拓與進步，「啓蒙時代」就是十八世紀的名字。「啓蒙時代」代表科學探究的新方向。如果這道光能以理性的方法揭露大自然的法則，那麼它應該也同樣適用於對人類的本質與人類社會的研究。這種全新的探索提供了一條全新的途徑。如果相較於大自然，人類世界的結構次序較爲複雜，那麼科學家應該更能告訴我們如何讓社會運作的更好。激情所引發的衝突將會被馴服，互助合作的氛圍將不斷增長。人類在「理性」的輔助之下將會達到社會和諧，如同愛爾維修在啓蒙樂觀蓬勃發展時所言：「倫理學就是灌溉和栽種心靈的農藝學」。

這種全面揭開大自然和人性秘密的企圖就是我們所熟知的「啓蒙計畫」。剛剛我提到「科學」的課堂印象，運用理性以探索發現現代物理世界的進步，我以這當作開場。當這道光照射在人類心靈和社會時，也促進了社會科學的成長。直到現在，啓蒙計畫的精神依舊持續形塑社會科學家處理問題時所接受的預設。然而在同一時刻，啓蒙計畫在科學和科學哲學都已經遇上嚴重的問題。在社會科學界這問題尤其急迫，因爲打從一開始就有社會學家質疑啓蒙計畫在社會科學上的可行性。本書最大的目的在於反映「理性」的雄心壯志，並思考「理性」如何適用於社會科學。

結構與行動

我已經以一種反思的語調提出警告，觀念與觀念之間的界定就像國與國之間的邊界紛爭一樣還沒定案。在本章的結尾會再討論這個主題。在此同時，政治的波動引發了許多理論上的問題。本節將介紹相關的社會結構與個體行動的問題。政治上的轉變可以從兩個不同的取向來分析，第一種取向是將「行動」視爲「結構」下的運動，也就是進行「由上而下」的分析。第二種取向則是進行「由下而上」的分析，將個體行動視爲歷史演變的要素，社會結構則是先前個體行動下的產物。我們將透過實例來比照以上兩種不同取向的優劣。必須注意的是，到底這兩種分析是相互衝突對立還是彼此互補，答案仍舊不明顯。接著實例對照之後，我將對「因果解釋」概念，和它所引發有關人類自由意志的問題作簡短的評論。初步的建議是，我們應該從社會內部來理解社會行動，而不是以自然科學的方法來解釋。就目前來說，這是本書大致上的規劃。

是因爲社會結構上的壓力，還是個體一致性的行動，導致了政府的垮台？更抽象地問，是「結構」決定「行動」？還是「行動」決定「結構」？或者，在某些層面上彼此是互相影響的？面對一連串的問題我們必須找個起點，所以讓我先說明「由上而下」的分析。馬克思在他著名的《政治經濟學批判》的導言中所堅定採取的立場是這樣的：

> 在人類生活作為社會產物這一方面，每個人都參與了不可或缺、卻又獨立於個人的確定關係，也就是相應於當時物質生產力的發展階段的生產關係。這

> 些生產關係的總合構成了社會的經濟結構。在社會真正的基底，向上建立了法律與政治的上層結構，上層結構則橫向對應了特定形式的社會意識。整體而言，物質生活的生產模式決定了社會、政治、知識生活的歷程。人的存有並不是決定於個人的意識；相反地，人的社會存在決定了人的意識。

在馬克思的想法裡，個體只不過是生產力和生產關係交互作用控制下的傀儡。社會有個「真正基底」和「上層結構」。雖然，個體能意識到自我的行動，但這只是產生自基底、衍生自上層結構的假象。從法律的角度來看，一般民眾或許會認爲法律是國會議員依據他們認爲正確的想法所制訂的，一般大眾也會認爲是他們自己建立了整個法律與政治體系。但是，這些一廂情願的想法不但矇蔽了真相，也助長了背後隱藏力量的運作。

那麼爲什麼政府會垮台呢？馬克思在導言中接著說：

> 在某個社會發展階段，社會的物質生產力與現存的生產關係相衝突或是——以法律觀點來表達——與迄今勞動所依據的財產關係發生衝突；生產關係和財產關係從物質生產力的發展形式轉變成對它的箝制。社會革命也隨之出現。隨著社會經濟基底的改變，整個廣大的上層結構或多或少也迅速轉變。

撇開馬克思在這理論中所作的暗示，我們在這段話中可以注意到，社會革命起因於經濟基底結構中生產力和生產關係的衝突。結構的演變和轉變與個體所造成的行動無關，幾乎沒有個體意識到社會結構的轉變，對結構轉變所作的科學解釋也比個體的自我詮釋來得深入。

> 在考慮結構轉變的時候，我們必須區分生產之經濟條件的轉變，以及法律、政治、宗教、美學及哲學觀的轉變。自然科學可以對前者作精確的描述，後者則是個體的意識型態，藉之以意識到衝突，並與之對抗。但正如同我們對一個人的評價並不會建立在他對自己的認識上，在評斷經濟結構的轉變時，也不必以其意識作為依據。相反地，此意識是導因於物質生活的矛盾，而物質生活的矛盾則是社會生產力和生產關係之間的衝突所造成的。

那麼作爲一個觀眾要如何比球員看到更多？馬克思在導言中隱隱約約有個答案。循著導言所說「個體的意識型態，藉之以意識到衝突，並與之對抗」，加上「此意識是導因於物質生活的矛盾」，經由「自然科學的精確描述」，而得到解答。無論其中牽涉到的方法論是什麼，它絕對不會是經驗主義式、將感官經驗的測試納入考量的主張，因爲，它將導向勢不可擋的結論，如同以下馬克思的一句話：

> 沒有任何社會次序會在發展該次序的生產力崩潰之前崩潰；而新的、高層的生產關係也不會在舊社會孕育其存在之物質條件出現之前出現。

這一連串的引述建立了一套簡明的理論思考的行程。但是，馬克思本身並沒有走這條路。他在別處宣稱：「人類創造屬於自己的歷史」，雖然他隨後附加「但這並不是隨心所欲的；不是在人類所選擇的條件下創造的」（1852，第二段）。當我們將馬克思的著作放在一起解讀時，給予「行動」和「行動者」的空間就比馬克思在《政治經濟學批判》的導言所說的，要大得多。但是個別分開來看時，從導言中引述的主張更能彰顯本章的訴求。

在前面引述他的著作中，我們區分三種不同的主張，以方便之後的對照。第一種是本體論上或是關於什麼事物存在的主張，也就是馬克思在世界以及世界如何運做上的實質觀點。導言提到了生產力和生產關係，社會的經濟結構和法律政治的上層結構，也談到了造成轉變的衝突與矛盾。它也確立了因果關係的順序，使得「社會真正的基底」的形成先於法律、政治、宗教、美學及哲學結構——也就是人能意識到基底各種意識型態的型式衝突。以上這些隱藏在後的要素和關係被視爲是社會的真實實在。它們才是社會世界（相對於自然世界）實際存在的事物。它們決定了行動者的意識及其行動。這些要素和關係屬於一個可以被科學探索的獨立領域，在經驗意識之外、也先於人對於它的信念。這種將社會世界納入自然世界次序內的理論我們稱之為「自然主義式的本體論」。

第二種是方法論上的主張。如果社會的運作確如馬克思所說，那麼我們需要一套科學方式來解釋因果關係，並鑑識在行動者意識下扭曲變形的實在界。導言中不但強調物質條件和物質生產力，也提及「自然科學精確的描述」。這些再再顯示了馬克思支持存在一套一統的科學方法，以及適用於所有科學領域的單一解釋概念。在本節我們並沒有確切說明什麼是正確的方法和解釋概念。但正因為這套方法和解釋概念能確認社會的經濟結構，決定上層意識型態的形成、以及行動者的自我意識，至今對於什麼是正確的方法和解釋概念依舊爭論不止。此外，由於這方法是以自然科學為範本的，我們也將之稱為「自然主義式的方法論」。

第三種是知識論的主張。導言中說：「人的存在並不是決定於其個人的意識；相反地，人的社會存在決定了人的意識。」在這樣的情況下，馬克思或我們如何能認識到真實的社會結構？社會科學家要如何才能跳脫出這個扭曲所有人類和他們自己的意識型態呢？這些難以對付的問題主要有兩類；第一類是普遍性的問題，問的是我們如何能認識到世界裡的事物。傳統上，知識論從定義知識開始，比如「為真的信念被證立後」就是「知識」。先找到一組無法被懷疑的事實，好比經驗觀察到的事實，然後再提出我們如何在這基礎上建構知識。可是，傳統知識理論的方法並不適用在對於隱藏結構的認識上，傳統對知識的定義也遭受當代知識論者的批評。第二類則是科學在解釋人類意識和行為上所引發的問題。我們對我們自己本身、自我想法和行為所擁有的知識，跟我們對於周遭環境的知識是否具有相同的特質？身為社會生存競賽中的一員，我們對這場比賽的理解很有可能與自然科學家對大自然的解釋方式完全不同。

在作了這些區分之後，讓我們回到一開始提出來的問題。是結構決定行動？還是行動決定結構？《政治經濟學批判》的導言直截了當地站在社會結構這一邊。所以讓我們試試另一個方向的答案。彌爾是個體自由的擁護者。在《論自由》這本書裡，彌爾輝煌地擊退了所有政治和法律制度對個人自由的侵犯。他所依據的基礎是：「只有以個人的方式追求個人的利益，才是真正的自由」。《論自由》高倡的自由主義，也就是馬克思在導言所說的上層結構。彌爾當然不會這樣表達。對彌爾而言，在一個個體性蓬勃的開放社會裡，批判思考和理性勸說促進了整個社會的發展。這種自由主義的觀點瀰漫在彌爾的作品中，它也否定了馬克思理論宣稱的社會力。

彌爾提出了「一個能連接科學研究法和證據原則的觀點」，當作《邏輯體系》這本書的副標題。這本分散在六篇、極有影響力的巨著是闡述我所謂實證科學的理論依據。《邏輯體系》前五篇主要關注演繹與歸納邏輯在自然科學上的應用，第六篇的篇名爲＜論道德科學的邏輯＞。此篇關注的焦點轉向社會科學和心理學，並將自然科學與社會科學連結在一起。在第六篇第七章一開頭是彌爾響亮的宣言：

> 所有社會現象的法則就是，也只能是，人類在聚集形成社會的狀態下行為和情緒表達的法則。人雖然處於社會中，他依舊是人類。人類的行動和情緒最終還是遵循個體本質的法則。人類不會因為聚集成社會就轉變成另一種物體，具有不同的性質；如同水的性質異於氫原子和氧原子的性質，氫、氧、碳、氮也異於神經、肌肉和肌腱，人類在社會環境下並不會具有跳脫個體本質法則和超越個體本質法則之外的性質。

在彌爾看來，社會科學必須建立在「個體本質法則」之上，因爲社會科學的對象僅僅是「人類在聚集形成社會的狀態下的行爲和情緒」。行爲和情緒「遵循個體本質法則」，道德科學則在於發現這些法則。這些法則包括「人類心靈法則」（《邏輯體系》第四章） 和「性格養成法則」（第五章）。在這兩章的鋪陳之下，第六章勾勒出建立在人類心靈法則和性格養成法則之上的社會科學。

> 社會一切的現象就是人類本質的現象，是由外在環境加諸在人類身上而產生的。因此，假使存在有法則支配人的想法、感覺和行為，那麼社會現象也必定遵照這套法則。

「社會科學的工作」就是發現這些法則。即使「幾千年之後」我們所知仍不足，一旦成功，我們就可以解釋和預測整個社會的演變。

將彌爾的《邏輯體系》和馬克思導言作個對照有相當的啓發性。首先，《邏輯體系》在本體論上的主張很明顯不同。經濟力和關係不再是社會的基底。在《邏輯體系》裡，取而代之是個人、個體所展現的行爲和情感，還包括決定個體本質的人類心靈法則和性格養成法則。彌爾和馬克思在方法論上差異並不大，兩人都經由鑑別因果和因果關係所適用的情況，來對現象作解釋。但是由於經濟結構是意識型態的基底，馬克思必須在基底之內建立出決定上層意識型態的機制。彌爾的理論不會遇到隱藏結構轉變的麻煩，人類行爲展現的規律源自於人類的本質。他們兩人的差別造成解釋策略的不同。彌爾認爲人類一切性質都「衍生自並回歸於個體本質法則」，馬克思則認爲唯有透過「物質生活的矛盾」才能解釋人類的意識。我們將會討論解釋策略上的問題。同時，兩者在整體上的相似性也很顯著。彌爾和馬克思都擁護自然主義，它意味著只有一種解釋方法適用於所有科學領域。雖然彌爾質疑馬克思「自然科學作精確描述」的可行性，但他在《邏輯體系》第六篇第三章明白表示：

> 只要構成人類實用知識的真理可以從人性的普遍定律推演出來，人性科學終究可以說是存在的。

彌爾和馬克思在解釋策略的差別——前者以個體行動來解釋社會結構，後者以社會結構來解釋個體行動——同樣反映在知識論上。我們將會看到，在知識論上追隨經驗主義傳統的彌爾，將人類對外在世界所擁有的知識，侷限在可以被經驗觀察證立的信念中。在這種觀點之下，馬克思導言對社會科學的規劃就顯得一點意義也沒有。彌爾並不是自然主義論陣營唯一競爭的主張和知識理論，其他的理論將留到之後幾章在作介紹。任何以探討隱藏結構的科學理論都必須說明，經由什麼途徑人類才可能知道這結構的構成要素。

決定論

先前有關彌爾與馬克思的對照，容易使得我們混淆自由意志與決定論之間的問題。我們會想要知道，社會科學的研究是正面擁護人類的自由？還是打破自由意志的假象？無論馬克思在別處如何敘說人類創造屬於自己的歷史，《政治經濟學批判》的導言給了一個明確的答案：「人的存有並不是決定於其個人的意識。相反地，人的社會存在決定了人的意識。」是否絕大部分的社會科學理論都傾向否定人有選擇的能力（即使處在一個不是他所能選擇的環境下）？該書導言以一種特殊的方式來否定人有選擇的能力，它藉由在本體論上所建立的經濟力和社會力，來形塑個體的意識和行動。看來，似乎只要彌爾不接受馬克思經濟結構和經濟力這一套，他就能輕易論證，社會科學能積極幫助個人以自己的方式追求自己的利益。

從另一方面來說，彌爾將社會科學奠基在《邏輯體系》中的主張：「存在有法則支配人的想法、感覺和行爲」。如果一切行爲皆導因於遵循本質法則的人類與外界環境作用的結果，那我們還有自由以自己的方式追求自己的利益嗎？或許，科學法則支配人行爲的主張就是決定論對自由意志造成威脅的源頭。如果真是如此，自由意志的信仰者需要一套專屬的社會科學方法論，排除以因果關係來解釋人類行爲的作法。然而，彌爾卻主張因果關係是解釋現象的最佳途徑。在我們對決定論作明確的定義之後，這個問題會變得更清楚，在這之後，再看彌爾如何化解因果關係和自由意志的問題。

在較爲鬆散的定義下，決定論是指一種主張大自然界所發生的一切都有因果次序的理論：每一個事件和狀態的發生都有一個原因。但這到底是什麼意思？答案取決於因果關係是否涉及自然法則，以及因果關係是否爲必然關係。在牛頓力學和物理學中，絕對的自然法則扮演重要的地位。這些法則在不同的時間和空間下都普遍適用，也必然成立；引力和重力作用在任何情況下都無法抗拒。當我們在很強的定義下說大自然是一決定的系統時，對那些認爲你的未來部分決定於現在作選擇的人而言，自由意志將受到極大的挑戰。

不過即使如此，也不一定會排除人類的自由意志。如果將「自由」理解爲做自己想要做的事，即使因果必然次序完整描述了大自然的必然性，在某些情況下我們仍能行動以達到我們想要的。以霍布斯的話爲例（我們之後還會討論霍布斯的主張）：「水不但自由流動，也遵守水往下流的必然定律」。由於自由意志並不是指自發性的行爲，而是「慎思的最後渴望」，只要接下來發生的是符合先前渴望，我們的行爲就是自由的。因此，霍布斯認爲決定論與自由意志之間並沒有衝突。除此之外，決定論者提供了另一條有名的解決途徑，他們認爲自由意志追根究底就是意識到必然性，或是基於理解到已發生的事只能如此發生，而坦然接受所發生的事。

自由意志的問題確實很棘手。大部分同意人有自由選擇能力的學者都不是最強定義下的決定論者。然而，似乎科學家都廣泛接受某種程度的決定論。但這也不是很明確，因爲許多科學家認爲世界在本質上存在著隨機元素，對人類原則上是否能理解這個世界都不確定。這似乎否定了決定論容許自主性的行爲。彌爾強調，當我們在談自主性行爲時，並不是在說隨機性的行爲，或是超越人類可以理解範圍外的行爲。彌爾欣然接受行爲可以完全被因果關係所決定和預測的主張，但這並不使他轉向否定自主性行爲的可能。對彌爾而言，不僅自由意志和決定論彼此相容，自由意志更預設了因果次序。

彌爾這驚奇的將戲如何可能？在《邏輯體系》第四篇的第二章〈論自由與必然〉彌爾指出：

> 正確地說，這個被稱為哲學上是必然的學說就是：假使我們知道某人的行為動機、性格和傾向，就能正確推論出他的行為模式；假使我們知道他的一切習性和所有接受到的刺激誘因，對他一舉一動的掌控就如同對物理事件所做的預測一樣精確。

彌爾接著指出，「我們不會因爲身旁親近熟悉的人知道在某些特定的情況下我們一定會這樣做，而覺得比較不自由」。決定論並沒有什麼好怕的，彌爾接著主張，雖然每個人行爲的展現都源自於整體環境塑造下的性格特質，「但是個體本身的意願也屬於整體環境的一部分，而且個體的意願對性格特質的影響絕不是最不重要的因素」，因爲「他人有多大的能耐形塑我的性格，我同樣有多大的能耐形塑我自己的性格」。

彌爾所希望的是，如果我們不用結構和作用力的角度來看待事件的必然性，那麼人類行爲可被預測這件事並沒有什麼好擔心的。的確，如果大自然的規則性越強，科學越能精準預測，我們就能獲取我們所珍視的。這只是個將戲嗎？現在不是提出問題的好時機。此時重點在於，決定論者可以不同意因果關係的分析。彌爾並不是唯一反對原因必定導致結果的決定論者。彌爾認爲，大自然的法則僅僅是預測力強的規律。是否自然法則在這樣意義下就能保全自由意志，稍後將會繼續討論。

相較而言，馬克思的導言偏向定義較強的決定論。不過，宏觀來看，我也不確定馬克思的作品是否有一個明確一貫的主張。而且，我也不認爲馬克思學者會有答案。一方面，從科學角度來看，歷史唯物論似乎規劃出一條經濟力和生產關係必定的發展過程，人類意識的主動權在其中沒有揮灑的空間。另一方面，馬克思發佈共產主義宣言，而且共產黨將自己視爲加速歷史演進的先頭部隊，在蘇俄和中國，共產黨員甚至以革命的方式從封建制度跳躍到社會主義制度。至少從中間的角度來看，馬克思和彌爾同樣將科學知識視爲社會轉變的原動力。在此同時，我再將馬克斯導言底下對因果關係的主張與彌爾更進一步作個對照。導言對因果關係的想法通常與當時歷史條件下的特定機制有關。「沒有任何社會次序會在發展該次序的生產力崩潰之前崩潰」，這段話顯示了因果必然性並不是——或不只是——普遍適用法則的必然性，因果必然性也包括生產力和生產力的運作。這是爲什麼我們應該對因果概念做進一步瞭解的另一個理由。

科學統合是自然主義者共通的信念，但仍有三項爭論。第一是本體論的爭論，爭論點在於社會結構與個體行動，馬克思堅稱社會結構決定個體行動，而彌爾堅持社會一切現象來自於人類行爲和情緒的表現。第二是方法論的，如何對因果解釋提出分析？關鍵在於因果關係具有必然性？或者僅僅是規律而已？因果關係是像自然法則一樣普遍性的存在？還是只適用於特定的機制？最後是知識論上的爭論，彌爾站在經驗主義的立場，認爲知識是經驗問題；馬克思則需要另外提出一套理論來說明如何認識他所說的基底。待會我們會再討論這三個爭議。

現在，讓我們藉圖 1.1 來做說明。整體論是指任何一種藉由整體來解釋其個別行爲體（人類或其他）的主張；個體論則是指任何與整體論對立的主張，藉由個別行爲體（人類或其他）來解釋結構。（至於爲何在圖的左上方那格使用「系統」而不是用「結構」待會再說明）。

	解釋	理解
整體論	系統	
個體論	行為人	

圖1. 1

假使馬克思該書的導言是對的，解釋的方向必須是「由上而下」的，用「整體論」的語言來解釋個體行爲，亦即訴諸系統的運作來解釋個體行爲。假使彌爾是對的，「個體論」贏得勝利，解釋方向倒過來，「由下而上」，而且系統不但沒有獨立的貢獻，甚至被「分解成」有關個體行爲人上的事實。任何將系統與個別行爲人一同視爲在解釋社會現象上是不可或缺元素的主張，都欣然接受打破整體論與個體論的區分。這妥協下的主張看似合理，雖然在如何結合兩者的元素方面會遇到很大的難題。圖 1.1 右半邊「理解」下空著的兩格則是下一節的主題。

理解

應該是整體論式「由上而下」的？還是個體論式「由下而上」的？這個爭論到目前爲止不僅發生在社會科學界。與它相伴的本體論、方法論和知識論上的爭論也是一樣。由於彌爾和馬克思都是自然主義的思想家，自然主義者都相信，既然人類和人類社會屬於大自然的一部分，那麼廣義地說，就會有一種適用所有科學領域的研究方法。然而與自然主義競爭的另一個傳統則對社會、人類生活、社會行爲抱持完全不同的看法。「理解」提供了我們一個徹底不同於「解釋」的選擇。

這個傳統的追求的是「詮釋」的社會科學。它的中心思想是，我們應該自社會的內部來理解整體社會，而不是從其外部來進行解釋。社會科學家所要找的是行動的意義，而不是導致行為產生的原因。行動的意義來自人與人共通的想法與社會生活的規則，是行動者藉其行動以表達的。意義——這個看似明白但又模糊不清的詞在討論上造成很大的麻煩——它所涵蓋的範圍小至個人所想傳達的意圖，大到社群（經常是非意向性）的象徵。這些元素相互作用下的結果將會被填入圖 1.1 右邊兩欄。

以意義作為取向的觀點源自對人類歷史特質的反省，尤其是黑格爾及其對於歷史寫作的反思。狄爾泰將「意義」視為「人類生活和歷史世界獨具的範疇」。他這麼寫到，唯有透過不適用於物理世界知識的範疇，例如「意圖」、「價值」、「發展」、「理念」，才能理解人類的生活。對照不同於詮釋式社會科學的個體論者，狄爾泰認為，只有經由個體在理解社會全體時所具備的意義，才能談人類生活彼此的關聯性。但是「全體」並不會跳脫人性之外。「『人類生活』這個詞的意思就是指人類的生活，它並不會傳達超出人類生活之外的意義」（1926，第七冊，244 頁）。

在第七章我才會對「理解」概念做專門的介紹，本節的目的僅在於提供圖 1.1 完整的圖像。在「系統」來代表「結構」左上角位置上，我挑選了一個可恰當應用在自然世界的詞：「機械系統」，太陽和行星所構成的太陽系、電動馬達、時鐘的機械裝置之於心智，就如同有機系統蜂巢、蟻窩之於人的生理系統。更抽象的層次上還包括電子計算機系統、訊息系統、數字系統。整體論者經常用這些類比來解釋社會系統的運作；當然，個體論者堅決反對。相對於左邊那一欄，「結構」這個詞在右半邊需要以不同方式來表示。哪一種分析概念最能抓住「人類的社會生活是意義結構」這個想法？回想馬克思在導言裡的一段話，「藉由法律、政治、宗教、美學及哲學觀——簡短地說，這些個體」藉以意識到基底衝突的各種意識型態。這些意識型態都可以看作是由規則形成的結構。在法律與司法體系中有法律規則；在憲法和政治慣例上有政治規則；宗教規則定義和管理了宗教組織；美學規則界定了不同的文化；「哲學」規則可以說是涵蓋了人們的倫理道德信念，以及人以相同的方式對自己、這個世界和人在世界的定位所抱持的看法。

規則並不侷限在書上的詞條。比起抽象的說法，「規則更包含在社會制度和社會實踐之中」，這樣說就比較容易碰觸到規則形成「結構」的意思。至於哪一種觀點最能掌握這個意思，在此我借用維根斯坦的說法。維根斯坦在《哲學研究》書裡大量使用「遊戲」的觀點來討論人類行動。遊戲規則不但規定了遊戲的進行方式，更重要的是遊戲規則定義了或是構造了遊戲本身。雖然早在規則產生之前人類就去釣魚了；但要是西洋棋沒有規則，那麼遊戲根本就沒辦法進行。遊戲裡的每一步只有在遊戲規則下才有意義，如同文字只有在相對的語言和溝通實踐下才具有意義。雖然將社會活動比擬爲「遊戲」的觀點在之後才會清楚說明，「遊戲」這個概念直覺上適切取代了「社會結構」在圖 1.1 右上角的位置。而且它部分顯示了遊戲是人類和人類社會的特殊性質。因此，「理解」到最後很有可能否定了自然主義學派。

社會生活中的制度和實踐，究竟是如何連接到參與其中的人類行動者？整體論者會說遊戲本身深化了所有的玩家。假使行動者的社會能力、所擁有的渴望、信念和所展現的行爲，只是回應社會的期望，只要理解社會制度和社會活動就能理解參與其中的個人。如果，舉例來說，行動者僅僅是基於不同的社會地位作規定作的事、扮演不同的社會角色，那麼「理解」就是一套完全「由上而下」，如同左上邊純粹「系統解釋」方向的理論。即使意義和行動之間的關係不是因果關係，意義的出現並不會使得「結構」這個概念在圖的右上半時比左上半寬鬆。

反過來說，一個完全的個體論取向當然會將方向倒過來，「由下而上」。假使意義是個體主觀層面的，而且意義之所以會是共通的，是因爲個體相互協調的結果，那麼理解必定是「由下而上」。社會生活也許是所有參與者依據用以說明道德政治次序社會契約的精神，所創造出的遊戲。埃斯特，一位堅定的個體主義者，他的話是最好的範例：

> 社會生活的基本單位是個體的行動。說明社會制度和社會轉變乃是從個體行動和個體與個體之間的互

動產生，就是說明此轉變是如何進行的。

他更爲簡潔有力地主張是：「沒有社會，只有彼此互動的個體」（1989b, 248 頁）。依據他的主張，我們將「行動者」放入右下角那一格。

如同先前面對左半邊「系統」和「行爲人」之間的抉擇，讀者無疑也會提出妥協。遊戲規則的確限制了行動者的行爲，但遊戲參與者也藉由規則來達到目的。參與者彼此在某些程度上藉由創造規則來建立屬於自己的歷史，但是整體社會的大環境卻在個體選擇之外。也許行動本身不但預設了結構的存在，也塑造了結構的型態。就像在「解釋」之下的左半欄，你可以一腳踏在「系統」這一邊，另一腳踏在「行爲人」這一邊，這個想法在此也邀請我們將「遊戲」和「行動者」都混合在一起，再透過兩者從內部去理解社會世界。這個主張完全合理，我只想強調，混和兩者只會將社會科學的問題變的更加困難。完整的表格呈現在圖 1.2。

	解釋	理解
整體論	系統	「遊戲」
個體論	行為人	行動者

圖1.2

以圖 1.2 而言，假使跨足垂直的兩欄、混合「由下而上」和「由上而下」是容許的，那麼，另一方向的區分呢？的確，「行爲人」和「行動者」之間的明確區別還要深入討論，對於「系統」和「遊戲」的區分也要提出更令人信服的理由。即使到最後「解釋」的確明顯不同於「理解」，採取中間路線會發生什麼事？本書從自然主義的角度，將「行爲人」視爲個體、「系統」當作是結構，再依詮釋學派將「行動者」視爲個體、「遊戲」當作是社會結構。當這四種觀點一一闡明之後，才能對混合式主張進行探討。最後要注意，圖 1.2 只是呈現結構與行動之間問題的一種策略，它並不是答案的直接來源。

本書章節規劃

本書的架構主要環繞在「解釋」和「理解」的論點上，次主題則是整體論和個體論。接下來三章仔細檢視有關「解釋」的一些著名理論及其應用。第二章由十七世紀一個經典問題揭開序幕：理性和經驗在揭露大自然法則上，扮演什麼樣的角色？這一章探索理性主義者如何企圖發現自然界因果次序，將大自然的運作視爲一個由齒輪和彈簧帶動的機械系統。第三章以傳統經驗主義作反擊，接著發表實證科學宣言，討論的焦點放在傅利曼對實證經濟學所提出的架構。這個架構支持了假說演繹法的可行性，但是它也帶出了理論在科學中所扮演的角色會面臨到的尖銳問題。第四章將理論角色問題歸因到錯誤地以爲知識的形成需要「基礎」。第四章的主張是，所有對「知識」的主張都牽涉到對經驗所作的詮釋，藉著討論波柏的想法，將我們導向探討實用主義，然後是當代關於「典範」的時髦主張。雖然從第二章到第四章提出了許多「解釋」理論，但並沒有一個理論強勢到能安心適用在社會科學上。

接著我們停在「解釋」這一欄，來看整體論和個體論「垂直」的爭議。第五章試圖勾勒出圖 1.2 左上角的「系統」。一開場便是一個充滿野心的主張：每一個社會事實都有「功能面」的解釋。「行爲人」被化約成執行功能的基本運算單位。但目前的主張尚屬溫和，認爲社會不僅僅是個體的總合而已。即使在第六章講述個體論時的代表範例——圖 1.2 左下角的行爲人——理性抉擇理論和賽局理論對行動的分析，在「社會是不是個體的總合」這點依舊爭議不止。由於賽局理論已經成爲社會科學家不可或缺的工具，第六章一開場就會對賽局理論的骨架作稍微詳細的介紹。但是在分析社會規範上所遇到的瓶頸依舊沒有解決。

「垂直」的爭議轉向圖 1.2「理解」這一欄的爭論。第七章採取的看法，是將意義「視爲人類生活和歷史獨具的範疇」。當我們將焦點放在它身上時，我們很快就進入韋伯理解社會行動和他對分析「理性」的研究進路。他的進路可與維根斯坦相對照，後者認爲社會行動者只是規則的依循者，每個個體的行動就是遊戲裡的一步。將韋伯與維根斯坦作對照之後，我們將會發現我們已經站在右上角的位置，但要注意「遊戲」在維根斯坦的意義與賽局理論下理性行為人所參與的賽局完全不同。第八章討論「行動者」。參與社會生活這場遊戲，但沒被遊戲深化的行動者，也就是圖 1.2 右下欄。透過劇作式類比，我們就能藉由社會角色來省察行動者。但這真的可能嗎？當我們將哲學上「個體同一」問題納入考慮後，討論「社會同一」所遇到的問題將更加困難。

奠基在先前的基礎上，第九章對本書主要觀點再作討論。或許結合修正版的「經濟人」和「社會人」能解決在分析社會規範上所遇到的瓶頸。在整體調和之下，融合解釋和理解的中間路線將會浮現。但圓滿的結局還要在等一段時間，因為從內在建構的社會世界與自然世界截然不同。社會科學的研究必定奠基在個體之間的互為主體性之上，自然科學家則永遠企求獨立於個體的客觀知識。

是否「理解」是一個相對論性的立場？第十章討論「價值中立」在社會科學中是否可能或是可欲的。韋伯再度被迫出現，這次他代表了公認的觀點：雖然社會科學必定是「價值相干的」，但是社會科學應該也能夠以「價值中立」的方式建立。我們會發現，越深入討論這個立場，它也就越站不住腳。因此，第十一章將討論延伸擴大。在說明人類學家如何理解異國文化時，我們就會發現，「他心問題」是另一種形式的相對論。接者，為了避免惡名昭彰的「詮釋學循環」，我們將檢視相對論可能的限制。

最後一章回顧這趟旅程中大家的收穫，現在，即刻啓程吧！

第二章

發現真理：理性主義的取向

被社會科學家擁立爲現代科學之父，培根區別發現真理的兩種不同途徑。在 1920 年出版的《警語》中，培根聲明：

> 追尋真理和發現真理的途徑只有兩種。第一條途徑跳過感官所經驗到的個例，從探求最普遍的公設出發。藉由發掘出無可更動的普遍公設，再進一步推演出各種判斷以及中間公設。這個方法是目前的主流。第二條途徑則是將公設建立在感官所經驗的每一次個例，從逐步承認的個例推出普遍的公設。這才是真正的途徑，但現今並沒有科學家採用這個方法。

我們所要追尋的真理是大自然的真理，一個由上帝創造安排的宇宙。兩種途徑都以科學理性的態度來揭露大自然的規律。雖然彼此在分析理性概念和理性實踐層面上差別很大，但以整體規劃而言，兩者都認爲新科學必須要建立在絕對明確不變的真理基礎之上，而不是宗教權威、文化習俗上的約定。伴隨新的自然觀，新的理性觀也激發了對人類本質和社會不一樣的想法；自然科學觀的轉變帶動了社會科學的新潮流。

本章以十七世紀作爲起點，因爲它是現代知識大融合的發生年代。在這個年代科學革命全面性開展。舉例來說，在天文學上，克卜勒和伽利略揮舞著望遠鏡，粉碎了長久以來將地球視爲宇宙中心的假象。但是，知識分子花了很長一段的時間才發現新科學的整套系統與過去的想法無法搭配，先前被視爲理所當然的一切都值得懷疑。在過去，天體和地球上的一切存在都有意義、目的、理由、功能和原因，因此各個不同層面的連接性非常強。但新科學的觀察證據卻逐漸顯示，宇宙是一個機械化規律運作的系統，就像一支完美無缺的錶。科學不需再考慮整體的意義和目的，就能發現組成個體的功能和運作原因。無可否認，原因和意義的分離必定不是立即的。畢竟，時鐘是錶匠有目的設計之下的產品。但是不久之後，現代理性觀的出現確實將原因與意義區隔開來。

當笛卡兒將「第一知識」或是一切知識的來源建立在他的名言「我思，故我在」之上時，象徵著理性時代就此展開（當然，這是後見之明）。笛卡兒這句話出自於 1641 年出版的《沈思錄》。在這本書中，笛卡兒企圖將一切知識建立在幾個基本真理和原則之上，而且他主張每一個理性心靈都能觸及到這些基礎知識。倘若笛卡兒排除所有舊時代確信的想法，挑戰過去因聽從專家權威而接受的一切，那還有什麼是他能確定的基本真理和原則呢？對他而言，自我內省至少保證確立自我心靈的存在，也就是他自己。自我內省也確立了一個自明原則，凡自明的皆爲真。由於「第一哲學」包含了上帝存在的知識，笛卡兒並無意造成宗教和科學的衝突。但是，藉由將理性從傳統威權移除，並轉移到每一個自我內省的個體上，笛卡兒的確替世俗科學建立了基礎，並且在有關意義與價值的問題保持中立。

直到十八世紀中葉，知識界才開始認真對待「道德」和社會科學的問題。但他們這麼做是在科學革命自然觀爲背景下的，這對於社會科學的發展尤其關鍵。自然主義的主張相當動人，拉美特利在他 1747 年那本驚世駭俗的《人即機器》中寫道：

> 人並不是由較為高貴的黏土塑造而成的。大自然只是使用不同酵母的同一個麵糰而已。

康多塞在 1795 年《人類心智進步的歷史圖像本綜觀》書中，提問一個令人難忘的問題，深切掌握了那種精神：

> 所有自然科學的信念都立足在一個基本點上，也就是支配宇宙萬物的通則具有必然性和恆常性。既然如此，那為什麼適用於自然科學的原則在人類知性和道德能力方面就會變得不合適？（1795，第十場）

然而如同培根所言，長久以來對於什麼才是理性的特徵以及正確的科學方法一直都還在爭論。培根文章所提的觀點介於兩者之間，一是以「最普遍的公理」作爲起點，也就是現在大家所知的理性主義，另一是以「五官所經驗到的個例」作爲出發點，也就是現在大家所知的經驗主義。雖然理性主義不再佔據主流，但在辨別隱藏結構和法則上，理論推理仍舊扮演重要的地位，本章之後再作討論。相較之下，經驗主義成爲顯學的時間則較晚，待下一章實證科學將會深入探討。第二、三章要注意的是，培根這兩種追尋真理的取向都假定所有科學知識都能奠基於固定不變的真理。因此，假使科學知識不存在堅實不移基礎，培根的兩個主張都會面臨挑戰。這個想法所蘊涵的觀點是第四章的主軸。

以理性探索大自然的隱藏次序

培根的第一條途徑「跳過感官所經驗到的個例，以探求最普遍的公設出發」，看似違反常理。爲何不以我們感官所經歷到的個例以及經驗知覺作爲起點呢？最一般的回答是，培根第一條途徑的目標在揭露超越人類經驗觀察能力之外的自然規律。科學革命同時帶來一個新的視野，大自然是一個受到物理力驅動以及永恆不變的法則支配的質量運動系統。雖然牛頓看到蘋果從樹上掉落地面而發現了地心引力，但他終究無法看到導致蘋果向下掉的地心引力。雖然笛卡兒宣稱，大自然的空間結構就是解析幾何的座標結構（現在稱爲「笛卡兒座標」）。但是他否認人類可以藉由感官經驗到大自然空間所具有的數學性質。正因爲「理性直觀」確立了基本公設以及由基本公設推演出的一切，憑藉著理性直觀牛頓和笛卡兒才能認識到大自然背後的規律。由於人類感官經驗的侷限，我們需要一套能解釋理性直觀如何證立科學知識的新知識論。爲了帶出這個知識論，在轉向社會或心理結構和作用力之前，我先對科學革命下的新自然觀作個說明。

十七世紀的知識分子普遍認爲大自然的運行就像支機械錶。雖然我們對手錶的機械運作過程一點概念也沒有，但只要一看錶面的指針我們就能知道現在的時間。如果我們想要進一步知道機械運作的過程，就一定要將錶背拆開，研究彈簧和齒輪的結構，彈簧如何產生動力帶動齒輪進而引發指針的運轉。在這比喻中，人類的五官經驗只能觸及錶面。我們所能作的觀察最多也只是描述指針的運轉位置，報出手錶顯示出的時間；在手錶錶面下，彈簧和齒輪的運轉永遠隱藏在感官經驗之外。

同樣的畫面也出現在 1686 年的《多樣世界》中，爲了讓書能普及大眾，作者豐特奈爾用輕鬆有趣的方式來介紹「最可信、最一致、也最離經叛道」的新天文學。以天文學作爲主角，一部分的原因在於天文學的發現最爲驚世駭俗，另一部分則是因爲許多新的數學想法都源自天文學的發現，好比笛卡兒的解析幾何。再者，由於哲學和科學在十七世紀時並沒有區分，天文科學的進步也催生出新的哲學思潮。身爲笛卡兒的狂熱追隨者，《多樣世界》的目的在突顯笛卡兒思想的優點。此書的內容由一位哲學家和一位找尋啓蒙的女伯爵在五個午後的對話所構成。以下所引的段落來自格蘭維爾 1688 年迷人的譯本中的「第一個下午」。書一開始是當時對科學研究另一個常用的類比－劇場，兩位主角爲了弄清楚舞台道具的運作而來到了幕後。就在這之前，哲學家說道：「一位真正的哲學家從不輕易相信他所看到的一切，他總是在推想他沒看到的一切。但我想，這樣的生活沒什麼好值得羨慕的。」，哲學家接著說：

> 後台的一切令我莞爾，大自然不就像是一齣歌劇嗎？站在舞台上你看不到舞台真實的一面，為了使得整個佈景呈現更一致，所有機械設備都隱藏在後。但你並不會因此而感到困擾，你也不會因為不知道道具是如何運作的，而影響了表演，雖然有個工程師在操控室正專注在那些道具上。他沉醉在道具移動，用發現運動的來源和傳遞來證明自己。這工程師就像是個哲學家，儘管工程問題的困難度比哲學大得多。就像劇場將齒輪和彈簧裝置在幕後一樣，大自然處於人的感官經驗之外，長久以來我們都在推測宇宙是如何運作的。

故事之所以用歌劇作爲對照是因爲當時一棟以後台機械設計著名、建造華麗的歌劇院剛在凡賽爾完工。利用實際生活例子，書中的哲學家塑造場景：舞臺正上演法同駕著戰車乘著風上升這一幕。一群智者坐在觀眾席上正試圖解釋背後的原因，有的說法同（希臘神話中太陽神的兒子）是被磁素德性（上帝所賦予）向上牽引、有的說是因爲他對劇院高頂充滿了愛慕、各種千奇百怪的答案都有。不久之後，笛卡兒和一群知識分子的出現帶來了解答；法同能乘風翺翔是因爲繩索和重物之間的交互作用。因此，無論是誰看到了大自然的真面目，他一定是立足在舞臺布景的後方。

我知道了，女伯爵說，哲學（科學）現在是一門理解機制的學問。

是太機制化了，我說， 我怕不久之後我們都對哲學感到不恥；在一般人的想法裡，大自然是多麼的偉大，手錶不過是個小玩藝兒；指針規律的轉動靠的不就是那幾個零件。請告訴我，女士，過去妳不曾對宇宙抱有崇高的想法嗎？妳不會認為它不再值得歌誦了嗎？對大部分的人而言，當他們對大自然自覺了解的同時也就失去了原有對大自然的尊敬。

我和那些人不一樣，女伯爵說，在我知道萬物運作就像手錶齒輪轉動時，我反而更珍視大自然的一切。在我看來，宇宙運行規律越平凡簡單越展現了大自然的崇高偉大。

這段對話標誌了老舊思想和現代科學的分野；舊思想盲目地在處理磁素德性，而在現代科學之下，一切都變的機制化。兩者重要的差異在於「德性」這個字牽涉到層面包括目的、意義和在舊有宇宙論下所扮演的功能；在混合亞里斯多德和基督教版的宇宙論下，世界萬物在宇宙的道德次序中都佔據一個位置。而科學革命打破了這一切道德次序，所謂「太機制化」是說科學的目的在解消一切與因果關係無關的次序規律。正因爲此，科學解釋可以完全奠基在因與果，和連接因果的自然客觀性法則；尤其不用訴諸上帝的意志來解釋自然現象的轉變。

但科學革命的發生並非是一瞬間的事；笛卡兒依舊堅持無神論者絕不會是一位成功的科學家，因爲一切科學知識都來自理解展現上帝所創造的有次序的大自然。手錶的類比適切地代表了新舊科學觀的改變；隱藏在錶面下的機制帶動了指針的運轉。當我們旋開錶背就會發現，齒輪和彈簧的運作和指針之間的因果關係解釋了一切。這樣解釋方式的確「太機制化」，可是對錶的解釋卻不包括錶的功能——告知時間——實在有些詭異。在引言中，女伯爵之所以認爲機械化次序展現了大自然的崇高偉大，是因爲它顯示大自然如何簡潔優美地實現它的功能；手錶以「動力因」的方式運作，以達到它的「目的因」，這即是製錶師傅造錶的目的。這種顧及機制性和目的性的雙面性不但使新科學和宗教和平相處，它也仍然留存在往後一世紀的科學思想中。

一切決定性突破都已經形成。對機器運作機制的解釋越詳盡完全，這機器存在的目的是什麼也就越不重要；一個完美時鐘的每一個機械動作的產生都導因於前一個動作。在說明機械動作彼此之間的因果關係時，根本不需要提到機械動作的目的。倘若大自然就像個完美時鐘，那它必定按著既定的規則下一直運行下去。科學家也就可以將「上帝創造並替時鐘上了發條」拋到腦後。這就好像上帝主持開場：「我現在宣布，宇宙開始運轉。」之後便放任不管。漸漸地，關於宇宙爲什麼存在的問題也就和宇宙如何運作的問題分開討論，直到無神論在科學不再處於知性上的不利地位。

培根的第一種途徑便是在追求具有必然性的普遍法則。這非常強的決定論，在「理性」的伴隨下，藉由事物的原因及自然法則重整萬物的次序，使得每件事物之發生都是必然的。但它也挑戰了人類的自由意志。笛卡兒本身寄望藉由將心靈和靈魂從物理世界中抽出，視心靈和靈魂爲非物理物質而不受到自然法則的控制來避免危害自由意志；人的身體四肢機械化地動作，人的心靈依然保有自由。即使自由意志在哲學上獲得保障，但笛卡兒著名的心物二元論並無法令人信服。一旦自然科學方法論轉向人類本質，自由意志的問題依舊會浮現。倘若「人並不是由高貴的黏土塑造而成的」，而「支配宇宙萬物的通則具有必然性和恆常性」是社會科學研究的準則，那麼對自由意志的威脅便無法避免。雖然在上一章曾談到自由意志與決定論之間可能的妥協方式，現在我們將自由意志的問題放在一旁。先對科學作爲發現感官之外隱藏結構的主張再深入探討。誠如《多樣世界》書中所言，「一位真正的哲學家從不輕易相信他所看到的一切」。

表象與實在

豐特奈爾的書中說：「大自然……將齒輪和彈簧裝置在幕後」，他的意思並不是說，我們必須使用望遠鏡和顯微鏡來觀察，他是在訴諸古代對「表象」與「實在」的區分；經由五官所得到的一切訊息稱爲「現象」（亦即表象），笛卡兒認爲現象是屬於觀察者的心靈而不是外在世界。相對地，「實在」則是引發現象的背後原因；意指大自然的一切。因此當我們說：「我看到了一朵紅玫瑰」，我們反映的是由一段特定波長的光波所造成的意識經驗。光波對不同觀察者的意識經驗的影響並不完全相同，在不同動物差距更大。對笛卡兒來說，數學物理學探求的性質就是外在事物的本質，也就是「實在」所具有的性質；例如形狀、數字、質量和運動。「現象」所具有的性質則取決於心靈的知覺，例如對顏色或是玫瑰花香的知覺。

雖然知覺哲學仍然在爭論是否能夠清楚明白界定「表象」和「實在」，但這區分已經成爲哲學家常用的討論方式。在這區分下世界有兩個層面，心靈層面是專屬於知覺者本身的內在世界；物理層面則是獨立於知覺者的外在世界。笛卡兒很明顯是依循「表象」和「實在」的區分；他主張新科學開拓了我們對外在世界性質的眼界。一位真正的哲學家之所以從不輕易相信他所看到的一切，是因爲真正的哲學家會將視覺現象和導致現象的原因區分開來。整體而言，這樣的區別對任何試圖說明看不見的結構和作用力的人幫助很大，許多科學家也採用笛卡兒的區分，也就是說，科學理論解釋的對象是觸發知覺內在世界的來源－外在世界。

撇開鐘錶和歌劇的類比不談，到底我們如何能知道感官無法觀察到的結構和作用力呢？假使經驗觀察正如經驗主義者所堅持的，是認識大自然唯一的途徑，那麼笛卡兒的理論便掉入了死胡同。但是，和遵循培根第一種方法的理性主義者一樣，笛卡兒認爲我們可以藉由感官之外的第二種心智能力來認識實在界。笛卡兒稱第二種心智能力爲「智性直覺」，幾何學是人類顯現智性直覺的最佳典範。在笛卡兒看來，從歐基里德幾何學的五個公設，經由邏輯推演所得的定理不但忠實對應了實在界的空間性質，這整套系統更代表了感官經驗所不可能接觸到的世界。

在《方法論》這本書中，笛卡兒明確表示：

> 在解決難題的一長串證明過程中，幾何學家所用到的每一個推導步驟都那麼簡單明白。這不經讓我遐

> 想，其實人類一切知識的形成就是一串推導過程。只要我們堅信通往真理的路途除此無它，只要我們確保推演步驟的正確，再也沒有什麼遙不可及、隱而不見的實在。

我忍不住附上豐特奈爾較爲娛樂性的版本：

> 親愛的女士，正因為我們總是以幽默又帶點無禮的愛慕來看待嚴肅的笛卡兒先生，我必須強調，其實愛和數學的推理都非常類似。對熱戀的情侶而言，承諾從來都不嫌多，一個承諾接著一個，直到結婚典禮上那最重要的承諾。數學推演也是一樣，一旦你同意一個數學家的小原則，那他就會從這個小原則推論出你不得不同意的數學結果；一個數學結果接著一個，無論你願不願意，直到他將你帶進一個摸不著頭緒的數學世界裡。

由此可見，笛卡兒的科學方法奠基在由公設到定理的邏輯演繹法。但是，數學證明並不僅僅是演繹法的使用；在數學證明的過程中，除非我們已經知道推論的前提都爲真，不然邏輯演繹只是純粹符號操作。真正的問題在於我們是如何知道歐基里德幾何學的公理、邏輯和數學原則爲真的。笛卡兒的答案是智性直覺，藉由心靈直覺能力，我們「看」到歐基里德幾何學的公理正確掌握了實在界的空間性質。同樣地，智性直覺不但告訴笛卡兒他是個思想體

（我思），也確保了「我思故我在」這論證的有效。

採取培根第一種途徑、並且嘗試將數學作爲人類知識模範的理論主義者，被培根描述成「獨斷的人」，培根還補充說，他們就像是蜘蛛，自行吐絲結網。從很多方面來看，笛卡兒的理論並不是那麼可信，歐基里德幾何學的五個公理也不是無法動搖。在歐基里德幾何學提出之後，黎曼和羅巴切夫斯基分別發表了不同於歐基里德幾第五公理（平行線不相交）的幾何學。假使這兩套幾何學的推演系統都和歐基里德幾何學一樣有效，而且兩者之中一定有一個對應了實在界的空間性質，那麼堅信歐基里德幾何學的笛卡兒被他的智性直覺誤導了。也就是說，內部推演系統的一致性不能再作爲幾何學忠實對應實在界的依據。很快地，我們開始質疑智性直覺，那個將使理性之光突破表象揭露實在的人類心智能力。似乎，培根的第一條途徑是依賴在那張將主觀預設僞裝成理智直覺的獨斷教條所編織成的蜘蛛網。

中間公設

雖然培根的第一種途徑已不再是主流，但是它並不愚蠢，而且仍然出沒在科學哲學的討論裡。這並不是因爲科學家對它就像中了邪一般，擺脫不開。一旦科學試圖去應付不可觀察的事物，科學家就必須證立大自然是機械運作的，就必須堅信存在有感官無法觀察到的結構和作用力。嚴格來說，倘若我們觀察不到電子、社會習俗、或是潛意識的心靈，爲什麼我們還要相信他們存在？倘若我們是用磁鐵的吸力、市場力、佛洛伊德式的抑制來提供解釋，那麼在不同的領域中，到底是什麼確保了這些因果解釋的有效？理性主義者所給的答案是「中間公設」。但是，除非它能解決先前所說主觀預設的問題，不然這形上學和解釋方法上的主張只會更顯得累贅。

笛卡兒希望產生一種建立「第一知識」的方法，以涵蓋哲學和科學的一切，並且能導向一個對於整體自然次序的單一而統整的解說。如同他在《哲學原理》作宣示的：

> 人類一切知識就像棵樹；形上學是樹根，樹幹是物理學，其他的科學則源自三條由物理學分出的枝幹；分別是醫學、機械學和倫理學。

樹幹和大樹枝、大樹枝和小樹枝之間的連接靠的就是中間公設。因此，只要建立了數學物理學（樹幹）的知識，循著樹幹向上我們就能發現人類必然具有的性質，也就是倫理學研究的對象。接著，依據不同的中間公設，我們也可以理解由倫理學所分枝出的經濟學和政治學。也就是說，這整棵樹每一條分枝的知識都能由數學、物理學和不同中間公設推演導出來。

除了數學、物理學和機械學之外，笛卡兒「知識大樹」的企圖是有點駭人。的確，在整個十七世紀的潮流帶動之下，我們普遍都能接受有感官觀察不到的事物存在；

比如物理學中構成原子的電子，或是作用力，如地心引力。我們甚至可以假定理性直覺是獲得這些知識的來源。但是，應用在社會科學的時候，理性主義的取向就變得難以下嚥。以「市場力和供需法則決定經濟行爲」這句話爲例。首先我們要界定理論的本體論，在馬克思該書的導言就是指生產力和生產關係。再來是一套方法論，用來說明相依變數（獲利率）如何受到生產力和生產關係所決定。當我們問這理論是怎麼來的？理性主義者會說因爲它解釋了社會上的經濟活動，而且整個經濟理論的基本概念都來自正確的中間公設。當我們問中間公設爲什麼是正確的？他會說中間公設是自明的，如果中間公設不是自明的，那就是由下層主幹的定理推演而來的。

以這樣的方式來說明馬克思的經濟理論似乎過於魯莽，也太過於獨斷，它完全忽略形成馬克思經濟理論的背後複雜細緻的過程。倫理學和經濟學之間並不是用中間公設來解釋就能輕鬆帶過的。而且，就算馬克思的經濟理論符合理性主義的演繹推論方法，是一個由公設和理論的基本定義，透過邏輯推演出解釋經濟活動定理的公設系統，這也不代表馬克思就是理性主義經濟學的正統。新古典主義的個體經濟理論同樣也可以被視爲公設系統，它對經濟行爲的基本定義是：「經濟行爲是個體依據個人喜好所作的理性抉擇」。以此作爲公設，藉由邏輯推演，也可以導出解釋個人消費行爲的定理。甚至在新古典主義個體經濟理論的某些版本下，這些定理並不侷限在個體經濟上，它們的解釋範圍甚至能擴大到總體經濟。從「知識」這棵大樹的角度來看，總體經濟學就是個體經濟學的分支。新古典主義的個體經濟學更能符合理性主義對於將知識聯繫爲一體的要求。可是，雖然馬克思的經濟理論和新古典主義的個體經濟理論，都對於人類的經濟活動作了細膩的分析，這並不表示理性主義的整套想法是正確的。理性主義的問題在於他們使用純粹理論的推演反思來取代感官經驗觀察的限制，他們更進一步認爲理論的公設和定理都忠實反映了實在界的法則。結果是，當兩種經濟學理論都能被公設化的情況產生之時，從理性主義的角度來看，我們將無法判別兩者的優劣。那些主張其理論之融貫支持了其理論爲真的學者，聽起來確實很像蜘蛛用自己的物質自行吐絲結網而已。

必然性

儘管如此，理性主義對於必然性所引起的困惑提供了一套解決，而且它至少突顯出「必然性」這個概念爲什麼是有爭議的。到底是什麼原因使我們需要用公設化理論來解釋人類的經濟活動以及其他不同的科學領域？爲什麼經由感官經驗來觀察大自然再作歸納的方式，不能發現實在界的規律？理性主義者對這兩個問題的回答都環繞在一個基本主張，那就是「感官知覺無法揭示必然性」。

理性主義者的第一個回答是，公設化理論的存在，是因爲科學研究的目的在於發現事物之間的因果關係，但感官經驗觀察最多只能顯示事物彼此之間的相關性。炸彈之所以爆炸是因爲彈殼內部的力失去了均衡，形成了巨大的能量向外炸開。根據經濟學中的供需定律，商品價格上揚反映了市場壓力。對理性主義者而言，解釋一件現象就是在找出引發它的原因，而且這原因也是另一個原因的結果，如此向前找原因的原因。目的就是要將解釋的對象放在一個由事件所組成的系列之中，在這系列中事件彼此的關係就是因果關係；前者是後者的因，後者是前者的果，兩者的因果連接就是大自然的法則。因果關係就是由兩個具有因果力的物體以及連結其間的自然法則所構成的。在豐特奈爾書中，女伯爵說的兩句話：「哲學（科學）現在是一門理解機制的學問」，「萬物運作就像手錶齒輪轉動」所要表達的就是這個意思。

理性主義者認爲因果關係具有必然性，原因出現，結果必然產生；當支撐架斷裂，原本被支撐的物體必定向下墜落；當商品價格上漲而其他因素都不變時，需求量必定下降。當科學變成一門理解機制的學問時，因果必然性扮演了重要的角色。在日常生活中，藉著感官我們只看到物體向下墜落，但是理性主義者卻試圖解釋它爲什麼必定會發生。如果感官知覺不能顯示必然性，我們如何能發現事物之間的必然性呢？十七世紀的理性主義者所提供的答案似乎有很大的問題。如同笛卡兒所言：「幾何學家所用到的每一個推導步驟都那麼地簡單明白」，十七世紀的理性主義者同樣著迷於數學本身的簡潔清晰。他們認爲一切科學知識都應該建立在數學的架構上，數學命題的特殊之處就在於，每一個爲真的數學命題（例如 1+1=2），一定是必然爲真的。也就是說，在任何情況之下都不可能會錯的。數學命題必然真的特性來自於數學證明，數學證明是一個由一組公設推演到定理的過程。我們可以用一個邏輯句子來表示：

$$必然(A \rightarrow T)$$

「A」代表數學的公理，「T」代表被證明出的定理，而「→」則代表數學推演的關係。這句邏輯句子表達的是，如果藉由理性直覺，我們知道所有的數學公設都是必然真，那麼經由推演所證明出的一切定理也必然爲真。回到本節一開始的問題：「爲什麼我們需要用公設化理論來解釋人類的經濟活動和其他不同的科學領域？」在此，理性主義者的回答是：「唯有理性直覺和證明推演才能發現感官經驗觀察不到的必然性知識。」

我們之所以需要公設化理論的另一個理由涉及數學和邏輯的研究對象。數學和邏輯被視爲是在發現存在於永恆領域中的數和關係。用十七世紀的話來說：「說一個數學命題爲真，意思就是它在所有可能世界都爲真。」以「豬會不會飛」這個例子來說，在現實世界裡豬的確不會飛。但有可能豬是會飛的。反觀數學的命題，如果三角形三邊的比例是 3:4:5，那它一定是直角三角形。對理性主義者而言，我們無法想像在一個三角形三邊的比例是 3:4:5，但它卻不是直角三角形。也就是說，一個爲真的數學命題在所有可能世界都爲真。笛卡兒認爲幾何學的真命題不但忠實對應了自然界必然存在的空間架構，幾何學更是所有在理解自然界必然性質的科學典範。同樣地，如果物體與物體之間引力的強弱和彼此距離的平方成反比，依據笛卡兒的主張，這個描述自然的物理命題和數學命題一樣是必然真。除此之外，它一定要能解釋爲什麼兩個物體在某種速率下必然會發生撞擊。

總括而言，理性主義者對於「爲什麼我們需要用公設化理論來解釋人類的經濟活動和其他不同的科學領域」的解答，建立在將數學和邏輯推演的必然性加附於因果關係上。這個答案在我看來大有問題。現今的哲學家並不會將「火藥爆炸對子彈造成的推進力（因果關係）」等同於數學演繹由公設推導定理的證明力（推演關係）。很明顯地，數學命題之間的推論關係必定不是自然界的因果關係。如果因果力和因果機制也具有必然性，那一定是另一種不同於數學邏輯的必然性。一般而言，我們會將思想、信念和語言上的必然性和大自然性質、作用力和過程的必然性區分開來討論。

在這裡，將「語言必然性」和「事物必然性」區分開來的做法是合理的，但兩者有令人困惑之處。就像數學理論從公理或假說推演到定理，也有許多純粹的社會科學理論使用同樣的方法。除了政治學上的聯合政府理論、社會學上的權力理論、人類學上的親屬理論、語言學上的語法轉換理論，經濟學更是使用公設化理論最典型的例子，統計分析也是一個牽涉到抽象、高度結構化邏輯推演的理論。我們必須對社會科學家大量使用公設化理論的目的深入了解。或許如同本書第三章所言：「社會科學研究者只是將公設化理論當作一種工具，用來整合、組織感官經驗所觀察到的資料。」那麼，社會科學家要用什麼來確保理論邏輯推演的有效？理性主義者堅稱，不可能爲錯的思想法則是存在的，這些語言的必然性之所以沒有辦法被證明，是因爲它們是每一個證明所預設的公設。是否真的有思想法則，將在第十一章會再作討論。

再者，理性主義者認爲公設化理論忠實反映了理論對象的性質和結構。社會科學家似乎也想要藉由對理性抉擇、權力或語言作抽象理論化，來精確描述個體的消費行爲、社會的權力、或人類的語言現象。也就是說，權力理論的目的在藉由對「權力」這個概念作精確的定義，來掌握權力的本質，其他社會科學理論也是一樣。換一個角度來看，如果這不是公設化理論的目的，那公設化理論的目的是什麼？

「事物的必然性」這個概念和「語言必然性」一樣具有爭議；「當支撐架斷裂，原本被支撐的物體必定向下墜落」，這句表達事物必然性的命題到底是什麼意思？讓我們回想馬克思該書導言出現的困難。如同女伯爵所言，馬克思的理論和笛卡兒的理論一樣也「太機械化了」。在馬克斯理論下，社會結構的轉變（手錶的錶面）導因於生產力和生產關係的改變（齒輪和彈簧）。就算我們認爲我們不但能理解什麼是因果關係，也充分掌握到連接「支撐架斷裂」和「物體向下墜落背後的因果作用力」之間的關係，就算馬克思的經濟理論能解釋和預測所有人類的經濟活動和結構，這並不代表人類經濟結構實際上就是由生產力和生產關係所構成的。我們還是可以問：「我們如何知道實在界是一個永遠隱藏在感官經驗之外、由各種作用力運作的系統？」如果我們反對理性主義者將邏輯推演上的必然性和因果必然性畫上等號，但又想保留馬克思的社會結構和作用力，就必須對因果關係提供不同於理性主義的另一套主張。可是在下一章，在經驗主義者強烈反對任何非感官經驗的主張之下，一切只會變得更加困難。

結論

培根的第一種方法依舊受到許多現代學術研究者的採用。受到十七世紀理性主義自然觀的影響，他們仍然視大自然爲一個非感官所能察覺到的因果關係所構成的整體。人類既然屬於大自然，社會科學也就沒有理由獨立於自然科學之外。人類關於世界的知識就像棵樹，每一學門之間的關係就像樹枝和樹幹一樣緊密連結。但隨著現代科學的進步，理性主義者統合人類知識的目標卻越來越遙遙無期。接下來，我們分別從形上學、方法學和知識論來看十七世紀理性主義的問題。

理性主義在形上學方面，以「鐘錶的齒輪和彈簧」彼此之間必然的因果機制來說明大自然。從現代科學的角度來看，這的確只是個比喻，科學在增長人類對大自然認識的同時，也揭露了另一類的無知。相較於十七世紀的理性主義者，今日的科學家擁有許多種更具實驗性的儀器設備，來觀察大自然的基本結構。人類基因工程就是現代科學的代表。過去那種用因果關係來決定一切自然現象的企圖，在現在來看也不過是種無知。在自然科學這方面，笛卡兒用知識大樹的樹根和樹幹來比喻形上學和自然科學的關係。自然科學的本體論並不是本書討論的對象，問題的焦點在於社會科學。理性主義提供了一套方法讓社會科學家能發現隱藏在感官經驗之外的結構和作用力。因此，無論是心理學還是社會學，我們最終都能找到決定人類一切活動的關鍵因素。如果再加上因果關係的必然性，我們在第五章就會發現底下這句話「社會科學現在是一門理解機制的學問」，對於如何才算是提供了社會科學的解釋有很大的影響。

理性主義者傾向於將原因必定導致結果的「必然性」同化到用以區別因果法則和相關性的「必然性」，再進一步將兩者同化到邏輯與數學真理的必然性。這自然帶來了更多的問題。這裡提出兩個問題必須要先處理。首先，以幾何學理論爲例。「在解決難題的一長串證明過程中，幾何學家所用到的每一個推導步驟都那麼地簡單明白」。這是不是說，由中間公設推演到必然爲真的定理，是理論所扮演的角色之一？如果理論所扮演的角色與中間公設推演無關，那麼，是什麼確保了一個理論定理的產生？再者，如果有事物的必然性而沒有語言的必然性，我們應該如何理解因果關係？

藉由區分表象和實在，理性主義者將感官經驗到的一切當成是實在界的表象。理性主義接者宣稱，唯有透過理性直覺所擔保的理論才能認識實在界。即使我們懷疑有表象和實在的區分，反對理性主義者將感官經驗排除在理論之外，那感官經驗和理論的關係是什麼？一種簡潔的回答是：「經驗觀察的證據永遠比理論上的推論來得強」。在第三、四兩章我們將會看到，感官經驗和理論之間的關係並沒有想像中那麼簡單。

在知識論上，理性主義者主張理性直覺是一切知識的來源。但人類真的有一種反思的理性，能讓我們認識到感官所經驗不到的事物嗎？就算理性直覺只是虛構的產物，我們還是要能說明如何去證立不是當下感官經驗的知識、尚未被經驗觀察到的知識，甚至無法被感官觀察到的知識。另一個較深入的問題是：理性主義者認爲科學是一道理性之光，照亮一個獨立於人類探索的世界；也就是說，大自然不會因爲人類的觀察而有所不同。這種主張不但認爲外在世界是檢驗人類概念、理論和假說是否正確的標準，它也預設了科學家觀察大自然的角度，就像站在操控室的工程師能看到舞臺道具運作的機制一樣。在第四章，我們將會討論在這預設不成立的情況下，會有什麼結果。

本章最後，我們來看如果科學哲學只想要附和自然科學，那會對社會科學造成什麼特殊的問題。笛卡兒堅信現代科學不會對自由意志造成威脅，因爲人類的心靈並不受自然法則的約束。這個保證對我們來說也算是個警訊。因爲在笛卡兒的主張之下，心理學和其他社會科學若不是一開始就是不可能的，就是顯示人類的自由意志和道德責任感只是幻想。在我們解開這個兩難之後，我們必須再仔細思考笛卡兒所強調的一句話：「對我而言，沒有什麼比理解我自己的心靈還來得容易。」對笛卡兒來說，自我知識是一切知識的基礎。暫且承認所有的知識都建立在自我知識之上，社會科學家自是傾向於藉由自我知識、從個體內部來理解其行動。但社會科學不能允許以行動者作爲其自身及其行動最後的權威。在討論「理解」和「解釋」的差異時，我們還會再碰到「自我指涉」的概念。

在本章，我們對自然主義下的理性主義形上學、知識論和方法論的主張提出諸多質疑。但自然主義者相信「同一個麵糰創造了人和自然萬物」，他們也相信「存在有一套適用於所有領域的科學方法」。這兩項主張會在下一章再作討論。爲了帶出對於培根第二種方法的討論，我們先來看彌爾在《邏輯體系》書中針對所有科學理論提出的問題。雖然它看似理性主義式的問題，但彌爾所謂的「齊一性」並不是指隱藏的必然性：

> 大自然一切規律的存在所依賴的最簡單和最少的預設是什麼？要能推演宇宙萬物一切的齊一性所需要的最少的通則有哪些？

爲了找尋解答，讓我們將焦點轉向培根的第二種探索大自然的方法。

第三章

實證科學：經驗主義的取向

培根探索真理的第一種途徑直接從最普遍的公設著手，並且對感覺經驗嗤之以鼻。但是這個方法似乎從頭到尾都不符合常理，而且也已經證實會將我們導向錯誤的結果。此時，第二種途徑正誘人的向我們招手。這個途徑主張從「感官所經驗的每一次個例」出發，透過感官以得到外在資訊。透過感官所經驗到的每一個個例「從逐步承認的個例推出普遍的公設。」培根宣稱：「這才是真正的途徑，但現今並沒有科學家採用這個方法。」時至今日，這個方法早已相當程度地被使用，其中又以實證科學爲最。這一章的目標便是要討論第二種途徑是否真的是探求真理的正確方式。

先用一個相關的例子來呈現本章的走向，這個例子是普熱沃斯基和圖尼在 1970 年合寫的教科書中提出來的。這是一本關於社會科學研究方法的著作，大部分的內容在教導讀者，在技術面上如何使用統計學的模型及其推論結果。其中有一項例題精要掌握了兩位作者想要表達的概念（頁 18-20；頁 74-76）。問題是這樣的：「羅傑，二十四歲，是個金髮褐眼的男性，並且在大工廠工作，爲什麼這次選舉他會投票給共產黨呢？」答案大致上是說，我們應當用機率較高的陳述來解釋羅傑的投票行爲；這些陳述不僅要與投票行爲相關，並且要在科學比對上得到經驗證據的證實。依照答案的指示，在當地蒐集相關的陳述，我們會得到以下結果：

(1) 羅傑是個受雇於大工廠的年輕男性，而且在這個工廠中基督教有很大的影響力。
(2) 在大工廠的年輕工人有六到七成的機率會投給左派。此外，在一個基督教具有強大影響力的社會體系中，男性投給左派的機率又會比女性高。因此有極高的機率（約有八成左右），
(3) 羅傑會投給左派政黨。

這種類型的解釋方式，是將解釋對象（羅傑投票給共產黨）歸類到與個體（羅傑）相關的族群中（年輕男性、在大工廠工作、基督教具有影響力的大工廠，金髮褐眼），再結合已知的機率關係。也許統計學所需要的技巧非常複雜，但是整個解釋策略單純只在說明爲何個體的行爲是可被預測的。如果這套解釋策略是健全有效的，那麼它不只可以輕易避開培根第一種途徑會遇到的困境，更提供我們一個期待已久、乾淨簡單的解釋方式！

本章一開始會先簡短的介紹「實證主義」以避免概念上的混淆，接著會探究培根所謂「建立在感官所經驗的

每一個個例，從逐步承認的個例推出普遍的公設」這個想法。整個討論的步驟包括：首先引入建立在經驗觀察和歸納推論上，最簡單的經驗主義。接著，將因果關係從真實世界中的必然性脫離出來。再藉由傅利曼的理論，來輔助呈現出實證經濟學的潛在想法。再將經驗陳述與理論陳述作區隔，在這區分下，使得後者必定從屬於前者。然後我們再看全力使用機率與預測的作法有多可信（例如羅傑的例子）？

實證主義

「實證主義」一詞在社會科學與哲學中有許多不同的用法。從最廣義的用法來看，凡是認爲人類一切事物都屬於自然規律的一部分，可以用科學方法客觀觀察的主張，都囊括在實證主義的名號底下。在這個的用法下，孔德、涂爾幹、韋伯和馬克思都可以算是實證主義者，而且用「實證主義」將這些人聚在一起也沒有那麼不尋常。雖然我認爲他們應該都是自然主義者，一旦仔細推敲理論上的差異之後，便會發現他們個個同床異夢。相較於其他三人的理論，孔德的實證哲學限制過大。韋伯的自然主義則潛藏在他的方法學中；行動者的主觀意義在其方法學中佔有很重要的地位。另外，韋伯對於「將社會結構視爲具有因果力實體」的想法，抱持經驗主義的本體懷疑論立場。涂爾幹則是鼓吹我們應該將社會事實視作與一般事物一樣的實體；在涂爾幹的理論裡，韋伯的本體懷疑論消失不見。

馬克思則在忖思一個穿透人類歷史的階級鬥爭的辯證歷程。如果我們只提出一個「主義」（實證主義）就想要將這些巨大的差異網羅在一起，這簡直就種下了混淆的根源。

從最狹義的用法來看，尤其是在討論國際關係時，我發現「實證主義」一詞被用來指行爲主義，它激進到反對所有心理資料和一切質性研究方法。雖然「實證主義」在這種用法下的意義很明確，但這是個特例，我建議將它當作是一種偏見；而且「只有行爲能夠被客觀地觀察，因此我們也應該將科學研究的範圍限制在行爲上」這個想法爭議性非常大。

另一種能夠明確到引起我們的興趣，又較不狹義的用法是「實證科學」。就目前來說，「實證科學」就是在討論科學知識時的經驗主義－如果在經驗觀察下，科學假設對應到自然界的事實，那麼這爲真的科學假設就是科學知識。實證科學反對前一章談到的理性主義，但保留了自然主義的觀點。雖然涂爾幹將社會事實視爲與一般事物一樣的實體，他的主張會受到強調經驗觀察的「實證科學」所質疑，但這並不會因此而斷然否定了社會事實的存在。實證科學也並不全然反對以心理狀態爲對象的心理觀察；我們在第一章曾經提到，彌爾的理論非常依賴心理觀察。再者，提倡實證科學的個人主義者比整體論者多，實證科學也傾向將 「硬」資料和「軟」資料做區分，其中的理由會在之後說明。

自然科學哲學家認爲「實證主義」其實就是實證科學的哲學。但是大部分哲學家都用「實證主義」來簡單代表「邏輯實證論」。這種堅實的經驗主義源自於 1930 年的「維也納學圈」，過了一段時間後，「實證主義」這名字變得很普遍。邏輯實證論的主要想法是，由於一切關於外在世界知識的宣稱都只能透過感官經驗來證立，所以我們絕不可能宣稱有任何超越人類感官所能經驗到的存在物。就邏輯實證論的觀點看來，根本就不可能有不可被觀察的結構、作用力、本能和辯證過程的存在，更別說是確定它們的存在了。確實如此，因爲在技術面上來討論這些東西是沒有意義的，它們絕不可能存在，除非它們是某個可被經驗觀察到的規律的縮寫。知識奠基在每一次的觀察，而且唯有在感官經驗的證實下才能將每一次個例的觀察，擴展到具有普遍性的信念。邏輯實證論這充滿抱負的計畫早已按耐不住，若能清除非經驗的雜物，科學勢必進步神速。與此同時，篝火已點燃，立意在燒毀那些傳統倫理學、美學、神學、和形上學；因爲它們同樣宣稱感官經驗所不可能證實的主張。

接下來的內容將會關注在實證科學的主張上，然後再來看哪一種經驗主義最適合用來理解實證科學。

漸進而不中斷的提升

在本章的開場，羅傑的例子不但清楚說明了奠基在培根第二種途徑上的科學解釋背後的基本概念，也連帶提出了質疑：「爲什麼羅傑會選共產主義者？」先前答案的核心想法是，羅傑身處在一個族群，這族群的成員中有80%的機率會投票給左派。但這答案似乎什麼都沒解釋。爲什麼在基督教體系強大的工廠工作的年輕工人會傾向投給左派？爲什麼「基督教」會被拿來解釋羅傑的投票行爲，羅傑的金髮與褐眼卻被排除在外？究竟是怎樣的社會機制導致族群的產生，並且讓它傾向左派？投給左派對羅傑和其他人而言具有什麼樣的意義？對於強大的基督教社群的意義又是如何？當一連串的問題一一浮現後，我們發現在「羅傑投票給左派的行爲可預測率有 80%」這句話中使用到的統計數字，並無法對以上的問題提出任何解答。或許有人會抗議，「羅傑投票給左派的行爲可預測率有 80%」是用來作「預測」的，本來就不是在作「解釋」。

上一段所提出的問題看似難以應付，但是接下來我將藉由一個例子來論證這些疑問完全誤置，因爲解釋和預測根本就是一個銅板的兩面；一個科學所指能擁有而且唯一需要的銅板。回到最初的問題：「羅傑，二十四歲，一個金髮褐眼的男性，在大工廠工作的工人，爲什麼在選舉中他會投票給共產主義者呢？」在問題的回答中並沒有提到頭髮和眼睛，但是保留了年齡、性別和職業，而且還加入了基督教所扮演的角色。在這裡，並沒有任何先驗的理由可以解釋，爲什麼他的年紀和投票事件相關，他的金髮卻與事件無關（事實上，在某些社會系統下「金髮」可以作爲事件考量的變數，德意志第三帝國便是一例）。「年齡和投票之間的相關性達到統計上顯著」單純就只是個非先驗的經驗事實；「就某些變數而言，例如年齡與性別，兩者結合會使機率上升；但是其他變數組合，例如年齡與眼睛的顏色，則不會使機率上升。」這也是一個經驗事實。基督教的影響力恰好在投票的例子上達到機率顯著，但這並不是絕對的。或許你會說，假使調查人員事先並不曉得「基督教」的重要性，那他怎麼會想到這個變數會與答案有關？我同意，調查人員在取樣時並不是張純淨的白紙。但是，調查者所想到的一切必定是透過感官經驗學來的，不然就是藉由他人透過感官經驗觀察所完成的著作得知。除此之外，還有其他什麼的方式可以讓我們認識到外在世界嗎？

一個支持「知識完全建立在感官所經驗的個例之上」的理論也許會採取以下的說法：科學是由一組信念構成的，我們知道其中一部分信念爲真，奠基在這些信念之上，我們理性地認定另一部分的信念是成立的。基本信念是指那些能被知覺確保的信念；知覺是我們直接體認（親知）外在世界的唯一途徑，也因爲如此，知覺也是我們對外在世界基本陳述的唯一保證。人類心靈在知覺過程中紀錄了從感官得來的資訊，藉由這些資訊我們可以認識到世界的「個物」。所謂「個物」指的是具有我們可以觀察到的性質或關係、出現在當下的一切個體；個物是感官經驗下赤裸裸的事實，是不透過詮釋就能認識到的外在世界的事物。不可否認地，前一句話是歧義的，因爲「經驗」有時候是在指經驗本身，有的時候則是指所經驗到的事物；前者通常被認爲是個人意識私有的，後者則屬於外在世界的一部分。但不管「經驗」指的是前者或後者，知識還是起始於知覺者的感官和世界的個物。

就這知識論主張來說，知覺是我們認識外在世界的基礎，不過這個基礎非常狹隘。由於知覺所能呈現給我們的只是當下外在世界中的個物，知覺無法直接呈現過去的事件、未來的可能、以及那些存在但沒有被知覺到的事物。知覺非但無法告訴我們「共性」是什麼，更沒有辦法告訴我們什麼是必然性。有句話是這麼說的：「單從感官經驗，我們無法獲得普遍性的結論。」另一個警語則說：「感官無法揭示任何的必然性。」就算在認識自然界上，我們可以不使用必然性的概念，可是如果缺乏普遍性的結論，我們所擁有知識簡直是少得可憐。所以，除了知覺過程，勢必還得補充一個原則，來證立那些進一步推論得出的結果。傳統經驗主義者所使用的原則是歸納法；歸納法讓我們可以從已知爲真的事例推論出「在條件相同情況下，同類的事例也成立。」大致來說，如果所有「已知」的烏鴉都是黑色的，那麼依據歸納原則，我們可推論出所有烏鴉都是黑色的（普遍性結論）。一旦認同了歸納法的正當性，我們便可以描繪出那些無法被感官直接經驗到的世界。

然而，在陳述歸納原則時必須小心謹慎。部分原因是因爲歸納法會引發許多技術面的討論，不過在此我不多談；另一部分則是因爲我們需要歸納原則來認可機率的陳述。就讓我們將歸納原則視作推論原則；一個從已知的事例推論下一個事例發生機率的原則，好比羅傑投票的例子。粗略地說，如果在已調查的工人樣本中，有百分之 X 會投給共產主義者，那麼下一個相似的工人樣本就有百分之 X 的機率會投給共產主義者。其推論如下：

> 如果已知 X%的 A 擁有 B 的性質，那麼在相同的情況下，下一個 A 擁有性質 B 的機率就是 X%。

難題在於我們怎麼知道歸納原則（不論是這種版本或是其他版本）是對的？惡名昭彰的「歸納新謎」是個大難題。合理地說，如果只依據先前的經驗觀察，我們不會知道歸納原則，因爲歸納原則本身所描述的已經超過先前的觀察結果。可是，如果不預設歸納原則爲真，就無法對將來的事件作預測。這突如其來的難題使得「漸進而不中斷的提升」幾乎在還沒開始前就遇到了阻礙。由於歸納新謎會破壞整個故事的進行，所以我將它留到日後再說明。回到主題，爲了能得出普遍性的公設，我們需要知覺經驗以外的輔助原則，就此目的，先前所提的歸納原則是不二人選；它擴充了經驗主義的精神。知覺經驗開啓了培根第二種發現真理的途徑，由於每一次的擴展（例如，從北部的烏鴉是黑色的，到所有的烏鴉都是黑色的）都可以被經驗證實，歸納原則讓建立在個物上的陳述得以漸進不斷的累積而達到普遍性。

雖然現在已經不再流行簡易版的經驗主義，但對那些宣稱「擁有超出經驗所能認知到的知識」的理論而言，簡易版的經驗主義仍舊造成強大的挑戰。而且簡易版經驗主義的出發點也很有道理；「大自然的存在不依附於人類存在」，「在知覺過程中，人類認識到擺設在自然界中部分的個體」；除此之外，「人類不可能透過先驗途徑（不依賴在感官經驗上）認識到自然界所包含的其他事物」。如果我們要將所知道的一切拓展到遙遠時空之外的事物，我們便需要像歸納法這樣的原則。而且，歸納法必須也要和經驗主義的出發點保持一致。根據已知的觀察證據，歸納原則還要能告訴我們，在不同的時間空間中會經驗到什麼。但是，它不能將非感官經驗到的事物引入科學中。在這樣的限制下，歸納原則的最普遍形式最終只能是：「在相似的狀況下，相似的兩事件在相似的條件下，會處於相似的關係。」但爲什麼我們還要求更多呢?

大部分人確實認爲「歸納原則最普遍的形式」說得太少。在前一章，理性主義者除了在本體論上增加了作用力和結構之外，在知識論上也多了「理性能力」；透過先驗地勾勒出形式理論，理性能力能察覺到實在界的作用力和結構。理論知識不但牽涉到超越感官所能碰觸到的「必然性」概念，也涉及到在所有可能世界中都爲真的概念。理論知識的基礎是數學與邏輯，再透過其他形式系統而擴充。就必然性概念而言，理性主義認爲理論性知識是語言必然性，而且它顯現了事物必然性。就算我們反對必然性方面的主張，我們還是可以認真看待理論知識的真理概念。除非，舉例來說，我們依舊宣稱理論真理表達了思想上的必然性；如果必然性和真理的區分是條死胡同，我們將會再次落入這個故事中。

同樣地，攻擊理性主義也無法取消所有存在於自然界的必然性。在此，我們可以區別出兩種必然性：形式上或邏輯上的必然性，以及物理上和自然界的必然性；前者得透過先驗方式得知，後者則是用非先驗的方式得知。在這個區分下，我們可以否定前者但保留住後者。所有與「因果」有關的詞彙完全是建立在「真實連結」與「僅具相關性」的嚴格差異上。因此，每當我們說「因必定會產生的果」，「作用力造成的推力和拉力」和「自然界的運作」，或如同女伯爵所說「非常的機制化」，不論這意味什麼，這些說法早已超越感官知覺和歸納原則所能告訴我們的一切。

附帶一提，以免我們忘了，啓蒙運動的其中一個目標是道德知識。康多塞曾提過「知識、權力和美德被一條不可消融的鎖鏈所束縛」。雖然在之後的章節才會進一步討論「科學，特別是社會科學，是否可以告訴我們應該如何生活」，但是就算到最後，科學被證明在倫理學討論上並沒有建樹，甚至所有宣稱道德客觀性的主張無一倖免都被推翻，我們還是可以抱持一線希望。儘管懷疑道德知識存在的聲浪一波接著一波，天賦人權的主張仍然屹立不搖。許多人認爲人權並不是人爲頒佈制訂的，就算在不被認可的地方，人權還是存在，不可被任何人剝奪。但是，天賦人權的道德主張似乎無法從感官經驗以及歸納原則的知識理論中確立。

休謨與因果關係

從上面的種種看來，我們可能需要知覺與歸納原則以外的東西。不過，我們能找到這個東西嗎？或者，我們真的需要這個東西嗎？培根的第二種途徑提到的「漸進而不中斷的提升」似乎已經沒有多餘的空間容納其他的包袱了。我猜想，第二種途徑所遇到的障礙醞釀到今日之所以會那麼強大，是來自於我們對因果關係根深蒂固的想法。我們認爲因果關聯不只是單純的相關性，因果關係意味著因果律、因果能力和因果作用力，當然自然界的必然性也在其中。但是，我們有可能用最普遍形式的歸納原則：

「相似的結果會出現在相似的環境中」，來說明因果必然性嗎？

這個問題到了在十八世紀變得非常關鍵，尤其是當我們主張應該剔除科學知識中所有非經驗成分之後，在全面系統化的經驗主義理論成形之後。就在同一世紀，一個響亮的回答來自休謨 1739 年的《人性論》以及 1748 年的《人類悟性探索》。因爲休謨經典的解答實在無以倫比，就讓我們在此停下，好好品味一番。

休謨將《人性論》這本書當成一個「完善科學系統」的基礎。該書導論開宗明義表示：科學的一切或多或少都和人性有關係。「就算是數學、自然哲學[1]或自然宗教，在某種程度上還是依賴於『人』的科學；因爲他們都是建立在人的認知能力上，並且要藉由人的感官經驗和思考能力評斷。」奠基在對於「邏輯學、道德學、批評思考和政治學」的經驗觀察研究，休謨試圖作出一個關於人類思考能力和感官知覺的科學，用以對人類的理性和熱情作科學性的研究。這個關於「人」的科學可以讓我們「理解絕大部分有助於提升人類心靈的事情」，而這個科學所使用的研究方法是「經驗與觀察」，以「人類在社群或是在各種事件中的行爲」作爲對象，目的在「從最爲精簡的原因中解釋所有可能的結果」。

順著培根的第二種途徑，休謨接著遇到了因果關係

---

[1] 從前用以指自然科學，特別是物理學。

的問題，並在《人性論》卷一的第三部分〈論知識與機率〉中，說明了他的處理方式。我們也許會認爲「原因」和「結果」之間的關係具有某種程度的必然性。但是很明顯地，從每一個結果都預設了要有個原因，「並不能證明任何事情都要有原因；好比我們不能從『丈夫都必須有個妻子』，推論出『所有男人都必須結婚（有妻子）』。」一個事件的發生是否必須要有個「原因」？「原因」是否必然迫使某個結果發生？這些主張的提出與證立只能透過「實驗與觀察」。然而休謨在第十四節〈必然連結概念〉發現，實驗與觀察提供給我們的只有一種：「經驗的一致性」以及「經常性的伴隨」，亦即兩個事件之間相關聯的規律性。據此，他下了這樣的結論：我們不需要其他經驗以外的事物去說明因果關係，我們要做的應該是將「原因」定義爲：「一個在時間上先於、並且在空間上接近另一物體的物體」；而且，「當所有相似於前者（原因）的物體，與另一物體具有『時間先於與空間接近的』關係時，此一物體會與後者（結果）相似。」

讓我們在此緩一下，借用休謨的例子來說明上面所描述的想法。或許我們會問，究竟是哪些經驗構成了我們信念的基礎？以撞球爲例，「當一個撞球碰撞到另一個撞球時，前者會導致後者移動」，這件事的組成成分包括：一個先發生的事件（第一顆球移動到撞擊的點）以及一個後發生的事件（第二顆球的移動）。其次，這兩事件發生在同一個空間點上。這也是當我們在觀察每一個事件時所能得到的現象：時間上的先後順序和空間上的接近。那究竟爲什麼我們將這現象視作因果關聯性，而不僅只是個巧合呢？因爲，我們會在相似的情況下觀察到相似的結果發生。原因不過是規律性中的個例，因果律或自然律也不過是由這許多的個例所形成的規律。假使這試圖摧毀一般根深蒂固的因果關係的觀點實在難以接受，讓我們加入心理要素來說明：因果必然性只是一種心理習慣性期待的產物。所以，在人類心理期待的規律性下，一個事件的原因發生的時間早於那件事情。

由於因果律一直以來被認爲是唯一能「超越人類感官觀察，而且可以說明我們所無法看到或感覺到的存在事物」的關係，因此休謨將因果律削弱成心理期待的主張讓人頗爲困窘。不過，如果我們的目標是「連續而不中斷的提升」，那因果關係就不能違反「知識必須要能透過經驗與觀察證立」的大方向原則。「超越感官所能觀察」卻又可知的「關係」的最佳代表，就是「普遍相關性」。如果我們主張將所有可能知識中的不可被觀察的部分排除，那麼，這的確也是唯一的選擇。同樣地，我們也沒有任何正當理由來評斷不可觀察物的存在，更別論是否可能。在笛卡兒的鐘錶比喻中，隱藏在齒輪與發條背後的力量，似乎也沒有比假定小精靈的法術使鐘錶運作來得可信。從知識論來看，機率只不過是對所找到的關連性的出現頻率而已。

現在再回顧羅傑的例子。爲什麼他投票給共產主義者？這個問題唯一可行的答案，是將羅傑分配到某些種類的投票者團體中，而且這些團體的投票者有很高的機率會將票投給左派；然後再依羅傑目前所處的情況，將相關的因素作結合。也就是說，當我們將「年輕投票者」和「勞動階級投票者」這兩個團體，結合成「年輕的勞動階級投票者」時，便會發現成員投給左派的機率更高。在這個複雜的世界中，我們永遠沒辦法找到百分之百會發生的事情，因此只要機率夠高，高到足以解釋事件的發生就夠了。回想普熱沃斯基和圖尼的話：「解釋羅傑的投票行爲要依賴於機率較高的陳述，這些陳述不但要與投票行爲相關，並且要在各種經驗證據比對後得到證實。」所以我們何必一定要找出一個百分之百發生的結果呢？這種對於知識的極端經驗主義理論根本無法解釋任何事情。全稱的機率命題是唯一能購買「超越一切經驗觀察所能證實」事物的銅板，而「解釋」和「預測」則是這個銅板的兩面。「解釋」與「預測」這兩面都依賴規律的全稱化，將全稱化的結果投射到未來就是爲了作預測，而投射到已發生的事件則是在作解釋。對於歷史上某個發生過的行動的解釋不外乎是：

> 科學的目的是在解釋和預測某個事件為什麼會發生、為什麼是在這時間點上和這地區發生。為什麼張三的婚姻不順利？為什麼李四會犯罪？為什麼拿

> 破崙要侵略俄羅斯帝國？科學在解釋個別事件時所憑藉的是一組在不同的背景環境下皆為真的命題。（1970, 頁 18）

我必須再重複一次，實際將統計學理論落實到培根的第二種方法絕對沒這麼簡單。雖然普熱沃斯基和圖尼的教科書其餘的部分提供了非常紮實的技術知識，在引導讀者修正模型與測量結果的過程中，複雜程度亦隨之增加。但是這些精細的技巧並不會破壞這基本方法所帶來簡明性。回到問題，爲什麼拿破崙要侵略俄羅斯帝國？答案必定存在著某些爲真的全稱命題（不同的背景環境下皆爲真的命題），拿破崙的侵略行動則是那些全稱命題的一個個例，全稱命題不但解釋了已發生的事件，也預測了未發生的情況。所有歷史人物只要處在與拿破崙當時相似的狀況下，就會做出拿破崙當時所做的事。不管是歷史事件，還是婚姻、犯罪事件，都是用同樣的方式進行解釋。

實證經濟學

本章到目前已經架構好一個符合培根第二種方法的經驗主義，並且也提出了一套並不依賴在自然界必然性來分析因果律的方式。雖然這整個取向從它的全盛時期一直到現在已遭遇了許多問題，其擁護者也爲此傷透了腦筋，但這套理論確實體現了實證科學的精神，在歷久不衰的實證經濟學見證下，直到今日，其主張仍受推崇。那些想要批評的言論請先稍等，我想先提出一個至今仍甚具影響力作品，傅利曼在 1953 年所著的〈實證經濟學方法論〉。這篇文章使得新古典學派經濟學家相當不快，但是不可否認地，這是篇既犀利又引人入勝的傑作。

傅利曼文章一開始提到，實證經濟學的任務是在「提供一個普遍性的系統，此系統可用以正確預測任何環境改變會造成的結果。」整個任務的成功與否建築在一套「可以產生有效並且具有重要意義的預測的『理論』或『假設』，能預測尚未被觀察到的現象。」一個理論包括兩個元素，「語言」以及「一組實質性的假設，被設計能用以抽取出複雜實在界的本質」（頁 7）。就理論所扮演的「語言」角色來說，「理論並沒有實質的內容，它是一個由恆真句構成的集合，作用就如同一個檔案編排系統」（頁 7）。就理論扮演「實質性假設」這角色來說，「理論的評斷端賴於理論的預測力；對一組理論意圖要『解釋』的現象的預測力……。檢測一組假設「有效性」的唯一的方式，就是將經驗觀察的結果來用比對假設所作的預測」（頁 8）。

在此要注意，傅利曼只將引號使用在「解釋」而提到「預測」的時候卻沒有加上引號。因為理論的目的在於預測，方法則是將所作的預測與經驗互相比對。對於「連續而不中斷的提升」來說，「解釋」的存在必定依賴於已知的全稱化的預測力上。另外還要特別注意，「語言」或

「檔案編排系統」以及「實質性假設」，這一組非常強烈的區別。因爲在之後的討論中，這正是批評者切入的關鍵點。接下來，讓我們再花些篇幅看看，在邏輯實證論的幫助下，我們如何支持傅利曼的主張。

分析與綜合的區分

休謨明確區分「（偶發）事實」與「觀念間的關係」。世界是由（偶發）事實所組成；如同休謨在因果律上的分析，（偶發）事實也不具有必然性；這世界的一切只不過碰巧是如此而已。我們知道某些（偶發）事實之間的發生具有規律性，但任何超越規律性之外的描述，例如潛藏於大自然表象下的必然律，根本就超出人類的理解範圍之外。因此，所有關於世界的真實陳述都只是「偶然爲真」，所有事實的發生也都只是偶然，沒有必然爲真的陳述存在（心理期待下的感覺除外）。既然關於世界的真實陳述都只是「偶然爲真」，反過來看，所有必然真的陳述也就與世界無關，與（偶發）事實不相干；對（偶發）事實的真實陳述是偶然真，對觀念間的關係的真實陳述則是必然真，後者之爲真決定在邏輯關係與內在觀念的意義上。

以上澄清了休謨理論中的重點，但是還留下一個疑惑尚未解釋：心理期待與推論習慣是如何與觀念邏輯有所關聯的？此疑惑源自先前引用休謨的一段話：「就算是數學、自然哲學、或自然宗教這類學科，某種程度還是依賴在『人』的科學上。」邏輯實證論者當然不允許迷思的存在，艾爾在 1963 年《語言，真理與邏輯》一書中明快的提出「分析與綜合的區分」（第四章）。所有適合科學使用的陳述可以區分爲兩個互不交集的種類：分析陳述和綜合陳述。如果是分析陳述，其真假值只要透過語句本身語詞的意義就可以決定；一個爲真的分析陳述就是必然爲真的語句，好比「所有的單身漢都未婚」或者「2+2=4」。如果是綜合陳述，那它的真假必定有賴於（偶發）事實，像「所有的單身漢都無憂無慮」就是一個綜合陳述。也就是說，所有的單身漢是不是都未婚是決定在「單身漢」這個詞的意義上；但是否所有的單身漢都無憂無慮？就要看那些真實存在的王老五如何看待它們的單身生活。這裡要注意，千萬不要混淆了字詞以及被字詞談論到的事物。舉例來說，雖然世界上所有的單身漢（字詞所談論到的事物）都未婚是事實，但是「單身漢（字詞）是未婚的男性」這句話並之所以爲真，不是來自事實，而是來自「單身漢」這個字詞的意義。如果混淆了這兩者，將會衍生出大量的錯誤，就像理性主義者相信幾何命題描述了空間的必然性質一樣。

或許你會說：「世界上每一位有血有肉的單身漢確實都未婚啊！難道這不是個事實嗎？」邏輯實證論者指出，這個「事實」僅只是語言的約定俗成。「所有單身漢都未婚」這句話記錄了以中文作爲母語的人在使用「單身漢」

這個詞時之間的協定。用邏輯實證論一句非常有名的話來說：「所有單身漢都未婚」是約定俗成而爲真的。我們是可以改變先前的約定俗成，但是在這改變之前，已婚的男性依舊不能算是單身漢；而單身的男性不論他是不是過著無憂無慮的生活，他依舊是王老五。同樣地，所有邏輯、數學或是其他形式系統的真理也是透過約定俗成的方式形成的；它們都是透過規則推演得來的，規則也都是人類制訂的產物。或許在經驗觀察下，分析陳述看似獲得充分的證實，但這完全也只是因爲我們不容許經驗去駁斥分析陳述。舉例來說，當某人宣稱他發現了一個周長並不等於它的直徑乘上圓周率的圓時，我們會說他其實並不是發現了「圓」；他誤用了「圓」這個字。也就是說，圓所擁有的性質，或是邏輯、數學等形式系統的真理，都是約定俗成下的結果，與經驗無關。

分析與綜合二分法完全契合傅利曼所提出的區分——實質性假設（綜合陳述）與理論陳述（分析陳述）。純粹的理論是一組恆真句或是一組「語言」，它運作的方式就像是觀察資料和假設的歸檔系統。當我們說純粹理論就像是檔案編排系統一樣，並不是說它瑣碎或不重要。以數學爲例，數學理論的進步都是靠數學家絞盡腦汁推演出奧妙的定理，邏輯實證論者並不否認在過程當中會發現新的真理。重點在於這些發現並不會增加我們對這個世界的認識，因爲數學理論只是恆真句。萬能的上帝只需匆匆一瞥就能推論出公設所蘊涵的一切定理，身爲能力有限的人類，我們只能在不斷的嘗試與錯誤中一步一步地前進。但分析陳述終究是在談論觀念之間的關係，與（偶發）事實無關。建立一套好的檔案編排系統確實具有不可抹滅的成就，其中之一是指引我們建立新的實質性假設，如同統計資料經電腦比對後出現的模式能夠提供我們經驗檢證的對象。但是最棘手的部分依舊還在；任何關於世界的真理都不可能只依賴檔案編排系統的建立。

我們現在已經有一套基本的經驗主義；一個只奠基在知覺經驗和歸納法上的理論；一個不訴諸必然性概念來解釋因果關係的分析方式；簡短論述的實證經濟學或其他實證科學；對於知識論上區分語言與事實兩者的說明。本章到目前爲止，由這四個步驟構作而成。每一個步驟都隱含了又長又複雜的哲學論證，不用等批評的言論開口攻擊，經驗主義支持者已對於知覺經驗、歸納法、或因果關係等各個部分，抱持不同的意見而無法有一致的看法。將經驗主義的興盛衰敗交給邏輯實證論來決定也頗爲誤導。雖然如此，我還是希望經由掌握經驗主義最原始的精神，適切地以傅利曼的理論標示出培根第二種發現真理途徑的影響力，透過這四個步驟來呈現出「漸進不斷上升」這個想法的意義。

如果大家都同意以上的討論，我們接下來的解說步驟會比較沒系統，同時也會帶出棘手的問題。我將會評論傅利曼的論文引發的兩個問題，然後將尋求科學方法在實踐上的「實證」導引。

「切合實際的預設」相對於「成功的預測」

傅利曼的論文引發的兩個問題，都與他所作的「實質性假設」與「理論語言」的區分有關。第一個問題產生於實質性假設的特質與實證大架構之間的糾結，在實證架構下，「我們依據理論的預測力來評斷理論而測試一個假設有效性唯一方式就是將其預測與經驗相比較。」（頁8）這個糾結所觸發的激烈爭辯實在太有啓發性，當然不能錯過。

傅利曼堅持，語言和事實的區分可以排除一些想法，例如：理論假設不只有「蘊涵」也有「預設」；「除了透過對理論蘊涵的檢測外，預設是否符合實在界，是理論假設是否有效的另一項測試」。因此，傅利曼認爲完全競爭的釋模並不居於劣勢，不完全競爭的釋模也不因此而佔優勢；雖然與後者相比對，前者理論假設的預設層面較不符合實際的市場狀況。在完全競爭釋模中，市場的資訊是公開的，雖然參與者眾多，但每一個需求者和供給者的行爲都是理性的，而且個人的力量不足以改變市場價格。正因爲這些預設的描述和實際市場活動相差太大，某些學者便傾向一個與觀察事實相符的實證經濟學，因此而偏好不完全競爭的釋模。的確，不完全競爭釋模的擁護者都是基於實在論的立場來提倡這種釋模。「你們都錯了！」傅利曼大聲疾呼，這些主張不但是丐辭的，而且更背離了實證經濟學的精神。在此唯一要考慮的問題是：完全競爭釋模和不完全競爭釋模哪一個預測成功性較高？傅利曼認爲，釋模必定是建立在某種程度的抽象過程上，沒有哪個釋模能完全符合實際的狀況。釋模彼此之間的好壞、抽象化的優劣唯一評判標準就是在預測力上。在經驗觀察下，比較兩種釋模所預測的現象後我們會發現，完全競爭釋模比起不完全競爭釋模表現的更好。

傅利曼令人驚奇的大扭轉不但激怒了實證經濟學的擁護者，好比賽穆爾森，也激起了之後一連串的爭議。我引進市場釋模的例子並不是要佯裝成經濟學家，我想要傳達的想法是，缺乏哲學思辯的經濟學是不會進步的。回到主題，一般最常拿來反擊傅利曼的論點是，實證經濟學承襲了經驗主義的傳統，是一門描述性的科學。正因爲如此，我們不會將那些顯而易見、大家都知道的錯誤當成理論假設的預設。舉例來說，爲什麼完全競爭釋模還要預設單一消費者和銷售者無法影響價格，當大家都知道這的確發生在現實市場上？很不幸地，反擊的結果是兩敗俱傷。標準不完全競爭釋模的假設同樣預設了與實際市場相抵觸的情況，好比供給曲線的不斷上升、產量和成本在所有情況下都是變動值。不僅如此，先爲稍後的討論提醒讀者，不管是凱恩斯學派還是馬克思學派，所有新古典經濟學理論都預設了理性的經濟行爲人，這也和實際生活相去甚遠。一切看來有點似是而非，到底哪一個理論的抽象釋模較爲符合實際情況？答案並不明顯。依循著培根的第二種途徑，傅利曼用理論的預測力成功建立出一個檢驗標準。

批評者也沒那麼容易就被傅利曼的聲勢壓下來，因爲預測力和實證經濟學的描述性之間似乎並不相同。原油市場的競爭性強不強，法國工人羅傑有沒有投票給共產黨，這些難道不是先於理論預測之前、經驗觀察之下的事實嗎？傅利曼的回應是摧毀實證經濟學的描述性和預測力的區別。在〈預設的實在性能否檢驗理論假設？〉這一節中，傅利曼引進了一個主張：沒有一句科學陳述完全對應實在；正確的講法是，科學陳述通常是「宛似」爲真的。「宛似」是什麼意思？以重力加速度爲例，在這物理學家普遍接受的假設中，一個物體在真空狀態下墜落的加速度是一個常數 g（在地球表面大約是每平方秒 32 英呎），如果自由落體的時間爲 t 秒，那麼根據方程式 $s=\frac{1}{2}gt^2$，我們就可以算出物體移動的距離 s 英呎。當科學家在地表大氣層中，將這個方程式應用在不同的物體、不同的高度上時，科學家會發現雖然並不適用所有狀況，在大部分的情況下或多或少都成立。傅利曼寫到：

> 這說明一件事：在絕大多數的環境下，物體在大氣層中墜落「宛似」真空狀態下的自由落體。如果用一般經濟學的語言來解讀，上一句話馬上就會被理解成：自由落體方程式預設了真空狀態。但這很明

> 顯是不正確的……自由落體方程式之所以普遍被科學家接受，是因為它行得通，不是因為人類居住在類似真空的環境裡（無論這意味著什麼）。

此段引言所強調的重點是，在描述性的觀點下，每一個預測力強的理論假設，其預設都不符合實際情況，都是假的；雖然如此，這些理論假設「宛似」爲真，無論是物理學、經濟學、所有科學假設都一樣。在預測樹枝上樹葉的分佈位置時，每一片樹葉宛似彼此之間都在爭取最大的日光吸收量；撞球大師的出桿宛似他懂得複雜的數學方程式；商行之間的交易宛似在資訊開放的環境下，同一時間運算，來達到彼此最大的報酬。將「宛似」兩字拿掉，沒有人會支持樹葉、撞球大師和商行之間真的有這些性質。關鍵在「宛似」所預設的性質下是否推演出成功率更大的預測。

傅利曼「宛似」的舉足輕重之處在於它能讓實證科學「踏入」不可觀察之領域。當然，「宛似」所預設的不可觀察物，不能只是個有利於成功預測的虛構物。在傅利曼的主張之下，理論有了新的任務，其目的在建立或發掘一個能在有限的案例中抽離出實在界性質的釋模。傅利曼將完全競爭市場比作物理學上的無摩擦運動；在無摩擦運動的假設下，單一作用力所導致的運動路線「宛似」不受到任何阻力的干擾。先前用「踏入」一詞，是因爲雖然在理論的層次上預設了不可觀察物，但這並非是容許實在界存在著不可觀察物。這些不可觀察物只是「虛擬實在界」中的事物而已，但它們還是很有用處。因此，實證科學毋須對不可觀察物或者談到這類事物的理論過於緊張。由於預測力是唯一的測試，在理論層次上引入超越經驗範圍的自然性質並不會帶來危害。

理論所扮演的角色

仔細想一想，理論的角色所面臨的難題不止我們眼前所見的這一個。傅利曼順著思路提出了第二個問題：理論是否不只是一組語言和歸檔系統？回想培根第一條和第二條發現真理的途徑，兩者之間最大的差異在於：「最普遍化公設」是第一條發現真理途徑的起點，相對卻是第二條途徑的終點。拿它來看實證科學，理論在這意義下當然不會具備理性主義者所賦予的神聖使命。至少，藉由傅利曼的主張以及分析—綜合的區分，我所呈現出的第二條途徑是如此。

讓我們再看一個「宛似」真實預設的例子。一般而言，個體經濟學理論是一門建立在理性預設上的形式體系；每一個經濟行爲者都是理性的。「理性行爲者」其定義是一位具有完整且一致偏好的個體，擁有一切相關資訊，具有完美計算思考能力。個體經濟學並宣稱每位經濟主體都在這意義下是理性的。簡單的說，個體經濟學理論主張，每一個經濟行爲者都會計算出符合自己最大利益的策略並據此而行動。理性預設的整個概括架構源自艾奇沃思 1881 年的一本名著《數學物理》。他說：「經濟學的首要原則是，自我利益驅使了每一個行爲者的所作所爲」。問題是這個原則，這個培根所謂的「最普遍化公設」，是分析陳述還是綜合陳述？換成傅利曼的話來說，艾奇沃思的首要原則是屬於理論的歸檔系統這一邊？還是一條與經濟行爲有關的實質假設？

答案不管是選哪一個都很麻煩。艾奇沃思本身將它視作經驗觀察歸納下的結果，艾奇沃思的研究顯示，在金融財政和商業貿易這兩個領域非常貼近實際情況，雖然其他經濟領域並非如此。但是，艾奇沃思的研究是將「自我利益」與「自私」看成相近的事物，而且他也預設我們實際上，不僅只在理論上，能分辨「自我導向」的經濟行爲和「他人導向」的經濟行爲。當個體經濟學家將自我利益作爲促發一切經濟行爲的來源時，「自我利益」的意義較爲廣泛，通常是指經濟個體行的出發點總是爲了滿足各人喜好。在本書第六章，這是闡明因果解釋個人主義（圖 1.2 左下角）的關鍵論點，我們之後再深入。在此我想要傳達的是，個體經濟學廣義下的假設是無法被經驗所否證的。任何明確支持「經濟個體的行爲總是爲了滿足各人喜好」的個體經濟行爲，要麼被歸因於符合行爲者的喜好，要麼有助於實現行爲者長期的目標，要麼就是加入主體的要素，亦即個體相信怎麼做最能實現他們的目標。在這情形下，「每一個經濟行爲者都是理性的」和「單身漢是未婚的男性」一樣是分析陳述、是恆真句，用邏輯實證論慣用的話來說，是「約定俗成的真」。

然而，許多經濟理論學者希望個體經濟學理論不只是一組恆真句，被「理性行爲人」的定義所蘊涵的真理，他們在「公設是定義而來的」這一點看法一致。在經濟行爲上將大眾視作分開獨立的個體，而且每一個經濟行爲者都想盡辦法最大化自我的利益，個體經濟學所描繪的圖像似乎不管就純粹理論的角度還是經驗觀察上都能得到支持。可是，這在分析—綜合區分之下是不可能的。一個陳述要麼屬於分析範疇，要麼屬於綜合範疇，而混合語句則可以分別拆解成分析陳述和綜合陳述。純粹理論構成語言和歸檔系統，其實際運用則是經驗上的問題。因此，個體經濟學的預設不能統合兩者，以保障其真理乃是對於實際經濟行爲的最終組成要素的分析。實證科學拒絕範疇混雜。

可預見的是傅利曼的回應會是重申理性預設「宛似」是真實的。但是，接下來我們將會看到傅利曼對理論角色的看法比處理第一個問題時更爲複雜。傅利曼廣爲人知的文章是個長篇，前半段不但比後半段更受矚目，而且前半段明確地將理論家視爲檔案人員。文章進行到了後半段，理論與事實之間的區分也變得模糊不清。理論成了令人驚奇的關連性的來源，也是豐富的理念化和新的可能性的來源。令人側目的主張也就出現：

> 假設某一類經濟現象看似複雜多變，又缺乏適當的理論來解釋，我們就必須假設事實就是如此。我們

> 不能將所知的事實放在一邊，理論的「宛似為真」放在另一邊。理論是我們感知事實的憑藉，沒有了理論我們便感知不到事實。（1953,第 34 頁）

在這段引言中，經濟世界的事實和描述語言不再是獨立分開的兩半，這明顯背離了實證科學的中心信條。傅利曼在文章的後半段傳達的想法是，普遍性理論不但訂立了實在界分類依據的專門詞彙，它也制訂了一條用以評判特殊理論是否適用於特定分類的準則。這似乎顯示早在發現社會科學的真理之前，嚴格的經驗主義，（將人類獲取外在世界知識的憑藉限制在感官知覺、歸納法和準確預測上），就已經依賴在最普遍化的公設上。這也暗示了我們需要一條嶄新的思考方向來看待理論和感官經驗之間的關係，下一章將會深入探討。

當然也有學者批評傅利曼的「宛似」概念，他們強烈主張經濟市場的運作根本就不「宛似」是完全競爭的。這之間的爭辯留給經濟學家來處理。本書所關注的焦點是哲學問題。本節我們所討論的第一個問題是，是否實證經濟學在成功的預測力之外，還需要考慮實質性的預設。我的看法是傅利曼的「宛似」概念對於區分「理論蘊涵」層面和「預設」層面的攻擊是值得讚揚的。當物理學家說在地球大氣層中，物體的墜落就「宛似」在真空環境中，他們的意思是空氣對落體所造成的阻力通常都很小，因此不必加以考慮。後者明顯是經驗觀察下的結果。當生物學家說狗魚潛水的優美精確角度「宛似」他精通高等數學時，並不是在推測實際上狗魚的數學水準都不錯。這是在確保理論的簡潔、簡單性，當然是在理論預測力上升的前提下，所大膽提出的一個虛構性理論主張。本節討論的第二個問題是理論所扮演的角色。我的意見是，雖然關於理論所扮演角色的談論非常熱烈，但恐怕一剛開始就已背離培根第二條發現真理途徑的精神。

發現與確認

讓理論扮演一個積極參與的角色會對經驗主義造成多大的傷害？前一節主張「恆真句可以激發靈感」的學者，最爲簡潔有力的回應是將心理學從知識論中分離出來。也就是說，腦力思考過程中的靈光一閃也可以帶給我們新的構想。部分腦力思考過程是在探索和建構不同的形式系統，但並不意味著所有思考過程如同理性主義所設想，完全只是在理智運用演繹邏輯。每個形式系統的起始點都是人爲抉擇、想像力和個人運氣下的產物。無可否認地，當起始點導致理論家陷入困難時，是可以作修改的，多年來數論和數學邏輯的公設越來越精鍊，就是不斷修改後的成果。除此之外，「宛似」概念也能觸發思想上的躍進。心理學自知識論分離出來，重新開啓了培根的第二條途徑，心理過程在發現理論假設，知識過程則在確認假設的有效性。培根的第二條途徑只允許我們透過實驗和經驗觀察來檢驗發現真理，「用經驗觀察下的資料來比對理論的預測力」。比對檢驗必然立足在知識過程上，不可能有別的選擇。這點一旦確立，就有相當寬廣的空間，讓心理學家和科學社會學家來研究激發科學假設的想像力是如何運作的，以及在何種制度下運作的。

心理學和知識論的區分克服了一個經驗主義面臨的障礙。反對經驗主義者認為，科學發現真理的方式從未被限制在經驗觀察的普遍全稱化上。每一個可行的科學理論都有許多「預設」，藉由這些預設編織出一張脫離日常經驗的網。如果我們聽從經驗實在論者，要求預設與現實保持一致，迫使理論全然臣服在經驗下，那麼這條從感官知覺出發、逐步修正提升公設適用性的真理之路，是無法造就出現代科學的。但是，如果經驗主義的要求只關注在檢證確認理論，任由發現過程自在翱翔，這樣或許才能通往最普遍化的公設，如同培根對第二條途徑所寄望的。

為了更清楚說明這個主張，也為了對科學方法的應用提供一套實用的導引，我們接下來將比較兩張一般社會科學基本教科書都會使用的圖表。第一張圖表（圖 3.1）源自華勒斯在《社會學理論》的引言，這張圖表的標示是：「科學社會學的構成要素與步驟」。圖中主要的構成要素是經驗觀察和歸納通則化，「理論」是歸納經驗證據後再普遍化的結果，「假說」則是理論邏輯蘊涵的結果。在書中華勒斯用涂爾幹的自殺理論來做說明。一開始我們「直接觀察接觸自殺個例」。將自殺者的特徵歸類並交叉計算

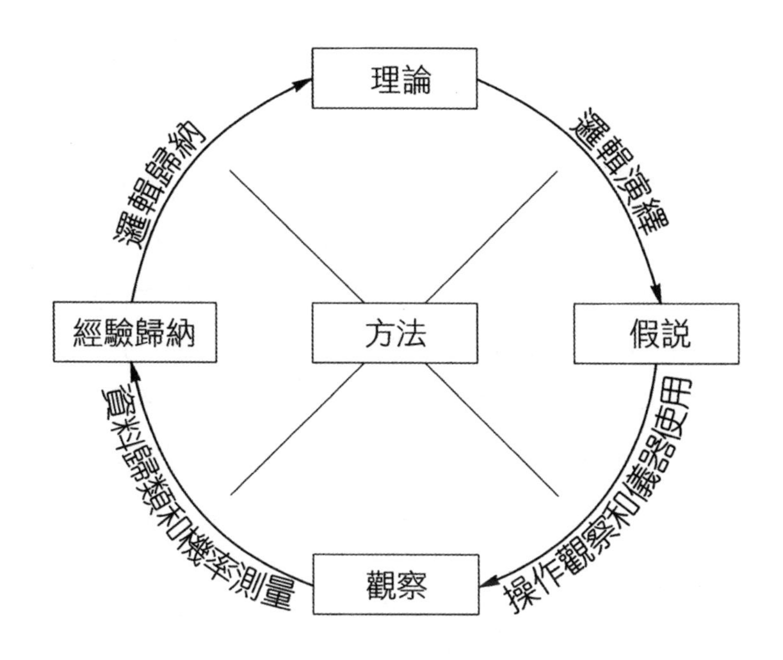

圖 3.1 科學社會學的構成要素與步驟

各種可能的機率後，我們會得到某個經驗觀察上的通則，例如「新教徒自殺的機率比天主教徒高」。「理論」階段關注的是「什麼因素決定了自殺發生率的高低？」，比方「社會結合越強，自殺發生率就越低」，或是「社會組織化程度越高，個人反社會化行爲發生的機率就越低」。理論形成後，接著推演出假說。舉例來說，未婚男女的社會結合性比已婚男女弱，因此未婚人士自殺的機率較高。假說形成後，再做經驗觀察，如果調查檢證後假說成立，那麼理論也就獲得核驗。

華勒斯的圖表具體化了發現過程和確認過程。擴大經驗歸納通則的適用對象（從特定的宗教團體到每個個體），代表了發現過程；透過經驗觀察來檢證理論的邏輯蘊涵，也就是「假說」，則代表了確認過程。假說被證實後，我們就能以自殺者所屬族群的社會結合程度來解釋自殺行爲。這整個過程和本章一開始在解釋羅傑投票行爲的方式非常相似，不同之處在於羅傑所屬的族群有百分之八十的機率會投給共產黨，但無論取樣對象是新教徒還是未婚男女，自殺發生的機率都非常低。即使在解釋某個人的自殺行爲上，使用統計和族群歸屬的科學社會學並非唯一的選擇，但是方法策略都相同。

科學過程真的是照著圖表一步一步機械化的操作嗎？自殺者是新教徒爲什麼就比他是左撇子更值得注意？社會結合性與自殺行爲的關係從何而來？特別是涂爾幹的焦點是在社會組織和社會組織之間如何維持均衡？同樣的問題也出現在羅傑投票行爲的例子上。按照羅傑的年齡而不是他對襪子的品味來作歸類的理由是什麼？爲什麼教會和羅傑的投票行爲有關？即使此處所提供的解釋是事後的，針對評價方法作修飾，這些解釋並不提供事前的發現方法。

第二張圖表（圖 3.2）則展現出其中的差異。它出自李普塞《實證經濟學導論》。此書的前言將實證科學和科學方法的整個架構陳列出來。圖 3.2 的確認過程和圖 3.1 相似，「預測」來自「預設」的邏輯蘊涵，如果前一次預測失敗便會重新調整預設的內容。圖 3.2 重大差異之處在最

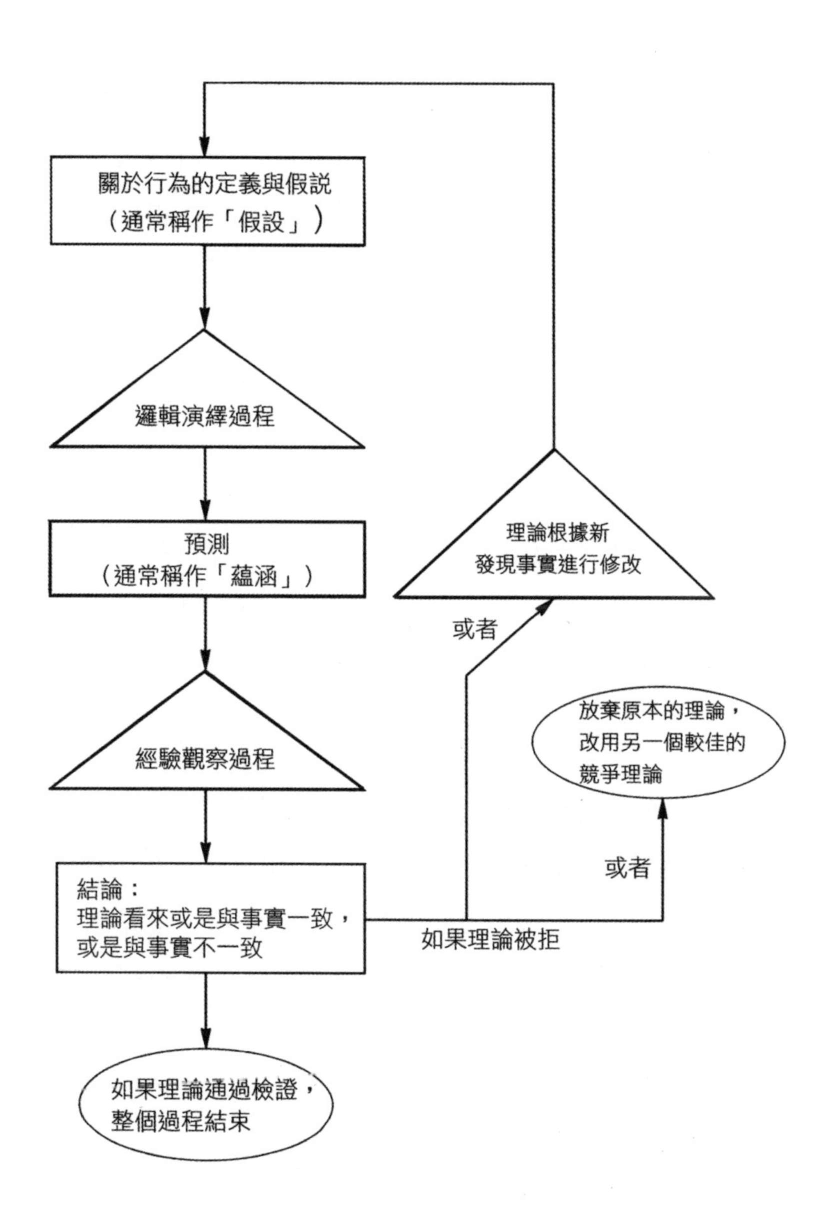
關於行為的定義與假說
（通常稱作「假設」）
邏輯演繹過程
預測
（通常稱作「蘊涵」）
經驗觀察過程
結論：
理論看來或是與事實一致，
或是與事實不一致
如果理論通過檢證，
整個過程結束
如果理論被拒
或者
理論根據新
發現事實進行修改
或者
放棄原本的理論，
改用另一個較佳的
競爭理論

圖 3.2

左上方格子中的「定義」。「定義」本身就意味著與某個觀察事實無關的事物，李普塞在書中前言明白表示，「理論」是形成「假說」的根源，「理論」不是在歸納普遍化預測成功的假說。這樣李普塞對實證經濟學大篇幅的理論性簡介才有意義。李普塞並不懼怕背負著背叛實證科學經驗性格的罪名，因爲檢證確認理論的有效與否，還是要看假說是否與觀察事實一致。

圖 3.2 在檢證假說的議題上也有不同之處，我將它延後到下一章討論。在結尾部分，我將簡單說明我認爲最站得住腳的實證科學主張，然後再帶出反對意見，這些都是隨後幾章的討論焦點。

結論

本章實證式的解釋通常被稱爲「涵蓋律釋模」：對於事件的解釋就是在找出涵蓋該事件的相關通則（普遍化公設）。由於這些主張結合了假說與演繹推論，學界也稱之爲「演繹律則釋模」或是「假設演繹法」。實證科學解釋的基本想法非常簡單，在解釋羅傑爲什麼投票給共產黨的例子上看得非常清楚。解釋過程的重要之處在經驗觀察和歸納出能預測羅傑投票行爲的普遍化公設。

實證科學的本體論所承認的事物是個體，個體不但獨立於理論存在，也是經驗觀察的對象。個體就是單一物體（包括人類）。在此要注意的是，雖然羅傑是單一物體，但是羅傑這個人也是由各個不同的個體所組成的。另外，對於是否存在公司、國家和階級這類的複合個體，我們也應該先保持中立。或許，建立在觀察個體之上的實證科學能給我們一個答案，告訴我們複合個體的最大限度在哪裡。我們還沒試著這麼做。實證科學的方法論是在發現個體行爲中的規律，不是隱藏在感官經驗之外的結構、作用力和因果必然性，因爲實證科學家有很好的理由反對它們的存在。實證科學雖然使用理論抽象化和演繹推論這些方法，但這是爲了改善預測的成功率。將經驗觀察的資料歸納普遍化是實證科學方法論的重點，它是已發生事件和未發生事件之間的橋樑，在預測和解釋上也扮演著關鍵的角色。實證科學的知識論是經驗主義中簡單、基本的版本；信念唯有透過知覺以及對於假說的檢證才能成爲知識。

羅傑的確將選票投給共產黨，因爲他屬於好幾種不同的族群。我們在這基礎下能夠預測他的投票行爲。我再次強調，雖然實證主義對「羅傑爲何投票給共產黨」的回答簡潔有力、看似簡單，但是調查取樣和統計技術的操作是相當費工的。經驗主義者和方法學家遵循著培根的第二條途徑，漸進而不中斷的方式，將龐大多樣的觀察資料中歸納成通則。最終，如同傅利曼所言，「檢測一組假設有效性的唯一方式，就是將經驗觀察的結果來比對假設所作的預測」。任何解釋羅傑投票行爲的理論都要抱持著這個信念。

經過一連串的說明後，如果讀者還是沒被實證科學的主張說服，沒關係，我們一起往下一章邁進。在前一章，理性主義所面臨到的麻煩是無法略過不談的，本章也仍然有許多迫切問題待解決。即使理論的預測力是一切的成敗關鍵，實證科學無法建立在對於「觀念間的關係」以及「偶發事實」的清楚區分之上，認爲事實是獨立於理論之外的，而概念則是我們所建構出來的語言中的要素。「觀念間的關係」以及「偶發事實」的區分是太過天真，當傅利曼文章中出現「理論是我們感知事實的憑藉」時，他實際上持相同的看法。分析—綜合的區分在下一章會再深入探討。

除此之外，主張預測和解釋是一個銅板的兩面更非理所當然。任何一位接受實在界存在有超越經驗所能觀察的結構、作用力和物體的學者必定堅決反對。同樣地，只要你不認同李普塞的圖表能讓我們辨別偶發的、恰巧到目前爲止都成立的規律，還是用於因果解釋的不變法則，你就是反對陣營的一分子。休謨的因果理論確實有重大疏失，批評者一再地申明，常態的關聯性並沒有解釋什麼。

下一章就以對單純版本經驗主義的一些基本質疑來做爲開場。經驗主義者是否更爲靈巧，還是培根的第二條路根本就是個錯誤？

第四章

螞蟻、蜘蛛和蜜蜂：第三種方式？

培根在《警語》稍後的地方，弱化了他原先所宣稱的，從感官和個體向上的漸進不中斷的方式是真正的方式。

> 那些從事科學研究的人不是理性主義者就是經驗主義者。以實驗證據來探求真理的經驗主義者就像螞蟻一樣，收集使用所找到的一切；以公理教條推演來發現真理的理性主義者就像蜘蛛一樣，用自己吐出的絲結蜘蛛網。蜜蜂則在兩者之間，蜜蜂在花園和原野穿梭採集花蜜，這部分工作和螞蟻一樣，但是蜜蜂會將採集到的花蜜消化轉換成蜂蜜。這不就是哲學在作的事嗎？在追求真理的路上並不只依賴心靈的推理能力，但也不只是將從自然歷史和科學實驗所得到的一切堆放在記憶裡，而是讓它經過思考理解後轉換。因此，更緊密和純粹地結合經驗和理性（從未被採用過），或許能期待更多。

這些有趣的圖像比喻凸顯了前兩章的主張。邏輯形式系統和抽象化理論太像蜘蛛網了，以至於無法滿足理性主義認爲他們能對應客觀實在界的必然規律。只做收集整理工作的經驗主義者也沒有公平對待理論的導引角色。的確，如果發現真理的流程能和檢驗真理的流程明確區分，後面這一點其實也無所謂。但是我們對此先持保留的態度，先來檢視培根的第三種探知真理的方法。在文章中，培根認為「從一個更為緊密和純粹的聯盟：在經驗主義和理性主義兩者之間」，能滿足發現真理所需要的一切。從事科學研究的人應該要像蜜蜂一樣「在兩者之間，在花園和原野穿梭採集花蜜，再將採集到的花蜜消化轉換成蜂蜜」。培根這吸引人的想法確實掌握了有關「知識」是什麼的普遍觀點，知識是由理論和經驗混合而成的，兩者各提供了彼此所無法涵蓋的層面。

在此處有許多疑點，這些爭議正是本章爭論的焦點。培根的「緊密和純粹的聯盟」，試圖將從感官經驗觀察歸納得到的「公理」，以及從理性直覺演繹推論出的「公理」作結合，這似乎是聰明的一步。對於「人類以理性的態度能對大自然形成哪些信念」這個主題上，傳統知識論認為有兩條限制。第一，我們的信念必須要和我們藉由經驗所觀察到的事實保持一致。第二，所有關於外在世界的信念彼此之間必須邏輯上相融貫。也就是說，所有與外在世界有關的信念必須要能同時為真，任何兩個信念不會互相矛盾，符合這兩個限制的信念才是理性的信念。在傳統對理性信念的限制下，每個信念會隨著證明和證據所支持的程度不同，對應世界的真實程度也會不同。然而，似乎沒有更進一步的證明和證據來支持這兩條限制，因此，培根稱它們爲公設。許多接受傳統限制的哲學家則認爲人類知識必定建立在某個基礎之上，沒有這些基礎，人類就沒有知識。

本章一開始將會介紹知識基礎論的主張，然後以事實必須依賴詮釋來挑戰基礎論。這將會帶出發現真理和檢驗真理之間的問題，我們會借用波柏的方式來解決問題。但這將喚起一種全然不同的想法，我們接著將會談到蒯因的實用主義圖像，他認爲科學是由信念構成的一張網。當蜘蛛用自己吐出的絲來結蜘蛛網的圖像再度出現時，我們會將焦點轉向孔恩的理論，他認爲科學是建立在「典範」之上的。接著，在到達了科學哲學的凌亂狀態之後，我們也有完善的準備，以進入下兩章有關整體論和個體論的爭議。

知識的基礎？

人類知識必須建立在「基礎」之上，這個主張在當代哲學的演進扮演重要的地位。基礎論主要的想法是，除非人類能不透過推論證明和經驗證據就擁有知識，不然邏輯推論和經驗觀察也無法帶給我們知識。與這相關的想法是，如果沒有所謂的確定，也就沒有什麼是可能的。在轉向當代哲學對基礎論的批評之前，我們先看看爲什麼哲學家會認爲基礎論是合理的。

說明基礎論所謂知識的「基礎」最簡單的方式，就是人類的推論能力，而且人類大部分的知識的確都與推論有關。假設我將我自己認爲我所知道的一切都列在一張紙上然後我要做的工作是，藉著自我反思，不作實驗觀察和證明，仔細檢視我所寫的每一個命題，挑出那些我無法保證爲真的命題。當我在列舉知識清單的時候，許多陳列在紙張上的命題是由其他命題所推論出的。舉例來說，「摩里西斯島上曾經存在有嘟嘟鳥」這個命題是我從別的知識推論得來的。當我們說被推論出的命題是有條件的，意思是說，使得這個命題爲真的保證依賴於另一個命題的保證。接下來，根據這個定義，我在每一個有條件的命題前面畫上星號。這些畫星號的命題是否要被挑出剔除呢？這要看推論出這些命題的前提是否也出現在清單上，而且其中至少有一個前提沒被畫上星號。因爲，如果前提無法被保證爲真，推演出的結論也就不會爲真。從較弱的結論推到較強的結論也是一樣如果「摩里西斯島上可能曾經有嘟嘟鳥」無法被保證爲真，「摩里西斯島上曾經有嘟嘟鳥」就應該從清單上刪除。

倘若在檢視命題的時候，我發現某一組命題不但都被畫上星號，而且命題彼此之間都有推論的關係，例如與魔法仙女和她們的生活習慣有關的一組命題。或者，在概念架構上是一體的，好比巫術，神諭，魔法；或者是與神學有關的宗教信仰。我必須斷定我對它們的真假一無所知。這種自我包含的命題應當被挑出刪除。原因在於，如果我知道 P 命題爲真的保證，是來自我知道 Q 命題爲真，因爲在自我包含的集合裡每一個命題都被畫上星號，所以 Q 命題也是其他命題推論出來的，在一連串找尋前提的過程後，我們將會發現 P 命題會是推論出 Q 命題的前提。也就是說我知道 Q 命題爲真的保證，來自我知道 P 命題爲真。循環推論的結果顯示：我既不知道 P 命題爲真，也不知道 Q 命題爲真。這種在推論上自我包含的命題集合有大有小，我也可能會發現清單上的每一個命題都被畫上星號，這份知識清單本身就是一個自我包含的巨大集合，最終的結論就是我什麼都不知道。因此，對基礎論者而言，如果人類具備有知識，清單上必須要有一些沒被畫上星號的命題。也就是說，清單上必須要有一些知識命題不是從其他命題所推論證明得來的，它們的真假也不是依靠在別的命題證據上。這些沒被畫上星號的命題就是一切知識的基礎。

自從笛卡兒在《沈思錄》使用相同類型的論點之後，無論是理性主義者還是經驗主義者，都臣服於這簡潔有力的論證之下。基礎論的主張不僅涵蓋感官經驗和理性直覺上，也適用在邏輯、數學和人類知覺。當經驗主義者反對理性主義說辭的時候，他們並沒有反對基礎論的論點。經驗主義者將感官獲知的資訊當作是「自明的」，意思就是我們不需要證明和證據就知道它爲真，這就是基礎論所謂的基礎。邏輯實證論也和先前的理性主義和經驗主義同樣接收基礎論的主張。所有被證立爲真的命題最終都要建立在不需要被證立的命題之上。

在這裡我要特別強調，基礎命題必須包括一些和推論原則有關的命題。否則我們將無法從基礎命題推論出任何命題。舉例來說，如果我們能推論出 Q 命題爲真，那麼我們除了要知道 P 命題爲真之外，還要知道 P 命題能推論出 Q 命題。同樣地，我們當然可以對推論原則提出挑戰。基礎論者會回應，從 P 命題到 Q 命題所用到的推論原則就是一個條件命題，「如果 P 爲真，那麼 Q 就爲真」，正因爲這個條件命題也爲真，所以我們能從 P 命題推論到 Q 命題。可是，由於每一個論證都與推論有關，而且有些論證的形式較爲複雜，要將每一個推論都轉化成條件命題並不是那麼可行。再者，我們還是可以問：是什麼保證了「如果 P 爲真，那麼 Q 就爲真」這個條件命題爲真？因此，基礎論者必須主張推論原則也是基礎命題自明的。這就和第三章所談到的歸納新謎一樣，如果就經驗所觀察到的 A 的個例，A 這一類的事物有百分之 X 的比率有 B 性質（例如在所觀察的五十隻狗中，有五隻是黑色的，百分之十的狗是黑色的），那麼，下一個 A 個例具有 B 性質的機率就是百分之 X（第五十一隻狗是黑色的機率是 0.1）。我們會問：基於什麼樣的理由而接受這個條件命題？如果每一個理由都需要再說明爲什麼它是個理由，那永遠沒有辦法解決歸納新謎與歸納法所面臨的問題。或許這個問題的確無解！同樣地，演繹法也有「演繹之謎」的問題，因爲每一個對邏輯推論原則所作的證明，其有效與否都必須倚靠另一個推論原則的檢驗。因此，如果我們一方面想要證立基本的邏輯推論原則，一方面又要避免不斷的對一個理由提出另一個理由來解釋，最佳的方式就是將邏輯基本推論原則當作是自明的基礎命題。這樣的結果是，如果「自明」的這個概念有瑕疵，那不管是經驗主義者，理性主義者都會遇到麻煩。因爲，所有基礎論的系統最終都必須預設「公設」和理論建構方法的健全性。

培根認爲蜜蜂結合了理性主義和經驗主義兩者的「公設」，一個是用理性直覺通過演繹推論來建立公理，另一個則將公理的產生訴諸對經驗觀察證據的歸納上。就像蜜蜂將採集到的花粉和花蜜吸收轉換成蜂蜜，人類也是將感官經驗所觀察到的現象，透過理性的思考轉換來發現真理。可是，經由培根的第三種方法所得到的定理就一定忠實對應到自然界的規律嗎？如同豐特奈爾書中所描述的，培根第一種方法的目的在超越舞臺上場景，去發現實在界如何藉由因果關係來決定表象（是什麼機械運作原理使得雙輪戰車從舞台上飛起）。第二種方法不去推斷背後的原因，目的只在鑑別出存在於現象（表象）的規律。雖然這兩種方法都與人類心智活動有關，但是人的主觀性最終都能被抹去，因爲真理的客觀性不會因爲人爲的觀察和思考而受到影響。我們可以說，人類的心智就像一台照相機，無論機械設計有多精巧，相片上的一切都只是景物的原貌。當代哲學爭論的焦點便在於質疑人類對大自然的心智運作的中立性。或許照片對景物的紀錄都不是中性的，因爲我們拍照時所用的角度、快門、光圈和焦距就已經加入了個人對景物的詮釋。傳統上，理性主義者（蜘蛛）和經驗主義者（螞蟻）都認爲有純粹的理性直覺和經驗觀察，也就是說，我們所發現的真理並不會摻雜人類主觀的詮釋。但是蜜蜂，如同培根所言，除非將採集到的花粉和花蜜消化轉換成蜂蜜，不然蜜蜂是不會將它儲存在蜂巢的。如果真理是個體理解轉換下的產物，那麼培根第三種方法就不是純粹理性直覺和純粹經驗觀察的綜合，也不是介於理性主義和經驗主義之間的中間路線。在此，我們需要借助別的概念來釐清培根的第三種方法。

詮釋

經驗主義者尤其堅持真理是獨立於詮釋之外的。他們抨擊理性主義的重點總是在「感官經驗」並不摻雜主觀的詮釋，理性主義的理性直覺必須依賴在人類心智的建構。經驗主義者認爲，我們經由知覺所得的資訊是不加修飾的，大自然的事實赤裸裸呈在知覺經驗裡，配合先前的論證，這不帶詮釋的感官經驗就是一切知識的基礎。在知覺事實的過程中，理性直覺並不扮演任何角色，人類的心靈就像塊白板，就像張白紙，知覺經驗在其上描繪出人類的基礎知識。如同前一章所說，實證科學完全同意經驗主義的觀點。實證科學巧妙區分發現真理的過程以及檢證真理的過程，部分目的就是爲了能保留住知覺經驗的純粹性。在發現真理的過程中，爲了達到探知真理的目的，實證論者允許科學家在理論和釋模裡加入感官不可觀察的假說，如果科學家經由理論和釋模推論所作的預測，在檢證真理的過程中與知覺經驗相符合，「假說」所令人詬病的主觀性也就不存在了。

然而，打從一開始，知覺（感官）經驗的純粹性就一直處於砲火之下。這個主張最基本的問題在於「經驗」這個概念本身是歧義的。「經驗」這個詞有兩個意思，一個是指所經驗到的對象，另一個是指經驗本身。因此，就算對某片顏色的知覺是「所予」，主觀元素和客觀元素之間的關係依舊不清楚。在此我們的對象並不是知覺哲學，我們的目的只是在顯示「經驗」這個詞特有的歧義性。在描述知覺經驗的時候我們必須使用到概念，因爲概念牽涉到對知覺經驗的分類，比如說，有一堆不同顏色的物品擺放在桌上，如果你能將紅色的物品挑出來，哲學家通常會說你有紅色的概念，所以概念並不是完全被知覺經驗所支配。也就是說，如果經驗本身是一切的根本，那麼概念和客觀物體就必定糾結在一起；因爲經驗本身將概念（紅色概念）連結到所經驗到的對象（紅色的物品）。康德在《純粹理性批判》書中的一句名言是：「缺乏知覺經驗的概念是空洞的缺乏概念的知覺經驗是盲目的」。換句話說，人類對大自然的觀察不僅僅是知覺經驗本身的呈現，還應用了概念判斷。概念並不是純粹的感官經驗，它來自於人類心智的活動，它也決定了我們看世界的角度。

如同先前所言，經驗主義者當然不會同意康德的講法，我並不會試圖去證明經驗主義者必定要同意康德的主張。我要表明的是，康德的主張會對科學實證論者的理論造成什麼樣的難題。在下一節，我將對近代科學哲學的三種主張作簡短的介紹，彼此爭論的焦點是知覺經驗在科學知識中扮演的角色。這三種主張是波柏、蒯因和孔恩各自提出來的。

科學即臆測與拒斥

在波柏著作中，有兩本書對於社會科學造成非常直接的影響。《開放社會及其敵人》這本書主要在重新檢視整個政治學思想的歷史，波柏譴責柏拉圖、黑格爾和馬克思，他們的政治理論企圖確立政府擁有權力的正當性。他推崇一個自由、開放、容許批判意見的社會。在另一本書《歷史主義的貧困》中，波柏攻擊馬克思和黑格爾的歷史論，後面兩人認爲除了自然法則之外還有歷史法則，相對於自然世界，人類社會以及社會科學的特殊之處在於人類歷史的辯證過程。波柏高舉自然主義的旗幟，主張自然科學和社會科學是一體的，研究大自然的科學方法同樣適用於研究人類的社會活動。這套方法就是波柏所提出的「臆測與拒斥」。它不但是科學哲學上一個非常重要的主張，它也衝擊了那些不使用這套方法切入社會的社會科學家。

波柏最著名的一篇文章是他在 1953 年所作的演講，題目是「科學：臆測與拒斥」，內容在回顧波柏自 1919 年以來在科學哲學上的主張。波柏在這篇論文處理的問題是：「在什麼條件之下我們會稱某個理論是科學理論？」他說，當時學界普遍的想法認爲，「科學和僞科學——或者形上學——的區別在於科學是建立在『經驗方法』之上的；也就是說，本質上是經由觀察和實驗『歸納』而來的，我對這個答案並不滿意」（33 頁）。 波柏所持的理由是，在以經驗證據的多寡作爲區分標準時，許多僞科學理論也可以被視爲是科學理論。長久以來令波柏困擾和不滿的例子包括馬克思的歷史理論，佛洛伊德的心理分析和阿德勒的心理學。這些理論都充斥著支持證據，而且不管在什麼情況之下，這些理論的追隨者都會用奇怪的理由來修正講法，以使得理論能符合新證據。波柏認爲，「馬克思主義者總是一邊翻著報紙，一邊大言不慚地說報紙上所刊登的一切完全支持他對歷史的詮釋」（35 頁）。用另一句話來說，馬克思主義者是永遠不會被駁倒的。既然沒有任何證據能反駁這個理論，那麼這個理論的存在也就沒有什麼意義。因此，「判別理論科學地位的標準在理論的可否證性、可駁斥性、或者可測試性」。

如果一個理論是可被駁斥的，那麼在可能的情況下，我們一定能找到推翻理論的證據。這些條件必須在檢測之前清楚說明，而且當檢證結果對理論不利時，它們也要幫助修改理論。波柏不允許「約定論的策略」，使用特定的、額外的預設作爲理由，或者重新詮釋理論結果來解救某個理論。真正的科學理論都存在有被推翻的風險：僞科學和形上學則不會。相對應來說，這也就是批判思考和教條式思考的差異，開放社會和封閉社會的不同。批判思考接受經驗證據的反駁，教條式的思考不考慮任何反例。

波柏更用他的可否證主張來拒斥休謨對知識論的分析，以及實證科學的想法，特別是邏輯實證論的主張。波柏爲何提出這些批評的理由並不明顯。經驗主義者和其他人的不同之處似乎在於，經驗主義者恭順地尊重一切經驗證據；被培根比喻爲蜘蛛的、教條式思考代表的理性主義者，則只偏好主觀理性直覺的推論。李普塞的科學方法和傅利曼的實證經濟學也都強調了可否證性的重要。那到底是什麼問題讓波柏感到困惑？波柏的創見又是什麼？

波柏認爲整個錯誤有一部分是心理學的問題，另一部分則是科學邏輯的問題；休謨對「知識」和「概念」的分析與兩者都有關。我們都知道，休謨將因果關係當作是人類獲取知識的關鍵，因爲只有因果關係超越了知覺印象和觀念，但因果關係旋即被化約到大自然的規律或經常伴隨性，我們對之僅有心理期待而已。對休謨而言，科學不過是操作歸納法而已。但是，不同於培根的第二種方法，休謨尖銳地主張：「人類所推論出的一切事實最終只是習慣」。「習慣」一詞在休謨的意思是指「觀念的結合」，這也是十八世紀對於人類如何擁有概念以及如何學習語言的標準回答。知覺印象和單一的經驗激發了人類的觀念。單一知覺經驗的重複出現引發了概念的產生，兩個先後不同知覺經驗的重複出現（因果關係）則導致觀念的結合，因此，觀念的結合最終形成一個反映我們所經驗到的世界的概念結構，也正是因爲這個概念結構，人類期待下一次能知覺到同樣規律。從單一知覺經驗的重複出現到概念的形成，最重要的關係就是「相似性」：我們可以藉由「紅色」這個概念來認知兩塊顏色相近的紅布。因此，人類知識是建立在自然規律所激發的概念架構上。

我再次強調，當我們仔細閱讀休謨的文章時，我們會發現人類的想像牽涉到觀念的結合，觀念的結合則來自兩個先後不同知覺經驗的重複出現。與我先前的講法相比，人類的心智能力在這種說法下似乎變得較爲被動。因爲休謨認爲觀念的結合是被動的，所以要將心靈主動的元素和休謨的主張作結合也很困難。而且，波柏也認爲休謨理論的基礎完全是建立在相似性之上。這也就是爲什麼波柏對休謨的批判會那麼地極端，那麼地不可妥協：沒有一個心智活動是被動接收感官經驗的，也沒有休謨所謂的純粹經驗和觀念之間的模式，因此，不存在心理歸納的過程。波柏接著說：「有些人認爲人類在探知大自然真理的路上，可以從不預設任何理論的純粹知覺經驗出發。對我而言，這種想法太荒謬了。」

波柏宣稱：休謨所說的「傾向」是與生俱來的。這天生的知識雖然不是先驗爲真，但卻是心理上和基因上的先驗；先於一切經驗觀察。在這些先天的傾向之中，最重要的就是人類有尋找規律的傾向。尋找規律的傾向不但可以用來說明個體爲何能像蜜蜂一樣，運用與生俱來的傾向將知覺經驗消化轉換，它也說明了爲什麼科學不可能建立在純粹知覺經驗之上。波柏的想法也間接支持實證科學之區分發現真理的過程與檢驗真理的過程。在第三章，華勒斯圖繪一個統合兩種過程的單一機制，李普塞的機制相對較爲複雜，像個過濾機，「假說之形成」出現在最上端的文字方塊（發現真理的過程），「假說的經驗檢證」則在最下端的圓形文字塊（檢驗真理的過程）。李普塞會有這個主張並不令人驚訝，因爲他是波柏的追隨者。那波柏爲什麼還會指責實證論者呢？

問題的答案來自波柏在科學邏輯上的主張。總的來說，當我們做歸納推論的時候，如果我們發現 A 個例（這隻烏鴉）具有 B 性質（黑色）的證據越多，就越支持「所有烏鴉都是黑色的」這個假說。波柏抨擊任何奠基在這類歸納推論的科學研究方法。他斷然否定我們能用經驗觀察來核驗假說。以下我用形式邏輯來說明：H 代表假設，O 代表觀察語句，箭號代表蘊涵關係。歸納推論的邏輯形式如下：

（1）H→O
（2）O
因此，（3）H

若將機率考慮進來，結論就變成：

因此，（3）H爲真的機率更高

這兩種推論在形式上都一樣，而且也都不是有效的邏輯推論。當我們說一個推論是有效的，意思是說，所有前提爲真時，結論也必定爲真。反過來說，邏輯推論是無效的，意思則是：所有前提爲真時，結論卻不必定爲真。舉一個日常生活的例子：我們將前提（1）換成：如果下雨，外面的草地就會變濕；前提（2）：公園的草地是濕的。在這兩個前提成立的時候，結論（3）外面下過雨，一定爲真嗎？公園的草地變濕有可能是因爲園丁灑水造成的，也有可能是水管破裂造成的。也就是說，結論不一定爲真。因此，從前提（1）、（2）推論出（3）是無效的。再來看波柏的否證法；它的邏輯形式是：

（1）H→O
（2）非O
因此，（3）非H

爲什麼這個推論是有效的？我們再做一次替換；前提（1）換成：如果所有烏鴉都是黑色的，那麼亞馬遜雨林的烏鴉就是黑色的；前提（2）：亞馬遜雨林的烏鴉是綠色的（不是黑色）；在這兩個前提之下，假說當然不為真。所以，我們得到的結論是：不是所有烏鴉都是黑色的。否證法正是教條式思考者忽略的。推論上的有效與否不但是核驗和否證的重要差異，也是波柏反對實證論的最終原因。

> 從多次經驗觀察來做推論的歸納法只是個謎。它既不是人類心智的事實，也不是日常生活上的事實，更不是正確的科學研究方法。

總而言之，科學是開放的，科學並沒有辦法提供不可能為錯的確定真理，人類追尋真理的路也沒有盡頭。檢證真理的目的並不在消除所有為假的假設。每當有一個假說沒有被否證法刪除時，同時就有許多與它相衝突的假說也存活下來。邏輯只告訴我們哪些理論是錯誤的，雖然科學是在淘汰被否證的理論，留下那些通過測驗的，但留下來的理論並不是獨斷的，仍必須要接受挑戰與討論，並加以改進。科學所呈現的不再是舊有的形象，從有限的資訊描繪出獨一無二的正確圖像，也不是如傳統所說，在確定的基礎上建立知識的大廈。如同波柏在《科學發現的邏輯》書中所言：

> 客觀科學的經驗基礎已不再是絕對的。科學並不是奠基在堅實穩固的基礎上。科學理論的形成就像一

棟以木樁架構在沼澤上的建築。雖然木樁由上而下深入沼澤，但卻碰觸不到任何堅固的基底。我們停住不將木樁往下紮，並不是因為探到了穩固的地基，這完全只是我們對木樁支撐建築物的強度已感到滿意，至少就目前為止而言。

波柏的想法令人激動，他所寫的更是了不起。但波柏的主張實際上並不如他描繪得那樣激進。對波柏而言，理論被拒斥的決定性時刻就是其被觀察結果淘汰的那時刻。這時刻也是真理不會有錯的時刻，即使這個真理僅僅是告訴我們某個理論是錯的。然而，除非我們能保證重複實驗觀察仍然會得到相同的結果，否則沒有所謂決定性的時刻。但是這個保證仍舊建立在歸納推論上；從目前實驗的結果來推論重複相同實驗的結果。不然，爲何科學家不一直重複做相同的實驗？否定歸納法的健全性，我們將不會僅僅由於理論在某情況下的預測不成立，就將它刪除。

假使歸納法如波柏所言是個神話，他的否證邏輯也同樣不可信。因爲，如果波柏的意思就是如他所說的那樣，我們將沒有理由偏好未被否證的理論，並因而導向懷疑論的立場。然而，一旦確定否證依賴於歸納推論，歸納新謎也將出現在波柏的否證理論中，波柏再也不能宣稱「歸納法的問題已經解決了」。

再從另一個角度來看否證法，一個理論被否證刪除是因爲它的預測與純粹的經驗觀察與事實相衝突；這也是波柏的想法。然而波柏說過：「有些人認爲，人類在探知大自然真理的路上，可以從不預設任何理論的純粹知覺經驗出發。對我而言，這種想法實在太荒謬了。」對於檢測情境的定義以及觀察現象的指認都涉及到理論。當註定會出現拒斥情形時，測試者必須權衡作預測的理論以及描述經驗的理論，兩者的優劣。科學實驗是很複雜的事情，總是留有空間讓人爭議是否實驗有缺陷，是否實驗精確呈現出預期呈現的結果。簡單來說，詮釋是不會消失的；並不存在一個超然立場來評斷理論上該接受那個理論。

以上是反對波柏否證法的兩種觀點。從反對意見來看，波柏比他所想的還更像傳統的經驗主義者。或許這對培根第二種方法（螞蟻）的追隨者來說是件好事；因爲對波柏而言，經由心智活動消化轉換（蜜蜂）而形成的理論，其否證刪除與否最終還是決定在經驗觀察上。可是當波柏在《客觀知識》這本書中改變想法後，一切問題又變得更加複雜。我們只得試試同時維持兩項主張。一方面，當理論接受事實檢驗的時候，否證法提供了客觀的事實；另一方面，經驗觀察必定涉及理論。螞蟻不會因爲會作消化轉換就能變成蜜蜂。下一節我將介紹實用主義者的主張。

科學即信念之網

實用主義堅持在決定什麼是知識這個層面上，人類的心靈總是站在主動的地位。對實用主義來說，沒有基礎論所謂的基礎命題；在知覺經驗的導引之下，一切概念和信念都是可以被修改的。這兩個主張放在一起看似反常；前者是說理論支配經驗，後者則說經驗決定理論。或許兩者互相作用最後會導致許多問題，但此時我們能從討論中獲益良多。對近代實用主義發展最完善的介紹是蒯因所發表的一篇具有開創性的論文：〈經驗主義的兩個教條〉。這兩教條是整個邏輯實證論理論架構的支柱，我們在前一章將它們視爲實證科學論的基本信條。經驗主義的第一個教條是在區別分析命題和綜合命題；第二個教條則主張有純粹的知覺經驗，對基本觀察事實不涉及理論詮釋。蒯因整篇文章的目的不但在駁倒經驗主義的兩個教條，更在推翻邏輯實證論所試圖改正的廣義經驗主義。

我在前一章註明，區別分析命題和綜合命題保留了休謨的主張（區別與「觀念之間關係」以及與「事實和存在」相關的議題）。經驗主義的第一個教條也杜絕了理性主義宣稱人類擁有先驗知識的可能。對經驗主義者來說，爲真的分析命題是約定俗成的，完全來自於語言使用上的協定，蒯因同意約定俗成會使得某些真理在我們的知識當中有特別的地位。但是他不認爲經驗主義者將邏輯和數學當作分析命題以及將經驗命題當作綜合命題是正確的。蒯因反對分析綜合區分的論證無法在此簡短說明，但整個論證的核心在於打破邏輯實證論者將分析命題的真假建立在約定俗成上的美夢。到底分析命題的特殊之處是什麼？問題的回答必須藉助「必然性」、「邏輯等值」或「同義性」這些原本用「分析」概念來說明的概念。但是，要做到將類似「單身漢皆未婚」的真理之所以是分析的，終究來講是自明的，就是承認先驗直覺，這正是經驗主義必然要拒絕的。

爲了避免陷入倒過來支持理性主義者，我們必須修正「分析」這個概念；雖然分析命題之所以爲真是約定俗成的，但是感官經驗仍舊可以對它修改。也就是說，相較於綜合命題，或許分析命題是處在人類概念架構的底層，可是分析命題和經驗命題一樣無法免於被修改。當分析命題被修改的時候，我們所持的理由和修正經驗命題一樣，都是因爲觀察實驗證據顯現了理論本身的缺陷。以天文學來說，過去天文學家都是用歐基里德幾何學公設來描述宇宙天體運行的規律。可是，觀察證據的累積迫使天文學家們從懷疑歐基里德幾何學的可行性，到最後不得不修改歐基里德基本公設。一般來說，在校正命題的選擇上，我們會先修改對其他命題影響最小的命題。也就是說，倘若我們必須修正甚至刪除命題甲或是命題乙才能符合實驗結果，而修正命題甲會連帶影響其他許多命題（整個理論大幅修改），而修正命題乙只會影響少部分的命題（理論小幅變動），在這樣的情況下，我們會先修改命題乙。雖然校正的優先順序反映了命題本身在人類思想上的地位，但是沒有什麼是基礎命題，即使邏輯和數學的公設都難逃被修改的命運。對蒯因來說，構成信念這張網的每一條線（命題）的顏色既不是純黑（分析）也不是純白（綜合），而是深淺不同的灰階。

在反駁經驗主義的第一個教條上，蒯因將經驗觀察所能影響的對象擴大到所有型式的理論。在反駁經驗主義的第二個教條時，蒯因倒過來認爲理論參與了每一次的經驗觀察。也就是說，綜合（經驗）命題必不會直接受到觀察證據的挑戰。即使是像「這隻貓在墊子上」這個經驗命題都與那些處在信念之網中央、深灰色的命題連接在一起。因此，當我們在檢驗「這隻貓在墊子上」這個經驗命題，去看那隻貓是否在墊子上的時候，信念之網的某些部分也參與了這個視覺經驗觀察。信念之網牽涉的範圍越大，對經驗證據的抗拒也越強，我們甚至會認爲觀察結果若不符合理論預測，是出於對證據不正確解讀的緣故。每當經驗和信念相衝突的時候，我們總是能選擇要修正哪一邊。由於我們作描述的時候都是在作詮釋，我們可以選擇重新詮釋。人類的信念都會面臨經驗的審斷。在信念之網中，沒有哪一個信念是必定要被放棄的，正如同沒有哪個信念是會免於修正的。

與波柏相比，蒯因更反對存在有不涉及理論的觀察。觀察必定涉及詮釋，因此必定涉及理論，以至於在決定何者才是觀察事實的時候，我們有時要考慮敵對的不同理論。礙於實用主義的整個歷史流派太過複雜，我並不在本書做深入的探討。單就本書的目的而言，蒯因在〈經驗主義的兩個教條〉中的三個段落，生動清晰地描繪了實用主義的想法。蒯因在文中試圖論證即使科學家在建立理論時會預設不可被觀察的事物，但不可被觀察的事物和荷馬史詩的天神在知識論的地位上，只是程度的差異，種類上並沒有差別。

> 從最貼近生活的地理和歷史，到最深奧難解的原子物理，甚至純數學和邏輯，這一切我們所謂的知識或信念都是人為的結構；經驗只是處在結構的外圍。換個方式來說，科學就像個力場；力場的邊緣就是感官經驗。外圍經驗的衝突偶爾會引發力場內部的變動修正；部分語句的真假也因此而改變。由於語句之間具有邏輯關係，對於某些語句的重估蘊涵對其他語句的重估。邏輯定理同樣也是力場的核心。因此當某個語句被修正之後，我們必須再修正其他相關語句；這些語句可能與它有邏輯推論的關係，但也有可能就是邏輯定理。單從外圍經驗證據上的衝突，我們並無法決定修正的對象。觀察結果並不直接對應力場內部的單一信念，觀察結果影響的是整個信念力場的平衡。
>
> 假如這個想法是正確的，那麼就單一語句來談它的經驗內容是沒有意義的——尤其當陳述與外圍經驗關連甚遠的時候。更進一步來說，主張綜合語句

的真是偶然的、決定於經驗觀察，分析語句的真是必然的、與經驗證據無關，這種想法是很愚蠢的。只要我們修正的幅度範圍夠大，任何語句都可以是分析語句。即使面對強大的證據反駁，我們也能將證據解讀成幻覺，或者修改邏輯定理來保持外緣的語句。反過來也是一樣，任何語句都有可能因為經驗證據而修正。即使是邏輯基本定理的排中律（一個語句要麼為真，要麼為假），也因為量子物理而被修改（一個語句可以既為真也為假）。這樣的轉變與從克卜勒到托勒密、從牛頓到愛因斯坦、從亞里斯多德到達爾，有什麼不同嗎？

…

身為經驗主義者，我持續將科學概念架構視為，依據過去經驗來預測未來的工具。物理學家將不可觀察的物體當作方便的中介物，以引入概念架構中——不可觀察的物體並不是由感官經驗定義的；就像荷馬史詩有天神，對物理理論來說，不可被觀察的物體同樣扮演一個無法被化約的角色。就一個非物理學專家來說，我相信不可被觀察的物體，但不相信荷馬史詩的天神；因為我認為這在科學上是錯誤的。但是兩者在知識論的地位只是程度上的差異，種類上並沒有差別。不可被觀察的物體和荷馬史詩天的神，都是因為文化上的假設而在我們的概

> 念中形成。不可被觀察的物體之所以在知識的程度上優於大部分的虛構物，是因為比起其他虛構物，它使得概念架構更有效的嵌入經驗證據裡。

與前一節相同，我用形式邏輯來具體化蒯因的比喻。蒯因告訴我們，沒有一個假設可以被單獨檢驗，每一次經驗觀察都基於理論而與其他經驗觀察連結在一起。因此，波柏單純的否證法行不通；取而代之的是以下的邏輯形式：

（1）（H1 和 H2 和 H3 …）→（O1 和 O2 和 O3 …）

（2）非（O1 和 O2 和 O3 …）

因此，（3）非 H1 或非 H2 或非 H3 …

在結論裡，到底要反駁哪一個假設的選擇權在我們手上，而不是決定在大自然。因爲人類並不沒有一個先於一切詮釋的心靈。

在介紹蒯因的理論之後，我們回過來看李普塞的「過濾器」是否正確掌握了實證科學論的主張。李普塞的目的是在藉由清楚呈現科學假設與經驗事實互動的每一個階段，來改善實證經濟學的研究方法。相較於華勒斯的研究方法，過濾器在兩個層面上較爲複雜。第一，藉著區別發現真理和檢驗真理的過程，李普塞的過濾器允許在理論假設中加入不可觀察的物體。第二，李普塞同意波柏的主張，就算理論通過經驗檢證，這並不增加其假說爲真的機率。雖然這些改進確實符合實證經濟論的精神，但是李普塞顯然有不同的想法。當我們仔細閱讀「過濾器」的流程圖時，我們會發現在結論這一欄裡，李普塞的用字是：「理論『看來』是與觀察事實一致」的。再者，當理論因爲觀察證據而被反駁時，李普塞也沒有告訴我們該選擇哪一條分支；他也沒有說明爲什麼理論被放棄時，一定是因爲另一個更有可行性的理論。實用主義的主張正好在此發揮了效用。李普塞比正統的經驗主義者賦予人類心靈更大的權限。當理論「看來」與觀察事實不合時，應該做修改還是放棄，決定權在我們的手上。從這些方面來看，李普塞的真理檢證過程的目的，已悄悄偏向蒯因的「使概念架構更有效的嵌入經驗證據裡」的想法。

同樣地，我們再回頭看傅利曼的主張。傅利曼在他的文章中也賦予理論超過實證科學者所能允許的空間。他文章的前半段是實證經濟學的代表作；但文章後半段卻像實用主義者的主張。我們不能將已知事實當作一件事，將理論深切應用於實在界當作另一件事。唯有透過理論我們才能觀察到「事實」，「事實」必定相對於一個理論。傅利曼接著討論要如何在眾多符合事實的理論中做選擇。與過去等待新經驗證據來做決定的想法相比，傅利曼將理論的選擇付託在抽象的原則上（理論的理想型）；他認爲我們應該在眾多符合事實的理論中挑選最「簡約、清楚和精確」的一個。理論不再只是個記錄裝置或文件歸檔系統，理論已經成爲我們挑選資料的依據；觀察資料甚至可以因爲不符合簡約、清楚原則而不加以紀錄。但到底爲什麼我們要偏好這些原則？傅利曼的回答是：

> 「表象是虛假的」是科學的一個基本假設，科學也預設我們可以將那些表面上看似不相關、迴然不同的現象結合，呈現在一個更為基礎、簡單的結構之下。

如果這條科學的基本假設不是承認大自然有所謂的基礎結構，在傅利曼的回答中，必須能爲歸檔系統或語言提供原則。即使如此，他的文章後半段還是打破了前半段的主張。作爲經驗科學的一支，實證經濟學爲了能成功預測經濟活動而產生了實用經濟學。實用經濟學的目標是在用最單純、簡練的理論，來使我們在眾多的「事實」下觀察到最關鍵的一面。理論，在實用主義的眼中，不再只是經驗的附屬品。

但是，到底爲什麼我們要以實用主義所偏好的簡約、清楚、精確、簡練或充滿啓發性，來當作選擇理論的標準？倘若那些表面上看似不相關、迴然不同的現象必不是連接在一個更爲基礎、簡單的結構之中，那麼實用主義的標準就無法帶領我們發現真理。再者，爲什麼簡練的理論更能契合經驗觀察證據呢？答案來自信念之網。如同蜜蜂將花蜜和花粉透過體內消化轉換成蜂蜜，傅利曼對實在界結構的主張也與人類的心智活動有關。但是，主張理論參與一切人類的心智理解活動是一回事，主張心智活動與發現真理相連則是另一回事。

蒯因認爲，即使修正信念之網的選擇權在我們手上，我們還是要接受經驗法庭的裁決。但這法庭的法官是誰？我認爲唯一的可能是我們自己。我們所觀察到的大自然不再獨立於理論之外，她已經變成了一個神話或是文化上的預設。大自然在理論上的地位就像是荷馬史詩中的天神，或是日常生活所接觸到物理事物。既然信念之網的每一個信念都有可能被修正，關於大自然的信念又何嘗不是這樣。甚至就連「只要付出些代價就能保留（或修改）任何信念」這說法也是誤導的。這說法相當於是說，這付出的代價是大自然強行加諸我們身上的，並且是大自然與經驗互動中不變的因素。無論核心信念受到多大的改變，甚至顛覆了邏輯一致性和理論的可理解性，付出代價的最終還是信念之網。將信念修正視爲我們直接與實在界協商互動下的結果無疑相當有用，但是從知識論的角度來看，所謂經驗法庭只是一個神話。

上一段的最後一句話似乎犯了一個丐辭的謬誤。本章討論到目前爲止都預設了真理符應論；經驗語句爲真，若且爲若，經驗語句對應到事實。對於視科學爲探索真理、照亮實在界的一道光，並主張知識基礎論的理論而言，真理符應論相當適合。但實用主義論並沒有這兩個包袱；藉由事實內化到對信念之網的修正，實用主義完全擺脫了真理符應論。對實用主義而言，經驗語句爲真的標準在於；是否能在「事實」和信念之網的簡約達到平衡，或者在經驗語句本身的可行性之間達到平衡。由於進一步的討論會深入知識論的問題，在此我只對論證上的謬誤作簡略的澄清。

雖然如此，我們還是可以放心作一個結論：如果蒯因的主張是正確的，而且每一個語句也都開放給經驗證據的修正，那麼在面對一組經驗證據時，將會有超越人類所能嘗試的、無限多種的理論。那到底是什麼限制了理論的數量？在本章一開始所提的傳統答案是：推論規則和經驗證據將理論限制在符合所知的事實和邏輯規則的條件之下。可是實用主義論認爲傳統的兩個限制都有可能被修改。到底我們爲什麼仍舊允許理論預設不可觀察的物體？到底我們爲什麼依然試圖透過這個理論來瞭解大自然？蒯因假想這答案與大腦以及人類的生物機制有關；人類的本性就是會寬鬆地詮釋經驗。其他人則傾向用社會文化來解釋在文化中假定的事物。

典範及其後的發展

孔恩在他所著《科學革命的結構》這本書引進了「典範」概念，提出了一個開創性的想法。對於科學史的研究使得孔恩確信，過去對人類理性發展的描述完全是虛構的。人類理性自啓蒙時代到現代科學，並不是循序漸進的成長。以哥白尼革命爲例，教科書上總是說，在哥白尼的理論出現之後，地球不再固定不動，也不再是天體的中心。哥白尼的理論完全取代了托勒密的天文學。然而相反地，科學歷史告訴我們，哥白尼和托勒密的理論在不穩定的狀況下共存了好幾個世紀。兩邊的支持者都握有觀察證據，雖然最後望遠鏡的改良打破了兩個學說的平衡，但直到十八世紀，托勒密的理論還是受到一些著名人士的支持。而且以地球為固定不動的點，同樣也能描述星體之間的相對運動。孔恩認為哥白尼革命是概念上的革命，革命之所以會成功，哥白尼的理論之所以會融入現代的世界觀，是因為人們在思想上願意用新的角度來看宇宙天文。當概念上的轉變已經形成，歷史學家帶著新的觀點回顧過去的結果就是教科書上的哥白尼革命。

重新思考過去的科學歷史事件，孔恩區分「常態科學」以及「革命科學」。常態科學是有組織的、一步一步收集證據和檢驗假說，伴隨著一組既定的科學假設和規範架構。然而一般科學的架構或者「典範」並不是永遠不變的。當常態科學的理論無法一致地解釋新的經驗證據的時候，對典範的衝擊也因此產生。若此時出現了一個能解釋經驗證據，又能讓科學家信服的創新理論，過去的典範就被拋棄，新的典範取而代之。從托勒密天文學到哥白尼，從牛頓物理學到愛因斯坦相對論，這其間的科學革命就是科學典範的轉變。因為典範所代表的是常態科學的共同假設和規範，科學家所遵循的典範不同，所面對的世界也就不同。

《科學革命的結構》這本書的由來也可以當作典範轉移的實例。孔恩的書本來是屬於 1940 年代《國際統合科學百科全書》的一部分。這一系列的百科全書是邏輯實證論者在 1930 年代所開創的，其目的在完成知識百科的規劃，那個在啓蒙時代樂觀主義顛峰下，企圖建立所有知識體系的規劃。依據計畫，《科學革命的結構》這本書原先在提供科學史上的事實，以所謂的綜合真理來填補科學史知識上的缺口。本書 1962 年的初版並沒有引起很大的迴響。但事實上，孔恩的理論對實證論的計畫造成很大的威脅。孔恩明白指出邏輯實證的理論無法說明「典範」轉移的問題。配合新的序言，第二版正式點燃了這顆定時炸彈，這本書成爲人人必讀的典籍。孔恩的確展現了一個全新的角度來看科學和人類的一切知識，掌控常態科學的典範不但無法被經驗證據直接反駁，它也不只是個記錄裝置或一組必然爲真的語句。典範是如此變動無常以至於不能以普遍外在的「理性」來說明。這是革命性的主張。

典範主要有兩個面向，知性的以及制度的面向。從知性的面向來說，典範是一組與大自然整體性質以及研究方法相關的基本教義或公設。笛卡兒的知性體系是個好的例子，主張大自然是統整的系統，提供新的數學物理學，以及一套知識論和如何獲得知識的方法。當笛卡兒宣稱這些發現是依賴在理性直覺上時，孔恩卻認爲這一切都建立在不確定的假定下；因爲一切推論和詮釋都是在典範所組成的架構下運作，典範也就超越了推論和詮釋的範圍。簡單來說，雖然典範制訂了推論規則和詮釋的方法，但是它們就和波柏所認爲的僞科學一樣，不會被否證。

從另一方面來看，雖然這些假定不會因經驗證據而修改，卻能被其他假定取代。笛卡兒體系不久便屈服在牛頓系統之下，在康德所著《純粹理性批判》這本書裡，康德認爲牛頓系統具體呈現了一組獨具完備和一致的範疇，使得經驗變得有意義。如果康德有機會接觸到相對論，或許他不會下這個結論。「範疇」是什麼並不是本節所要討論的問題。從笛卡兒系統到牛頓系統、甚至到愛因斯坦系統，到底是什麼因素促成典範的轉移？孔恩指出，即使每一個系統都訂定了一套理智辯論的準則，典範的轉移仍然是出自於理智辯論的過程。這令人困惑。本身就已具備了抗拒挑戰其穩定性的系統是如何改變的？我們必須作說明。或許衝擊來自系統內部的矛盾，迫使科學家放棄原本的典範。但孔恩在此想要表達的是：單就知性面向，我們無法解釋典範的轉移。

根據孔恩的理論，制度是典範的另一個面向。常態科學不但與科學家的理智層面有關，也牽涉到當時的社會機制。常態科學是一個高度組織化、權力階層結構下的活動。在見習階段時，年輕的科學家不但在既定的典範下學習如何思考問題和操作實驗，表現優秀者更獲得提拔。單打獨鬥的科學天才只是個神話。在現實生活中，科學家的工作環境是階級式社群，科學家一舉一動都受到典範的約束。另一方面，研究也同樣需要經費的支持。科學活動不僅在滿足人類的好奇心，和一般企業一樣，它還要能讓投資者滿意，也就是要讓那些不懂科學的官員高興。俗話說：「出錢的人是大爺」，整個知識企業最終還是與社會政治大環境脫不了干係。這也正解釋了爲什麼某個典範會存留下來，典範又如何管制科學活動。同樣地，典範轉移也和制度層面有關，典範轉移反映了社會大環境權力的重新分配。即使經驗證據是造成轉移的重要因素，當典範的知性層面無法解釋科學活動時，制度層面提供了一個完整的答案。

爲何「典範」概念有如此的衝擊力？在此，我比孔恩本人還更凸顯他的主張。孔恩的學說對啓蒙時代以來的科學知識觀所造成的是最極端的挑戰。接下來我將簡短介紹兩個主要的回應，並藉此來呈現各方的觀點。

首先，知識社會學以理性作爲研究主題，並帶動了許多很有啓發性的研究。以醫藥歷史爲例，社會科學家的研究顯示，醫學理論是否被採用與教會當時的權力、專業醫師的興起與否、醫生與助產士的性別比、或製藥公司有關。雖然知識社會學將社會制度層面的因素納入對醫學理論的研究之中，但從整體來說，只要知識社會學依舊預設絕大部分的醫學科學活動是理性的，但研究的焦點只放在哪些社會因素是或不是理性的，這並沒有挑戰理智的地位。典範的存在表示被視爲理性的活動本身不僅是知性的，亦是社會的。

這表示似乎要接受廣泛的相對主義，主張所有信念都是關連到其所屬社會脈絡下的某些特徵。這種全面式的相對主義最顯著的支持者是巴恩和布魯爾，他們以「強方案」來切入人類知識的社會學。布魯爾曾說「一般人所認爲的知識就是社會學家研究的對象，知識對一般人來說就是日常所賴以維生、深信不疑的信念」。假使知識只是我們所賴以維生、深信不疑的信念，那麼那些處在信念之網中央的信念所憑據的推論原則，其正當性也和社會文化背景有關。同樣地，在強方案之下，一切建立科學方法的規則都受到社會因素的影響。

相較於相對主義者全盤接受孔恩的學說，啓蒙計畫的支持者並不認爲他們已被孔恩擊垮。對波柏學派來說，儘管不再有所謂純粹的、忠實反映大自然的經驗觀察，儘管一般科學的典範是堅不可摧的，否證法在知識發展上依舊是一個客觀的過程。拉卡托西認爲科學理論是一組關鍵命題構成的核心，並受到週邊輔助假設的保護。當理論預測與經驗證據相衝突時，科學家可以選擇修改刪除理論的輔助假設，或是暫不下判斷，看看異例是否會造成理論更大的困擾。是否要修正理論決定於整體研究計畫的狀態。當然，每個理論都能藉著添加新的輔助命題來解消理論與經驗證據的衝突。可是在缺乏合理的說明之下，毫無一致地補上新的輔助命題，只爲了能保留住原來的理論，反映出整體研究計畫品質的「衰退」。相對地，一個「進步」的研究計畫是從理論與新臆測來回應困擾，這也符合波柏否證法的精神。

啓蒙計畫的支持者也對孔恩關於常態科學與革命科學的區分發動反擊。波柏學派認爲常態科學和革命科學只是程度上的差別，並不存在明確的區分標準。相較於孔恩之主張典範的固定不變，波柏學派認爲常態科學在某些情況下也會修改理論的核心命題；相較於孔恩主張典範的完全轉移，波柏學派認爲革命科學部分承接過去的典範。在彼此爭論之間似乎達成了某種平衡。波柏學派愈來愈有整體論的趨勢，愈來愈從相互聯絡的整體論來思考。他們也將理論詮釋納入科學實驗和觀察的過程。這或許是放棄了居於「臆測與駁斥」核心的所謂「真理的決定性時刻」，但卻使得科學更靠近真理。孔恩學派指出有關典範的論述也是客觀科學的一部分，也脫離了《科學革命的結構》一書所蘊涵的相對主義。一旦記取了這個教訓，亦即對於如何合理接受信念而言，理性並不是唯一的仲裁者，就開啓了一條客觀說明科學的路，並將政治社會脈絡納入考慮。或許我們可以界定出最適合科學的脈絡，基本上是自由、民主的脈絡。

戰端一旦開啓，必定有一方落敗。對我而言，除非我們預設確實有獨立於人類心靈之外的自然界的客觀知識，不然將研究計畫區分為「進步」和「衰退」是沒有意義的。這個區分似乎承認：理論之滲透事實，以及典範之對理論健全性的影響，摧毀了所有傳統的說法，那說法企圖藉由理性來探知獨立於人類概念和理論之外的自然界。雖然波柏學派和孔恩學派希望從揭露典範在知性面和制度面的地位來保留科學的客觀性，這主張似乎是矛盾的，因為「典範」這個概念就已經否定了科學的中立觀點。在《反方法》這本書中，費耶阿本的見解更助長了我們懷疑科學方法的客觀性。費耶阿本強調：「每一個方法學都有它的侷限，唯一存活下來的『規則』就是『什麼都可能發生』。」也就是說，企圖要建立一套適用於所有領域的科學方法，不但是自找麻煩，對科學的進步也有害無益。

就算我們只將討論的對象限制在培根三種發現方法，到目前為止，仍舊一團混亂。倘若再加入在解構和批判理論之下的爭論，情況會更加騷亂。由於要瞭解這些爭論需要對於詮釋學傳統有所熟識，我將延後，直到我們對「理解」這個概念有一定的認識，再來說明。就目前而言，從《純粹理性批判》的觀點再回過來看啓蒙時代的歷史，是本章最佳的結尾方式。雖然本書多次提到康德的主張，但我實在不知如何在社會科學導論的書中將康德定位。如同培根的第三種方法，康德在著名的《純粹理性批判》中，也試圖結合人類的感官經驗和理性直覺；一方面承認人類一切知識跳脫不了主觀詮釋，另一方面保留了知識基礎論的主張。

先前提到康德名言：「缺乏知覺經驗的概念是空洞的，缺乏概念的知覺經驗是盲目的。」在康德的理論裡，概念和知覺經驗彼此的唇齒相依，是說明人類心智理解、轉換、消化感官經驗歷程的核心。我們在此則是要瞭解爲什麼對康德來說，心智歷程不會危害到知識的客觀性。既然概念和知覺經驗彼此缺一不可，那麼某些概念必會在我們理解感官經驗時扮演重要的角色。在《純粹理性批判》中，康德的解決辦法在於對於理解經驗是很基本的概念，也就是將經驗理解爲對於常存於時空中、彼此有因果關聯的物體的熟識。由於我們藉由感官經驗只能認識到實在界的表象，這個概念範疇必定出自人類心靈，但它並不因而是主觀的或互爲主觀的。康德指出，如果要回答「人類如何可能擁有關於大自然界的知識」，我們可以提出獨一無二的先決條件，以發現可被理性描述的經驗次序。任何理性的理解因此都預設將結構放入經驗之流的單一方式。概念範疇是人類理解所倚賴的，它們超越了經驗，並因而使我們確信，我們依範疇而運作的思維是有客觀保障的，儘管不是使我們確信實在界是有對應到範疇的。這條思路預見了前面所談蒯因的實用主義，而且是更嚴格而不是更鬆散。

要將康德的理論詳細闡述還得花掉一本書的篇幅，本章最後讓我們回顧本書到目前所言。

結論

「理性，它帶領科學向前跨進了一大步，它也終結人類的福祉。」這是霍布斯在《巨靈》的一句話。帶著激昂的心情，我們從啓蒙時代出發，一路前進。但不管是理性主義還是經驗主義，這兩條發現真理的路似乎都是死胡同；結合兩者乍看下可行，但就怕「什麼都可能發生」，你走你的陽關道，我走我的獨木橋。到最後，知識是相對的，科學也不過是人類主觀下的產物。難道一切就這樣結束了嗎？先別太悲觀，讓我們回過來再檢視一遍。

大自然在理性主義這條路上就像隻錶，隱藏在錶面下的齒輪和彈簧帶動指針轉動。雖然人類的感官只能經驗到大自然的表（錶）面，但憑藉著理性直覺，我們可以突破感官的侷限，發現表面下的結構和作用力。理性主義的主張確實令人興奮，但是卻混亂了表象與實在。對培根而言，理性主義者就好比是蜘蛛；理性直覺所建構出的蜘蛛網完全只是人類心靈主觀下的產物。

相較之下，經驗主義這條路似乎較爲可行。大自然不再是隻錶，大自然是由每一次經驗觀察的個例所組成的。歸納法和預測力是經驗主義方法論的核心。經驗主義知識論也可以省掉理性主義的邏輯、以及因果必然性等有問題的概念，轉而將它們當成經驗知識的一部分。但問題是經驗主義無法提供一個有效的辦法，一個能維護「理論」原本中立的角色，避免對經驗證據的過度詮釋。即使經驗主義將發現真理的過程以及檢驗真理的過程區別開來，問題依舊存在。

那融合理性主義和經驗主義呢？我們很快發現這個嘗試會摧毀所有形式的知識基礎論，不管基礎命題是先驗的還是經驗的。不僅如此，理性主義與經驗主義的混和體更與「客觀性」概念不相容。對蒯因而言，即使是波柏自認爲絕對客觀的「否證法」也難逃被修正的命運。用蒯因的話來說，知識浮現於「人爲的結構，經驗只是處在結構的外圍」。再加上「詮釋」的無所不在，即使處在信念之網邊緣的經驗命題，也摻雜了個體的主觀性。當知識成爲人類心靈對感官經驗主動詮釋下的產物時，在追求真理的路上，培根的第一種途徑和第二種途徑都被排除在外。

所以，是不是在用斧頭砍倒了笛卡兒的知識大樹之後，什麼都算是知識？從很多層面看來，無論是任何傳統定義下的理性，我們的確都有好的理由來支持「知識」包含的不單只是「理性」所能證立的。

一開始我們將大自然視爲一獨立體，其運行轉動不受人類心靈的影響，科學則帶領我們以完全客觀的角度來探索大自然。這就是理性的精神。經過一連串的分析討論之後，人類的個體主觀世界與大自然客觀世界之間的界線已不再清楚；主張人類知識建立在基本信念上的知識基礎論同樣也受到空前的挑戰。啓蒙計畫已日暮西山。但這到底對啓蒙計畫造成多大打擊？什麼才是正確的知識理論？這些問題牽涉範圍過大，已超出本書的規劃。

我們已建立足夠的指標以便在接續幾章繼續討論。讓我們再看一次圖 1.2。

首先，從過去的討論裡我們知道，在自然科學的哲學中並不存在一個對因果解釋最具權威的分析，是能讓社會科學家不得不接受的。休謨的想法曾經很具說服力，他將因果關係視爲統計關係，也帶領我們從預測力的角度來看因果關係。但試圖使用涵蓋律釋模和假說演繹法來說明前述羅傑的例子，依舊無法清除我們對於「他爲什麼會投給共產黨」的疑惑。總括而言，無論是經驗主義還是實用主義的知識論，都有其自身的困擾，而無法更深入分析因果概念。

第二，關於機制、作用力、法則和結構的本體實在論仍舊存在。即使理性主義不並比剛出現時風光，本體實在論還是沒被經驗主義和信念之網的主張排除。但是這並不表示我們在對於本體實在論作宣稱時，都應該避免教條主義。這提供了一個辯護經驗主義優點的論證，（實證科學

	解釋	理解
整體論	系統	「遊戲」
個體論	行為人	行動者

圖1. 2

一直希望避開的論證），以及論證是否存在這樣一個以個體在系統中的地位來說明個體行爲的解釋。這是下一章所要討論的主題。並不是所有實在論者都屬於圖 1.2 的左上角，在第六章，我們將會介紹說明位於左下角的「行爲人」。五、六章的焦點放在圖 1.2 的左半邊，內容不但關注「解釋」這個概念，也包括「由上而下」和「由下而上」的解釋之間的爭論。

第三，羅傑的例子所引起的有關「理解」的想法是第七章的主軸。原先以機率作說明的主張，對於羅傑如何看待他自己的投票行爲、他的世界、和他自己，無從置喙。這或許是由於普熱沃斯基和圖尼引導我們尋找行爲的指標，例如性別和職業。我們仍必須探尋第一章所提，彌爾訴諸心理定律的主張。但這或許也是因爲羅傑對其投票行爲的理解並不是依照心理定律的。他的信念之網似乎是由意義、理由和價值編織出來的。這使得我們較偏好蒯因，而不是彌爾的主張。這也給了我們爭論自然主義的空間。

第四，在探討圖 1.2 右半邊的同時，也開啓了上下兩邊「由上而下」和「由下而上」之間的爭論。爭論的優勢一開始偏向個體論，目的是在回應「歷史是建立在普遍性的行爲法則上」這個主張。然而，雖然個別行動者對每一個歷史事件都會有獨特的見解，但行動者終究共同生活在一個「意義」與「規則」共享的脈絡下；一旦共通的意義與規則出現，爭論便轉向整體論這一邊。在第七章將會做清楚的說明。

第五章

系統與功能

??	

在第一章，我引用馬克斯在《政治經濟學批判》導言中的一段話，生產關係的總合「構成了社會的經濟結構，社會真正的基底，向上建立了法律與政治的上層結構，……人的存有並不是決定於個人的意識，相反地，人的社會存在決定了人的意識。」與之相對，彌爾在《邏輯體系》則主張：「所有社會現象的法則就是──也只能是──人類在聚集以形成社會的狀態下，行爲和情緒表達的法則。人類在社會環境下並不會具有跳脫個體本質的法則，以及超越個體本質法則之外的性質。」在下兩章，我們將再次檢視馬克斯與彌爾之間明顯的分歧。

馬克斯與彌爾的論點分別塡滿了圖 1.2 左上角和左下角兩個空格，兩人都試圖說服我們，對方的主張只是次要的。當關注點放在左半邊的同時，我們必須注意，表格上下位置的不同使得掌握「解釋」這個概念的方式也不同。整體論不僅在「解釋」這概念上要對付個體論的主張，它也必須捍衛「解釋」整體論比右上角「理解」整體論更爲適當。「解釋」個體論也是一樣，除了與整體論一較長短外，也要說明爲何在社會科學中，「解釋」個體論優於

「理解」個體論。本章所討論的範例不僅集中在「解釋」如何運用在社會科學的爭論，也先爲稍後第七章「由上而下」與「由下而上」之間的爭論鋪路。

無可避免地，在缺乏一個統一的、公認的對於因果解釋的分析之下，一切都晦澀難明。位於左上角，在本體論上堅信社會系統的理論家絕大部分都使用基礎法則、作用力和機制，來解釋一切社會現象。某種程度上，我們似乎也能證立這些基本元素的存在。相對於前者，位於左下角的理論家也提出各式各樣的理由，將一切關於社會現象的因果解釋建立在能直接觀察到的個人和個體之上。（由於本體論的主張過於豐富，主張潛意識心靈作用力的佛洛伊德心理學被歸爲整體論。）

本章從最明確屬於左上角的功能式解釋作爲開場。在抽離出功能式解釋的特色和反方意見後，我們再進入較不嚴謹的整體論。到最後，無論是對嚴謹還是鬆散的整體論來說，「人的意識」在解釋社會活動上所扮演的角色終究無法取代；個體論也隨之登場。

功能式解釋

讓我們假想在非洲草原上，一群白蟻將一個泥丘據爲領地，工蟻和兵蟻們在泥丘上忙碌奔波。整個白蟻丘的存活關鍵在於，是否工蟻和兵蟻能在數量上大致維持相同。在數量一致的情況下，不但蟻后和工蟻在安全上能受到兵蟻的保護，蟻后和兵蟻在食物上也能獲得工蟻的供給。除此之外，白蟻丘在競爭激烈的非洲草原上也會面臨食物鏈上的天敵。飢餓的動物爲了生存入侵白蟻丘，破壞兵蟻和工蟻的平衡。但這還不至於使白蟻滅亡，因爲還有一隻巨大、蟄居在地底下、穩固不動的蟻后；她所產的卵不但在數量上夠多，足以應付損失，也能滿足維持平衡所需的各種比例。

我們要如何說明蟻后對地表上發生的一切所展現的神奇回應能力？一種解釋方式是將整個白蟻丘當作是一個「系統」。如同其他系統，白蟻丘也有系統上的需求。滿足白蟻丘需求的一切機制都是系統的功能，無論白蟻丘發生什麼都是導因於系統的功能。「除非工蟻和兵蟻損失的數量能維持比例補足，不然白蟻丘就會消失」，這個事實在某種程度上的確解釋了「蟻后產卵種類的比例」；也就是用「白蟻丘系統的需求」來解釋「蟻后個體的行爲」。

假使你認爲這根本就是循環解釋（白蟻丘之所以「存活」下來是因爲白蟻丘系統的功能反應，系統之所以有反應是因爲它不反應就會「滅亡」），那麼我們還可以用演化上的敘述來做補充。蟻后神奇的能力來自演化過程：出現在一連串小範圍隨機突變過程中的自然選擇和淘汰，造成物種（白蟻）環境生存力提高的突變不但會遺傳到下一代，物種內成員（工蟻和兵蟻）的專職能力也有很大的機率會獲得提升。但是就補充原本的循環解釋來說，如果生存是每一個物種的目標，那麼演化上的敘述也只是多了

「我們之所以說物種演進，是因爲物種本身生存能力的提升」。所以讓我們回到最初的想法：「在一系統中，行爲的產生導因於系統本身的需求」。

白蟻丘是一個有機系統。每一隻白蟻也都是一有機體，不同的器官不但使每一隻白蟻都是有功用的個體，也決定了每一隻白蟻所負責的工作。兵蟻的顎和工蟻不同，功能也不同；發達的上顎適用於對抗外敵、守衛家園。將器官的差異依其使用目的來做描述，似乎是很自然的事。同樣地，兵蟻和工蟻都有節足，這是因爲他們都必須到處走動。「白蟻是有機體」這不爭的事實，使我們不假思索地用功能上的效力來界定白蟻的身體構造－這是一套會牽涉到「設計」這個概念的說法。雖然只要我們肯注意，就能避開使用到「設計」這概念，但我們沒有任何理由可以否定「每一個有機部件都屬於一個有機整體」，「有機部件彼此的關係是建立在整體效能的提升上」。同樣不可否認地，每一個有機體都有需求；這意思是說，除非各種條件都能滿足，不然有機體就無法生存繁衍。

將我們導向功能整體論的下一步的，是主張每一個部件之所以會存在，之所以會如此運作完全，都是爲了符合整體的需求。由於某些部件（發達的上顎）的功能與白蟻聚落的生存息息相關，依據剛才的主張，我們可以將白蟻丘視爲一個由各個有機部件來滿足需求的大型有機體。工蟻之所以存在是因爲白蟻丘需要工蟻，這種講法似乎太過魯莽。但是，每一個有機體之所以會由這些部件組成不但並非偶然，而且兵蟻和工蟻功能上的差異的確也有助於整個白蟻丘世代的延續。蟻后的產卵習性也促使我們從白蟻丘的整體角度來看，不是從蟻后本身來考慮（這最多也只是說明了產卵是蟻后的特有能力）。如同每一隻白蟻不只僅是各個部件的總和，整個白蟻丘也不會只是每隻白蟻的過去、現在和未來；其中必定牽涉個體之上的組織或結構，雖然經驗觀察不到，但它的真實性不容置疑。

在我們說：「當兵蟻數量不足時，蟻后會增加兵蟻產卵率是因爲白蟻丘整體的需求」時，是什麼意思？我們用條列方式來說明：

(S1) 白蟻丘的系統狀態，代表的是兵蟻不足。

(B) 蟻后的行爲，代表的是更多的兵蟻卵。

(S2) 白蟻丘的系統狀態，代表的是兵蟻增加。

加上將白蟻丘作爲一系統的預設，形成以下的假設：

(H) 當(S1)的發生時，(S2)是導致(B)產生的原因。

可是，這種條列式說明卻將功能式解釋帶入困境。由於假設(H)，我們必須接受發生在結果之後的原因（一般來說，原因在時間上是先於結果的）。在此不先急著反對，停下來深思是件好事。畢竟，反序因果關係也不是草率地被採用的。但實際上，更多的兵蟻卵(B)並不一定保證就會有額外的兵蟻(S2)，很快地，反序因果關係便導致了一個荒謬的結果（結果產生，原因當然也要出現）。或許在某個情況下，蟻后所產的卵被飢餓的食蟻獸吃個精光。依據假設(H)，我們就得說此時結果(B)的失效（兵蟻卵沒有增加），導致未來的原因(S2)失效！換句話說，我們最好也不要直接依據實際發生的事件，來評斷「從對整體系統助益的角度來解釋個體行爲」的正確性。

就讓我們接受泰勒的建議；真正解釋(B)的不是(S2)本身，而是以下兩個事實：

（1）(B)是引發(S2)的必要條件。

（2）系統無法進入(S2)狀態就會消失滅亡。

這樣，我們將解釋的工作轉交給「維持系統生存的必要功能（或是達成系統其他的目標）」這個概念，也就是用「維持白蟻丘系統生存的必要功能」來解釋蟻后產卵行爲，因而不必承認反序因果關係。如果你覺得這個概念模糊不清，接下來請注意我們是如何毫無困難地將泰勒的解釋方法應用在人類行動上。當傑克去釣魚的時候，並不是其行爲結果導致他甩桿的行爲（因爲他可能沒釣到魚），「如果他不甩桿的話，就不可能達到結果」這件事實才是使其甩桿的原因。在此，我們進入了一個「目的」、「目標」，或許還包括「功能需求」的解釋領域，當前它並不會遇到麻煩，它也不會使用到反序因果關係。因此對於人類系統（傑克）的目的性格也不會帶來麻煩，（不管怎樣，傑克是有意識到他的目的的）。就這方面來看，對於人類有意設計的系統行爲的解釋，像電腦和有溫控系統的中央空調，也不會帶來麻煩。

相比於人類行動，「白蟻丘是一有自我目的的系統，每一個部件的功能都是爲了達成系統的目的」這個主張則較爲難解。縱使按照功能整體論的想法，白蟻丘不僅只是所有部件，工蟻、兵蟻和蟻后的總和。但單靠事實（1）：「(B)是引發(S2)的必要條件」，如何可能激發蟻后的產卵行爲？乍看之下似乎有點怪力亂神。白蟻丘系統在沒有回饋機制下卻能回饋其部件－蟻后，她如何知道要產的是兵蟻卵而不是工蟻卵。先別急，在白蟻的例子當中確實有回饋機制，回饋機制與蟻后的食物來源有關。供給蟻后的食物由工蟻和兵蟻在地表上收集，透過他們的顎，一隻接著一隻將食物傳送到地底。接著，由於工蟻和兵蟻顎所分泌的化學物質不同，食物被受精的比例也就不同，相對也觸發蟻后產生反比例種類的蟻卵。

就算回饋機制的講法也很令人吃驚，但它是沒那麼怪，至少這種解釋方式引入的只是一般性因果過程（非反序因果關係）。而且回饋機制的建立確實也使我們懷疑是否還要以功能取向來思考。當然，先前泰勒建議的（2）：「除非透過部件分工、修復損傷，否則整個系統將會消失」的確是事實。但是它根本就無法支持「修復程序之所以會啓動是因爲能延續系統的生存」這種功能性解釋的合理性。這甚至使我們懷疑，「系統是一個超越部件總和的整體」這個主張是不是多餘的，或許它只是我們從「意向」這個人類行動的特色投射而來的。

在繼續探討這項懷疑之前，先考慮一個力學系統中類似功能式解釋的主張。一般來說，我們都傾向於認爲行星之所以不只是一堆雜亂無序的集合體，是因爲行星彼此之間在一個均衡的系統裡互動。除非每一個行星在其他行星的運轉下維持本身的軌道，不然便無法維持系統的均衡穩定狀態。這個事實不但解釋了行星的運轉軌道，也解釋了當行星運行軌道受到衝擊而改變時，整個行星系統會產生調整。但這項事實也是一個不存在回饋因果機制的詭秘事件；與白蟻丘系統一樣，一旦說明了回饋因果機制，「行星系統構成了一個具有目的性的整體」這種主張的說服力也就相應地減弱。使用「神聖目的」（上帝是創造一切事物的背後目的）來解釋，內容差別更大。在不使用「神聖目的」來敘述行星系統時，一切就像是直接用因果關係來敘述星體運轉以及星球引力的簡短版。舉例來說，想像家中一個懸吊的活動吊飾，好比風鈴。如果我們用手碰它一下，而風鈴搖晃擺動吸收衝擊後，若非回復原來的平衡狀態，即是在力道過大下，風鈴和吊線糾結成一團。但是，這種日常生活式的觀察、簡短版的因果解釋並無法讓我們了解「滿足風鈴系統需求的功能性是什麼」。

本節一開始，意在引進一套在某種程度上能捍衛「系統」概念的思維架構。思維架構就是一個「超越所有組成元素的總和」或「行爲結果的結構體」，而且唯有透過組成元素所扮演的整體面功能，才能正確解釋組成元素的一切行爲。「萬物行爲皆有目的」更是誘人，這不但是因爲我們所知的自然系統都有它們不可思議的一面，解釋自然系統似乎也必須引進超越先前兩章範圍的形上學和解釋方法。從另一方面來看，自然系統也不是靠魔力來運作的，當問到自然系統是如何運作時，回饋過程毫無疑問地就是因果關係。然而，「整體超越組成部件的總和」似乎還是可以成立。如果這是可行的，我們也必須要明確掌握這句話的意思。

社會事實即事物

在對功能式解釋有點概念後，現在是將焦點轉向社會科學的好時機。本節讓我們來看一個以整體性切入社會運作的經典理論。在《社會科學方法之規則》中，涂爾幹聲稱「最重要和最基礎的規則是：將社會事實本身視爲存在的事物」。社會現象就像是外在世界的事物，它並不是呈現在社會行動者心靈中的心靈表徵（一個外人無法直接進入的內在物）。甚至，「會使我們有毫無章法強烈感受的」社會現象，都同樣適用這條規則。這不僅是因爲通常到了最後，我們會發現「當初表面上看似雜亂無序的社會事實，在深入觀察後，便會展現出客觀性所具有的高度一致性和規律」。除此之外，「我們事先更不應該假設有自主性的個體行爲」。就解釋社會現象來說，涂爾幹爲自然主義式的取向以及實在論式的取向架已經設好了舞台，《社會科學方法之規則》則是舞台上的經典劇作。

此書第三章介紹功能式解釋，章名是〈正常和病態的區辨規則〉。涂爾幹在廣泛使用健全有機體來類比社會運作時，將焦點放在如何判別有助於社會的進程。其中的關鍵規則是：

> 相對於某個社會類型和它所處的發展階段，若一社會事實出現於大部分相同類型、相對演變階段的社會中，則此為正常的社會事實。

緊接在此後的是一段關於犯罪行爲的討論，簡潔有力、令人耳目一新。犯罪是一個「無庸置疑具有病態特徵」的社會事實，涂爾幹在書中告誡讀者，犯罪活動不但出現在每一個社會中，犯罪率也總是有增無減。也就是說，犯罪行爲（在某個層次上）並非病態，而是正常的社會事實。不僅如此，犯罪行爲確實是「影響公共福利的因素之一，它也是所有健康社會不可或缺的一環」。涂爾幹在此的根本想法是，無論哪個社會事實，只要它持續普遍存在於每一個社會中，它就是正常的，而且它必定有助於社會維繫。

犯罪活動如何有益於社會運作的維繫呢？涂爾幹認爲，犯罪「是由觸犯集體強烈情感的舉動所構成的」，沒有犯罪活動，社會的團結力量也隨之消失。社會的集體情感是無法在空虛中成長的。只有在違法者的挑釁激怒以及對罪犯的懲罰下，集體情感才會穩固。因此，只要「集體意識」在消滅犯罪上越成功，根據定義，過去從未出現過的特殊活動也就越容易被嚴格定義爲犯罪行爲。在聖徒社會中，「常人看似值得原諒的小錯所引發的公憤，和在平凡社會中的違法是一樣嚴重的」。

> 犯罪活動的發生是必然的；它和一切社會生活的基本條件緊密地聯繫在一起，犯罪活動無庸置疑是有益的，因為犯罪活動是一切社會生活的基本條件之一，這使它在社會道德和法律的正常演進上扮演了不可或缺的角色。

還不只如此，今日尊崇的美德常常是昔日的罪惡，如同蘇格拉底所犯的獨立思考罪，「之後成了雅典人所追求的美德和信仰」。由此可知，

> 與當代主流對立，罪犯不再被是以反社會份子、社會的寄生蟲、一個陌生但完全被同化的個體的方式，出現在社會之中。相反地，罪犯在社會生活上扮演著非常明確的角色。

跳到第五章的〈解釋社會事實的規則〉，涂爾幹區別事物的原因和功能。涂爾幹同意個體的情感和意圖在任何歷史敘述中都佔有一席之地，他也同意心理學能提供一個

適用於社會科學個體論者進行因果分析的架構。（在前面我們提到，這是彌爾的《邏輯體系》所造成的影響。）但是，他堅決反對社會科學家主張「個體意識不僅僅是社會事實存在的先決條件」：

> 社會不只是個體的總和。個體連結所形成的系統，展現了一個擁有自我特徵的特定現實。

個體總是活在社會限制之中，尤其是過去所延續下來的規範義務，單從個體層次是無法解釋這些限制的。就算假定人類具有相對應的天性本質、宗教情懷、美感、或者道德天性，還是無法解釋社會對個體限制的多樣形式（「個體的本質只不過是社會事實塑造轉換下的不確定物」）。主張個體具有相對應的本質，像極了中古世紀對鴉片荒謬無知的想法。中古世紀的人爲了解釋鴉片使人昏睡的功能，假定神奇的催眠力是鴉片的本質。這完全是個愚昧的循環解釋。每一個社會事實的存在都有社會性的原因，它不但與心理性原因截然不同，也要與功能作區隔。

> 因此我們得到一個原則：一個社會事實的出現是被早於它發生的社會事實所決定的，與個體的意識狀態無關……社會事實的功能也總是對應到某個社會目的。

以上粗略的描述並不是在肯定《社會科學方法之規

則》的貢獻，它也只展現了涂爾幹思想的一小塊。但是它提供了一個關於系統和功能常見的想法，非常適合接下來的討論。因爲涂爾幹內心所關注的對象是有機系統，而且他建立社會事實自主性的目標非常明確，因此他對系統和功能的想法並不是全面的。（每當社會現象被個體心理現象直接解釋的情況出現，我們大致上都能確定這個解釋是錯誤的）。當然，並非所有系統都與有機體類似，使用心理元素來做功能解釋也大有人在。接下來，我將涂爾幹在《社會科學方法之規則》中的思想元素條列出來：

- 「社會事實」本體論：社會事實不但構成了一個獨立於個體意識之外的次序，單靠人類的本質也無法解釋社會事實的存在。
- 方法論：藉由社會事實的功能以及它所對應的社會目的，來解釋社會事實的存在。
- 功能機制：透過「集體意識」這個媒介來運作，功能機制將社會目的連結到社會統整中的每一個層級，社會統整是社會繁榮的必要物。
- 知識論：用以保障我們能維持這些元素，但到目前爲止尚未說明。

系統與結構

《社會科學方法之規則》所擁護的社會學，讓我們回想起豐特奈爾的科學圖像。他將科學家比喻爲帶領我們穿越歌劇舞台背景的突擊隊員或是搜索大隊。「大自然將齒輪和彈簧裝置在幕後，讓我們觀察不到，以至於長久以來我們都在推測宇宙是如何運作的」。也許我們可以用培根的第一種途徑作爲涂爾幹《社會學方法之規則》的知識論：感官經驗不再是知識的來源，在先驗推論的協助下，我們也能辨識出隱藏在表象背後的實在結構。涂爾幹在書中某些地方的方式就是那麼專橫，好像他輕輕鬆鬆就發現了社會事實和功能的存在。這種語氣就類似培根的蜘蛛比喻，「蜘蛛網的線條圖案一切都是蜘蛛自創」。如果這是整體論者或是不可觀察系統的信仰者的最佳選擇，那就算我們假定第二章的經驗主義和第三章的實用主義，兩者合起來都無法祛除培根的第一種途徑，涂爾幹的主張也不會更具說服力。

先前多次引用了涂爾幹的話，目的並不是在教條式地呈現「社會事實存在」、「在社會系統中存在著目的與需求」這些主張。當我們閱讀過涂爾幹其他有名的著作後，尤其是 1897 年的《自殺論》以及《宗教生活的基本形式》，就會有一個不同於培根第一種途徑的知識論。接著，關於《社會科學方法之規則》書中「原因」和「功能」等概念，我們將檢視幾個主要的反對意見，這也是通向新知識論的最佳路徑。

《社會學方法之規則》大部分篇幅都在闡述「系統均衡」這個基本概念。均衡是每個系統所傾向的狀態，達到均衡後，除非受到外力的干擾，系統將一直維持在均衡狀態。涂爾幹有時候說得好像系統均衡是可以被感官經驗觀察到的。但這個想法實在太過魯莽。即使在寬鬆的定義下，「可被經驗觀察的事物」包含了犯罪活動、犯罪率這一類的社會現象，它依舊不能跨越到公共衛生、社會穩固性、以及集體意識這些解釋上的基本要素。它也無法正當化使用到「社會目的」的主張，例如「犯罪活動的功能在達成某個社會目的」這個令人驚奇的想法。涂爾幹很明顯地走了兩步超驗的步驟，第一步使用在無法被經驗觀察的原因上，第二步使用在系統進入均衡狀態的轉變上。直至今日，我們還看不到一個能證立「每一個要素都必須要滿足系統的需求，『如果』系統要維持平衡」，這個超出必要條件說法的知識理論。

一般必要條件中所指的「必然性」是中庸版本；條件句（如果…那麼…）的前件沒發生，後件也就不會出現。這和牽涉到因果關係、加強版的自然界必然性大不相同，更別說那種帶有隱含目的的命令式必然性。再回過頭看白蟻丘的例子。我們可以將每一種白蟻所展現的功能敘述成白蟻丘正常運作的必要條件。但爲什麼白蟻丘一定得像往常一般運作？如果自然環境的急遽變化造成白蟻丘原本的生存機制失效，那麼白蟻丘要麼能適應而存活下來，要麼消逝殆盡。我們有什麼理由偏好其中一種結局？談論適應過程並不會有什麼損失，或許可以將白蟻丘的適應過程類比到受傷動物的自我痊癒機制。但是要注意，這個簡略的故事還是環繞在必要條件的討論上，這不是一個有關造物主、大自然、甚至是白蟻丘自己會在乎白蟻丘存亡的故事，除非敘述者將某種人性關懷投射在其中。即使每一隻白蟻都有自我保存的本能，這也不表示白蟻丘作爲一個整體也具有一樣的本能。

再補充一點，仔細想想，其實均衡狀態不只一種。許多系統受到輕微的干擾之後，又回到先前的均衡狀態。如果整個平衡都被打亂，系統就會慢慢轉向另一個均衡狀態。舉例來說，當一個池塘有新的魚類侵入的時候，就會造成這個影響。再來，均衡也不一定是靜態的。一個本質上會累進轉變的動態系統是可能的，動物的演化歷程經常被拿來當作例子。白蟻丘或許會不斷的演變，這要歸功於環境的因果機制以及發生在每一隻白蟻上的天擇機制。所以，白蟻丘有各式各樣的方式來適應存活，其中沒有一個是隨機發生的，特別是從適應產生之後再加以回顧。但這些都無法擔保關於「目的導向的演化」的嚴肅討論。當我們將必要條件和功能與演化「必然性」分割開來，「目的導向的演化」這個幻象馬上就消失了。

因此我建議，我們應該謹慎提防全面式的功能思路，因爲它將單一均衡狀態持續的必要條件，當作是因果壓力下的結果。確切地說，我們找不到任何正當的理由，藉由白蟻丘和白蟻成員的類比，將白蟻丘也同樣視爲有機體來進行分析。我們也不能藉由將社會系統類比爲有機體來理解社會系統。這並不會剔除掉所有整體論式的因果主張，也不會毀滅了所有對社會現象的功能式解釋。讓我們先討論後者。

涂爾幹關於犯罪活動有令人耳目一新的主張，但對於他的健全社會與健全有機體的類比一點幫助都沒有。如果在警察大力掃蕩下，竊盜發生次數急遽下降，社會並不會像蟻后的行爲反應一樣，繁殖出更多盜賊。但這並不完全否定了類比的可能。涂爾幹的思路不但更爲抽象，他的思考方向更建立在正常運作的社會具有「集體意識」這個想法上。抽象地說，如果社會系統能存活下來，那麼它對於如何維持內部凝聚力與系統的再生，都要具備內建的解決方案。同樣的問題可以有不同的解決方式。如果犯罪和懲罰的確都是激發集體意識的要素，那麼，以鎮壓手段強力逮捕所有罪犯的結果，不是社會分裂，就是從此輕罪重罰。但社會是有可能在沒有犯罪活動的狀況下存活，如果它在社會穩固的問題上有功能上等同的解決方案。

涂爾幹在《宗教生活的基本形式》中主張，宗教的基本功能是在制訂及捍衛神聖和褻瀆的區分。這個區分是每一個社會所必備的，它至少會使得教會成員敬畏教會機構。宗教團體在建立之後，一般會舉辦的儀式是認可政府的合法性。從這個角度來看，我們必須擴大社會結合和功能機制的脈絡，再來看犯罪和懲罰如何透過集體意識強化社會組織。

就知識論而言，《宗教生活的基本形式》和《社會科學方法之規則》的不同之處，在於前者所彈奏的康德式曲調。康德的典型做法是對於能解決「如何將經驗整序」這問題的思想系統，探索其概念上的先決條件。涂爾幹則在尋找一個能成功結合所有成員的社會，其功能上的先決條件。和康德一樣，他接著論證，在知識論上，我們可以正當地將社會能成功結合所有成員的現象，歸因爲社會本身內建了一切解決相關問題的方案。本節的焦點並不在兩人之間相似之處，我只提一點，涂爾幹在知識論上採取蜜蜂的中間路線，在穿梭花叢間收集原料後，用本身的社會科學理論將資料作轉換，再配上在先前提到的康德式假定，涂爾幹就可以推論出一個獨一無二的概念範疇。在這樣的解讀下，涂爾幹可說是結構功能論的先驅。此學派全盛時期的代表作是帕森斯 1951 年的《社會系統》。雖然透過結構功能論來瞭解圖 1.1 左上角也常有效，但是這同樣超出了本節所討論的範圍。

涂爾幹在《社會學方法之規則》書中討論客觀社會作用力的想法較爲單純，而且常常將集體意識描述成一個好似不可被觀察，但又支配著每一位成員自我意識的「客觀物」。然而他同時又主張，雖然集體意識獨立於每一位社會行動者之外，它卻又存在於全體行動者之中，並且屈從於全體行動者意識下的決定。這麼說來，從集體觀點來看，即使社會習俗被用來解釋個體的行為，社會習俗或許會具有自發性特質。在這一連串的討論中，如果我們使用的是自然科學的解釋概念，那麼一會兒主張社會制度獨立於每一個個體之外，一會兒又主張它存在於整體之中，這種說法實在讓人摸不著頭緒。但是它預告了一個適合放在右上角的整體論版本，我希望這麼說是有意義的。

現在我們明顯知道，所謂不可觀察的系統能對其組成元素施加目的性的壓力，這種想法是很有問題的。在缺乏回饋機制的說明下，這是個奧秘難懂的主張，在加進回饋機制的說明後卻又變得多餘。但是，承認存在有超越組成元素總和的社會整體的主張，並非全部都會遭受攻擊。接下來就讓我們來探索這些較為溫和的說法。

整體論和個體論

就本節的目的，我建議將整體論視為一個「由上而下」來解釋社會現象的理論。白蟻丘的例子依舊是一個很好的基準。白蟻丘組成元素所展現出的專職分工，使得它們唯有在相互合作下才能存活。就這點來看，白蟻丘不等同於組成元素的總和。我們可以用整體的性質或是白蟻丘和白蟻的關係性質，來描述相互依賴的現象。然而，如果我們關注的不再是功能式解釋，這個方式所導致的結果似乎也沒什麼不同。從一方面來看，白蟻丘不過就是兵蟻、工蟻和蟻后的總和。白蟻丘的動態改變也只不過是白蟻對外在刺激彼此互動反應的總和。另一方面，除非從集體觀點來看，用以分類白蟻的性質將是任意的，這集體觀點因此是解釋白蟻互動行爲時所必需的。這兩個觀點哪一個是首要的，哪一個是次要的？爲什麼對於這問題的爭論會那麼重要？

在社會科學這個領域總是可以找到一些問題來傷腦筋。個體論有許多不同的面向，道德和政治都包括在其中。如果接受整體論就是等於接受馬克斯在《政治經濟學批判》導言中的主張，這似乎暗示在道德上我們不必爲我們的所作所爲負責，而且我們所最珍惜的政治制度，像是民主制度下享有自由的個體，本身都是整體社會所決定的，因此個人自由只是個假象。（所以，涂爾幹在〈個體論和知識分子〉這篇論文中主張，個體論本身就是一個社會現象──「現代的神聖形式」。）另一方面，我們看不出來爲何在做科學調查之前需要考慮這些問題，科學調查甚至根本就不需要在乎這些問題。我們也看不出來整體論爲何一定會迫使意識被隱藏結構所主宰。所以，在戰線劃定上要更爲謹慎小心。

個體論和整體論之間最終的爭論當然是在本體論上，主張只有個體存在的本體論，砲口對準的是堅持結構存在的本體論。輕易參與這場對戰將是個錯誤，部分原因是這種對照方式太過於粗糙，另一部分原因是，除非配合上知識論的主張，不然本體論的主張只是一種教條信仰。

爲了更謹慎地說明這些原因，讓我們來看國際關係這領域中的「分析層次」問題。這個有名的問題是由辛格在1961 年的一篇文章提出的，是當「國際系統」成爲大家熱烈討論的問題時，最常引用的一篇文章。「國際系統」是社會科學核心問題中的一個個例，它在討論是「系統」決定了「成員」了行爲，還是反過來的說法才對。這裡的成員指的是不同的國家。這問題似乎就是有關因果關係方向的問題。但是這種雞生蛋、蛋生雞的形式使得問題惱人難解，因此辛格採取了橫向對策。他將這個爭論與地圖投射的爭論做對照。世界地圖在麥卡托投影和在地極投影下，有非常明顯的差異，大家或許也很想知道誰的方法是正確的。雖然在某些用途上，其中一種投射會比另一種更適合，但是這兩種都是對同樣三度空間實體做二度空間的投射。因此，它們在某個意義下都對，在另一個意義下都錯。同樣地，如果單獨只從系統的角度，或者完全只從成員的觀點來看，當然在國際系統的問題上不會有令人滿意的結果。

辛格的類比非常吸引人。但是他將國際系統的難題比喻成如何透過平面正確理解地球，是會引起誤解的。因爲如果將國際系統當成地球，是否國際系統是一個三度空間實體，它的存在是否獨立於人類行動者的觀點，還是個問題。或許國際系統只是行動者所裝飾和被引導出的概念，而星球這個物理實體，在一般的看法是獨立於人類思想存在的。同樣地，我們也可以質疑，從地球投射的類比來看

「分析層次」是否恰當。我們不一定要主張國際系統存在，才能否認國家的自主地位。某些理論家認爲，政府內部的官僚系統以及其他行政系統決定了國家的運作。從這個觀點來看，國家是系統，官僚系統是其成員。除此之外，我們是否可以透過男女官職人員的行爲來解釋官僚系統的運作，或者作反方向的解釋，也都是可爭議的。官僚系統在此是系統，其中的男女官員是成員。這些不同層次的爭議總整理在圖 5.1，這張圖來自霍利斯和史密斯在1990 年《國際關係的解釋與理解》一書的討論。

分析層次問題在第八章還會再出現。我在此提出它主要是爲了強調，整體論和個體論之間的對立並沒有那麼單純；特別是，判定個體和成員的標準根本就不清楚。舉例來說，某些經濟學家將公司視爲個體，其他經濟學家卻將它視爲組織。相同的現象也出現在其他社會單元上，例如家庭，而且我敢說，就算是張三、李四這些無疑是個體的

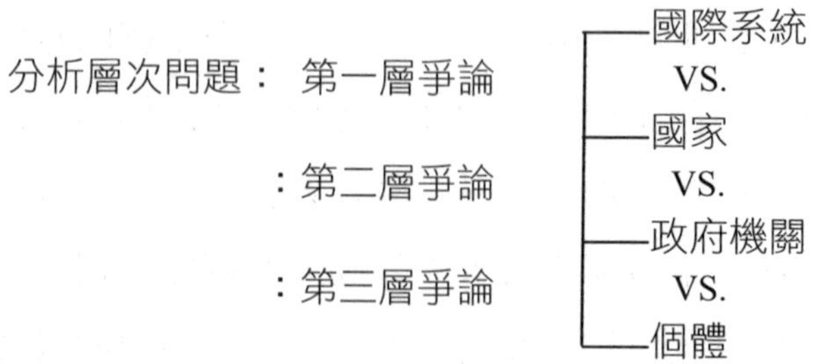

分析層次問題：第一層爭論　國際系統 vs. 國家
：第二層爭論　國家 vs. 政府機關
：第三層爭論　政府機關 vs. 個體

圖5. 1

範例，在某些議題上，還是會被視為由不同元素所構成的組織。我引埃斯特的一段話：

> 社會生活的基本單位是個體的行動。要說明社會制度和社會轉變，就是要說明它們是如何從個體的行動以及個體與個體之間的互動中產生的。

更精確來說，第二句話中的「個體」不是第一句話「個體行動中」所指的「個體」。所以，終究來說這裡仍然有歧義。

在將個體論和整體論之間爭議複雜化的同時，我並沒有意圖去否定「由上而下」以及「由下而上」之間的明顯對立。因此，接下來就讓我們將焦點放在方法個體論和方法整體論之上。埃斯特的第二句話巧妙掌握到了方法個體論的精髓：「要說明社會制度和社會轉變，就是要說明它們是如何從個體的行動以及個體與個體之間的互動中產生的」。方法整體論則是反過來，對個體與個體之間的互動提出解釋，但這個解釋不必然要建立在社會制度之上。如同整體論者以作用力、法律和潛在的歷史變遷等，支配社會世界中一切事物（包括社會制度）的運作要素來做解釋，心理學也可以採用整體論的主張。但是以目前的討論來說，一個具代表性的例子以及埃斯特對社會制度的觀點就已足夠。

制度不但限制也加大了個體行為的可能。制度在防止了某些行動路線的同時，也規範出了相對應的做法。制度也創造了機會，個體因此能做一些制度尚未建立前所不能做的事。對整體論者來說，主張制度對行動所造成的限制是第一步。作爲一個整體論者，我們用年輕、男性、工廠工人這些共同決定羅傑行動的制度上的限制，來解釋他爲何投票給共產黨。權力存在於社會機構中，個體只有在代表社會機構的條件下才能行使權力。如果有人對此提出抗議，主張社會制度是由個體所創的，整體論的回應則是權力如何產生並不是重點。

反過來說，個體論最直接的反擊是，制度可以束縛一個人，但束縛不了一群人。社會制度只是規則和慣例。它的權力來自個體的認可，或是來自個體對個體的施壓。在個體一致的行動下，制度的改變是可能的，這包括一同拒絕執行和拒絕遵守制度。即使制度的延續比起改變更爲常見，兩者發生的原因還是決定在個體的信念和慾望之上。從社會制度的逐步轉變這最常見的現象中，更能顯示出少部分個體在選擇朝向同樣目標下的影響。就制度轉變或社會革命而言，我們都可以透過大眾或社會精英的一致行動，來解釋單一個體所無法解釋的現象。

整體論者當然也會指出，社會世界有許多特質，包括許多習俗慣例，不是個體所期望和認可的，但卻能抗拒轉變。舉例來說，經濟衰退就像氣候一樣，常常不是人類所能控制的，而且整體來看，市場力量的存在也是生活所無法逃避的事實。的確，雖然新古典經濟學是社會科學中最爲個體論式的學派，而且它也最熱衷將社會行爲視作個體抉擇的產物，新古典經濟學關於市場力存在的信念卻絕無妥協。理性的以自我利益爲優先的行爲人活在供需法則下，抗拒法則的企業會倒閉關門，逆風而行的政府也很快就被吹垮。

我認爲個體論的最佳回應，是將抉擇的範圍擴大，包括那些個別抉擇後無法預期的結果。在下一章我們會看到，在每一個行爲人都作理性選擇之下，還是有可能會引發一個彼此都不希望發生的結局。舉例來說，對每一個捕鯨人而言，在能力可及的情況下，能捕捉幾條鯨魚就捕捉幾條是理性的，即使他們可預見到，如果每一艘捕鯨船都這麼做，鯨魚將會滅絕。這隻聞名於世的「看不見的手」，有時候會將自我利益抉擇的總和修正到共同的利益上，有時候卻會惡作劇。無論會傾向哪一方，「社會結果在不考慮個體的意圖下，依舊還是個體行爲的總和」這個想法非常有幫助。在其他方面，社會科學中的方法個體論也不必試圖去拆除掉自然法則和作用力。只要供給與需求的法則是產生於有限的自然資源，以及人類生物的和心理的特質中，對這種個體主義者，訴諸自然法則和作用力並不會不一致。

整體論者還是會問個體論者行爲人的慾望從何而來？根據標準的理性抉擇理論，如果行爲人所抉擇的行爲期望值不小於其他可選擇的行爲，這個行爲就是理性的。在計算期望值時，行爲人的偏好是被給定的。偏好比較像是人的品味，不太像推論出的目的。標準的理性抉擇理論對羅傑的政治傾向並不感興趣。更廣泛地說，標準的理性抉擇理論並不解釋爲什麼這個人會有特殊的政治立場、宗教立場、文化或者任何其他方面的偏好。然而，如果個體總是在某種自動機制下最大化他的期望值，而且如果個體的抉擇完全被他自己的偏好所決定，那整體論在這場戰役上會贏得很輕鬆。整體論只要對偏好的形成提出一套整體論式的說明，用制度的多樣性來解釋就足夠了。即使大自然決定了我們是否喜好柳橙多過蘋果，她還是無法決定我們是印度教徒還是基督教徒，是社會主義者還是保守主義者。

在這個問題上，個體論者可以用一個社會化的描述來說明，在其中只有個體才有重要地位，例如父母、朋友、老師、刊登廣告的人、或者模範人士。但是這樣會馬上受到反擊，因爲這種敘述方式會使行爲人變成受到社會地位支配的個體，被那些個體在社會化過程中具重要地位的人所操控，個體論只有承認失敗。它至多又導致了另一輪雞生蛋、蛋生雞的爭論。我不想再多談，讓我作比較哲學的評論。

到目前爲止，對於個體行爲人的主張都很機械化。第一章彌爾的論點頗爲適用：我們要處理的是「個體本質上的法則」，以及「人類思想、情感和行爲所展現出的現象，都依據一組固定的法則」。它也同樣適用在標準的理性抉擇理論，因爲人類是具有喜好的最大期望值計算者。以上兩種個體論都堅稱，行爲總是起因於行爲人的慾望和信念，它與社會制度，乃至於一切外在因素無關。但是這沒什麼好值得安慰的。假使我們的信念和慾望是被外在因素所激發形成的，行爲還是與外在因素相關。無可否認地，自由意志和決定論彼此相容的可能還在；或者說，自由意志的確預設了決定論，這也就是本書引用彌爾來作爲最佳代言的原因。在這主張下，在作最大化期望值抉擇的理性行爲人，其行動來自於是否能促進其偏好之實踐而定。就這點來說，這整個思路仍然是很機械化的取向。

所以，或許我們應該找尋另外一種能讓個體更在乎自己、更自我導向的個體主義。說來容易做來難，因爲傳統的科學解釋概念已深植在我們的想法裡。畢竟我們從一開始就只針對自然世界中沒有自我意識的物體來討論，從中所產生的想法同意人類具有複雜特質，但是要將人類的自主意識併入，有很大的困難。另一方面，培根的蜜蜂透過「本身的能力」，不但「消化轉換」所採集來的花蜜，而且還「將改變消化後的蜂蜜貯存在理解（蜂巢）中」，蜜蜂是以非機械的方式活動的。而且從整體來看，實用主義的知識理論將我們當作是有創造力和想像力的、對於世界的詮釋者，世界是我們建構出來的。所以，比起在偏好和理性計算下的心理法則所能提供的選項，我們應該可以在實用主義這邊找到更大的發揮空間。但是這已超越了本章個體論和整體論的對決戰線，接下來我將對贊成和反對方法整體論的主張做個總結。

結論

在本章我們已經嘗試兩種能夠建造出社會或制度是「系統」的方法，為了就是要找到一個既適合整體論，又符合左上角因果概念的理論。這兩種理論不但都同意涂爾幹所主張的「社會不僅只是個體的總和」，也贊成用不可被化約的社會事實來解釋個體的行為。其中一個主張很明顯比另一個具爭議性。

與前者相比，企圖心更強的觀點倡議功能論解釋的主張。系統具備需求、目的或目標，透過這些性質以解釋系統成員的行為。白蟻丘和行星系統的類比也算可信。就算到現在，功能論仍舊是個謎，除非我們能明確說明其中的回饋機制，但是這樣一來，大部分甚至所有對成員行為的解釋，都可以清楚建立在因果關係上。更抽象地說，一個系統的持續或回歸均衡的必要條件，與其中的因果力和隱藏目標不能混為一談。此外，就社會系統來說，借用涂爾幹語言來看，回饋必須涉及「集體意識」；或是借用個體主義者所一再堅持的，回饋必須涉及行為人的意識。這切斷了有機系統與機械系統之間的類比。再者，如果用包含人類意圖的系統來取代被切斷的類比，例如中央溫控系統或者人類本身，這樣做並無法支持適合左上角的理論。

因此，比較不具企圖心的整體論也許會偏好較爲溫和的主張：社會事實和社會力存在。這個主張還是會使我們以整體的因果力，尤其是社會制度，來解釋個體的行爲。但是它依舊太強，本章沒有一種主張能夠將它排除。往好的方面看，它引進了折衷方案，「系統」和「成員」兩者互相影響產生結果。舉例來說，單一經濟體的運作不但受到市場力的影響，也會受個別公司決策所左右；而一個公司的運作則決定在它作爲一個組織的集體特質上，也決定在其中成員的行爲抉擇上。無論在哪一個層次，都有相對應的層次分析問題。但這也開啓了個體主義者的反擊，個體論者認爲社會最終只是個體的總和，個體之間的一致行爲，解釋了單一個體所無法引發的社會現象。配上「個體個別行爲之總和會產生沒有任何個體所意圖或希望接受的結果」這樣的想法，個體主義立刻又對整體論提出強烈反擊。

在整體論對它所承認的實在結構以及因果力提不出知識論的保證時，個體論的攻勢更是難擋。如果這種因果關係與我們所知的自由意志結合在一起，如同相容論者，好比彌爾所主張的一樣，對大部分的我們而言，攻擊確實增強，但個體論這兩步還是無法獲得勝利。整體論者可以堅稱，由於藉著假定不可觀察的因果機制可以解釋社會現象，而且除此之外，沒有其他更好的解釋，這樣的假定當然是正當合理的。整體論者也可以主張，就算是「弱」決定論，將慾望和信念視爲產生行爲的原因，也無法辯護自由意志，因爲慾望和信念的產生是被外在因素所決定的，而且行爲人也只不過是個高效率的計算機。就我的觀點來看，整體論的回擊同樣無法結束對戰，爭論還是未定案。

最後，回到涂爾幹的「集體意識」。在此我先點出三個簡短的評論。第一，如果「集體意識」的形成要能符合左上角的要求，那麼它將包含錯誤意識。這在功能論的敘述中尤其明顯。例如人們對犯罪行爲嚴重反感，卻不知道犯罪活動是對整體社會有益的；人們在教堂中作禮拜，卻不知道他們不但增進了社會的穩固性，也合法化了這個社會系統。在第七章，我們會藉由社會制度和意識如何相關連這個問題出發，提出一系列整體的想法。假使社會制度是由行動者所詮釋的規則、規範和習俗慣例所構成的，那我們就必須重新思考「制度是行爲產生的起因」這個基礎主張。這個悲觀的暗示點出一個與自然主義潛在的決裂，當我們到了第七章便會浮現。

第二，就算在「理解」的保護傘下，個體論和整體論之間依舊有爭執。規則、規範和習俗慣例無庸置疑獨立於行動者之外，但是我們在第八章將會看到，這不必然使行動者受到規則、規範和習俗慣例的支配。「集體意識」是社會事實，這個主張在轉換成「理解式」的語言後，提供了全新個體主義的一個展現的領域。

第三，在這其間，個體論尚未表現它在解釋方面的魄力。這是下一章的任務。

第六章

理性行為人的賽局

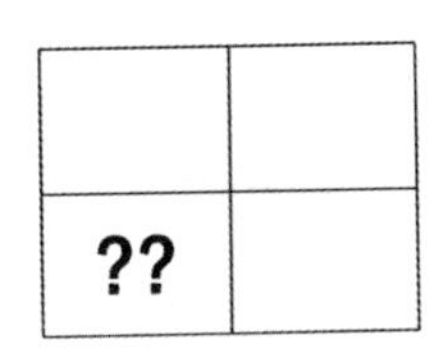

個體論在本體論上主張只有個體存在，其方法論上的附加主張是，一切牽涉到個體以外的現象在分析之後，最終都可以建立對個體的解釋上。和一般人一樣，人類一舉一動背後的機制是什麼，是人創造了社會？或者人是社會的產物？社會科學家對於這些問題同樣感興趣。我期待，將焦點放在某些特定版本的個體論上能滿足各位的好奇心。這些個體論所研究的個體是具有信念和慾望、依據狀況做出反應的行爲人。不可否認地，行爲主義學派對此持反對意見，在行爲主義者看來，一個正確適當的科學方法不可以——也不需要——建立在個體的主觀層面、個體的心靈活動上。另外，我們要注意，還有一些理論通常也被視爲個體論，但是它們所討論的個體是像公司、國家這些非血肉之軀的物體。本章遷就我個人的好奇心，將探討的對象侷限在「歷史是人類行動下的產物，而非人類所構思的圖樣」這論點上。

本句引言源自十八世紀一位蘇格蘭哲學家，它也促使我們用經濟學的角度來看社會科學，畢竟人性化（以行爲人作對象）的個體論早已被社會科學家廣泛使用。羅賓斯將經濟學定義爲：「一門研究目標以及難見但有多重用途的手段之間關係的科學」，這個定義無形中的確擴大了經濟學的適用領域。直到最近，社會科學中的政治學和社會學才興起了一股以經濟學方法來分析社會互動的潮流。人類生活裡的一切行爲舉止就如同在經濟市場的行爲，這個想法本身不但令人迷惑，也激發了對社會制度、規範和習俗採取強勢的個體論觀點。整體論者手中不再有王牌。

「人性化」這個詞在使用上有待斟酌。理性抉擇經濟學理論視人類爲理性的、自我利益導向的個體，每一個人都專注在最大化自我的利益。賽局理論便是建立在理性抉擇的理論基礎上，接續分析個體之間的互動模式。乍看之下，這實在不像是人性化的論述，不過整套方法是可以更爲寬容的。本章一開始將以經濟學對理性的標準想法，來定義什麼是「理性行爲人」。接著我們將探討規範是如何形成的，以及我們是否能對規範的形成提供一套個體論式的分析。

理性行為人

「經濟學的首要原則是，每一個行爲人都是被自我利益所驅使。」拿艾奇沃思的話作爲開場還是很合適，他的書名《數學心理學》更精確捕捉到本節的精神。但是要小心，並非每一位經濟學家都接受它是經濟學的首要原則，儘管新古典學派一般都同意艾奇沃思的主張，而且儘管其他學者，比如凱恩斯學派和馬克思學派，在分析個體行爲時，對於「理性」通常都有慣用的概念。而且，艾奇沃思的主張還有一個問題，在前面曾提過的，艾奇沃思的名言是否建立在一個錯誤的假設之上，還是它賦予了理論更重要的地位？以上這些先放在一旁，此時此刻，讓我們專注在理解「理性行爲人」以及他們如何被「自我利益」所實現。

理性抉擇理論從一個單獨的、理想化的理性行爲人作爲開端。最經典的例子就是孤單居住在荒島上的魯賓遜。魯賓遜有三個特質：他的偏好已完全排序，他有完整的資訊，他是一台完美的電腦。他的所作所爲都是理性的，他所採取的行爲都是在正確計算之後，滿足其偏好的最佳手段。

舉例來說，假使魯賓遜有一隻木棍作的魚叉，爲了能捕捉更多的魚，他考慮是否要編織一張漁網。編織一張漁網或許將來能增加魚貨量，可是花時間耗費體力也會使今天的魚貨量減少。讓我們將魯賓遜選擇編織漁網所造成的結果當作世界的可能狀態。一切資訊對魯賓遜都是完全公開的，假使他有把握他的漁網能讓每天他捕到四條魚，使用魚叉只能捕到一條，那麼魯賓遜的理性抉擇就在於看他是如何排序這兩種結果的。他最後選擇做還是不做，就看他偏好使用漁網還是魚叉。

在行爲結果不明確的情形下，事情會變得更複雜。理性抉擇理論認爲魯賓遜能將所有可能狀態排序，無論其發生機率的高低。理性抉擇理論進一步預設魯賓遜所擁有的資訊，也就是說他明確知道每一種結果的發生機率。正確的說法是，魯賓遜個人有一張完備一致的「主觀機率分佈圖」；他對於每天捕獲兩條、三條、四條魚等，都有一個主觀機率，而且不會導致矛盾。如果魯賓遜對於明天捕獲兩條魚和六條魚的主觀機率都是百分之六十，就會導致矛盾，因爲機率的總和是 1。由於魯賓遜是一台完美的電腦，他馬上就可以計算出編織漁網與不編漁網兩者期望值的差異。每一種可能狀態所產生效益值的總和，扣除實際上沒發生的可能狀態就是期望值。爲了讓讀者清楚掌握期望值的意義，讓我們假想一個賭局。從一副完整的撲克牌中隨便抽一張，一次的賭注是一英鎊。壓注黑桃的獎金是五英鎊，壓注出現紅心或方塊的獎金是三英鎊。假設效益值反映在金錢輸贏上，那麼壓注黑桃的期望值是 0.25（=5/4 -1），抽到黑桃的機率乘上獎金減掉沒抽到黑桃的損失。壓注紅心或方塊的期望值是 0.5（=3/2 -1）。理性行爲人總是排除期望值低的選項，在遇到期望值相同的選項時則保持中立。再告知一點，期望值在計算上是允許變動機率和變動成本的。

上一段繁複的解說明白顯示了理性行爲人的主張有多理想化。綜觀全人類，沒有一個人會對行爲的結果，甚至於所有的可能狀態有一張完備且一致的偏好排序。資訊也從來都不是完整的。在充滿不確定因素的世界中，主觀機率配上期望值的運算確實太過矯揉造作。我們也沒有和超級電腦一般神奇的腦袋。不過，魯賓遜的確是闡明理性概念的理想化案例。他表現出人類的行爲是理性的。當我們瞭解了自己的需求，又知道每一種滿足需求的代價是多少時，效益最高的做法是唯一不二的選擇。

因此，理性行爲是工具主義式的概念。無論你喜歡柳橙甚過蘋果，槍砲甚過奶油，還是追求美德甚過邪惡，理性行爲都是達成目標的最佳手段。一個人只要擁有一致的喜好，執行期望值最大的選項，他就是理性行爲人。行爲的高尚還是殘忍與理性無關。至於一個人的所作所爲是否決定在自我喜好上，是否能從行爲選擇上推測出一個人的喜好，我們稍後再談。

現在我們更清楚何謂「自我利益」。艾奇沃思將人類看作是自私自利的動物，日常生活或許不同，但至少在商業競爭交易上處處可見。更廣泛地說，長久以來，學界暱稱經濟學爲「沈悶的科學」，部分的原因就是因爲經濟學家不管在看待經濟活動還是其他的社會活動，都同樣用「理性行爲人」的概念。可是，嚴格說起來，艾奇沃思的首要原則僅只預設「喜好支配人的行爲」。在這意義下，聖人和罪犯同樣「自利」，理性抉擇理論不作價值判斷，它並不會讓我們知道自己是好人還是壞人。雖然稍後才會探究理性抉擇理論背後的哲學立場，我們先以「每個人的所作所爲都在最大化個人的期望值」這個主張當作標準預設。

賽局理論

理性抉擇理論以封閉環境下單一行爲人（魯賓遜）出發。在給定理性抉擇的基本定義之後，理性抉擇理論接下來探討行爲人對行爲結果不確定的狀況。環境決定了理性抉擇的參數。一個靜態的環境不是必要的，行爲人的選擇也不會導致環境參數的變更。海神並不會在魯賓遜是否要編織漁網的場景中搭上一腳。我們將在獨立環境中所做的選擇稱爲「參數」。就算根據故事發展，魯賓遜有一位忠實的伙伴「星期五」，魯賓遜或許還是只考慮自己來做理性抉擇。也許他們兩都需要一套顧慮到對方偏好的「策略」。我們稱這種互相依賴的選擇爲「策略性」的。賽局理論從這裡開始。賽局理論分析理想狀態下的「策略性」理性抉擇，在這理想狀態以及先前對於「理性」的定義下，每一位理性行爲人都知道對方同樣是理性的。

這基本的想法看似不可信但相當簡單。基本的場景需要兩位理性行爲人，每一位行爲人有兩種行動可供選擇。由於將兩位理性行爲人視爲一男一女可以避免不必要的混淆，之後就以傑克和吉兒來取代魯賓遜和星期五。假想一個劇情，傑克和吉兒各自騎著摩托車恰巧行駛到橋的兩端，這個窄橋的寬度只夠一輛車通行。傑克和吉兒必須要在「前進」和「等待」這兩個選項上作個決定。兩人搭配共有四種可能發生的狀態：（等待，等待）、（前進，前進）、（等待，前進）、（前進，等待）。這就是一場賽局，圖表形式陳列在圖 6.1。

		吉兒	
		等待	前進
傑克	等待		
	前進		

圖 6.1

最後發生的狀態，部分取決於在傑克和吉兒個人對四種可能狀態的排行次序。還有一點很重要，傑克和吉兒所獲得的收益也有可能受到對方的選擇所決定。因此，兩人都要考慮到對方的排序和想法。傑克要知道吉兒期待他做什麼，吉兒也要知道傑克期待她做什麼。讓我們藉由四種不同形式的基本賽局來看這場劇。

四種基本的賽局

(1) 對等賽局

倘若一開始傑克和吉兒都不介意讓對方先通過，那麼會有兩個排序同樣高的可能狀態（和兩個一樣低的可能狀態）。在這情況下，劇本就成了對等賽局，如圖 6.2。

在表格中成對的數字所代表的是兩人的收益，在每個方格中，左邊的數字是傑克的收益，右邊的數字則是吉兒的收益。從左下角那一欄中的（1，1）我們可以知道，如果吉兒讓傑克先行過橋，傑克的收益是 1，吉兒的收益也

		吉兒	
		等待	前進
傑克	等待	0,0	1,1
	前進	1,1	0,0

圖6.2 對等賽局 I

是 1。收益數字有時候代表特定的「好處」，好比是一大筆金錢（如果是負數則代表「壞處」）。有時候這些被看做是邊沁著名的「幸福運算」中所使用的單位，他希望有一天「幸福運算」能讓效益主義者在行為抉擇或社會決策上，計算出「最多數人的最大幸福」。收益數字有時只是象徵參賽者的喜好，並非任何實質數量。所以，從圖 6.2 我們只知道傑克和吉兒彼此都偏好對等的結果甚過不對等的結果。至於對效益值的不同解讀有沒有影響，我遲一點再作說明。

就圖 6.2 看來，整個情況卡住不動。一方面我們可以說他們有兩個解決方式，另一方面，我們也可以說這情況是無解的。（等待，前進）會是一種解決方式，也就是說如果傑克停住不動，吉兒的理性抉擇就是駕車過橋；同樣地，如果吉兒駕車過橋，傑克的理性抉擇就是停住不動。在此我們看到了「奈許均衡」這個關鍵的概念，有兩個行動策略，對各自兩人來說，都是回應對方如何行動的最佳策略。因爲任何一方都沒有更佳的策略，這一組策略也就形成了一個均衡，一個穩定的結果。（「奈許均衡」是以賽局理論大師約翰・奈許來命名的）。（等待，等待）並不是一個均衡，因爲如果傑克選擇停住不動，吉兒的理性抉擇就會是駕車過橋。

如果（等待，前進）是唯一的奈許均衡，傑克和吉兒當然知道如何選擇。可是，除了（等待，前進），還有一個奈許均衡（前進，等待）。不管是傑克還是吉兒都推測不出對方的行爲。或許可以拋硬幣來決定。但這又牽涉到另一個概念「混合策略」，因爲混合策略會破壞了賽局理論基礎分析的簡潔性和衝擊力，我略作說明後，便將它放在一旁。「混合策略」就是行爲人藉助好比是骰子之類的物品來作選擇。也許傑克擲到「等待」的機率是二分之一；就算吉兒知道傑克擲骰子作決定，她還是無法改進她的策略；傑克也是一樣。傑克和吉兒的策略構成了所謂的「混合策略的均衡」。（這個例子並沒有主張二分之一是最適當的機率，混合策略均衡也不僅只會出現在兩人卡住不動的情況中。）

在對等賽局裡有兩種均衡，參賽者必須在兩種均衡中做出決定。如果圖 6.2 確實掌握住了一切狀況，爲什麼窄橋不會是混亂的根源？在沒有規範的道路上，兩位對於靠左騎還是靠右騎都沒意見的騎士，該如何會車？互不相識的人如何能一天內協調一百次？答覆之一是圖 6.2 只在單一地區發生過一次。如果圖 6.2 是連續的賽局，或只是另一個更大的賽局中的一部分，情況當然大不相同。假使傑克和吉兒經常同時出現在橋的兩端，也許兩人就會有條不成文的規定，例如吉兒優先過橋。既使這是兩人唯一一次的相遇，他們也可以採用其他賽局所形成的慣例，例如「女士優先」，「上坡的車輛擁有道路使用權」。或許傑克和吉兒可以討論出一個互相同意的解決方案。可能的情況還不只這些，但我們必須要謹慎小心，如果賽局理論是分析社會生活的有效工具，那麼它在本體論上就不能隨意預設慣例的存在。至少以企圖心最強的賽局理論來說，它不但要能說明理性行爲人是如何達成協議慣例的，還要對理性行爲人如何使某一個可能狀態成爲眾人關注的焦點，給出一個明確的講法。它也不能預設理性行爲人可以藉由言語溝通達成協議，因爲大部分的賽局理論家都認爲語言是架構在慣例之上的。之後我們再回過頭來看這個值得深入探討的問題。

還有，並非所有對等賽局都像圖 6.2 一樣，左下角那一欄和右下角那一欄相互對稱，兩個均衡內的收益相同。圖 6.3 展示了一個傑克和吉兒都偏好女士優先的對等賽局。

這裡仍舊有兩個均衡，在傑克選擇「前進」，決定駕車過橋的情況下，吉兒的最佳回應只能是等待。但是這個結局的收益是（1，1），比右上角的（2，2）低。如果有

傑克 \ 吉兒	等待	前進
等待	0,0	2,2
前進	1,1	0,0

圖6.3 對等賽局 II

一個可能狀態的收益對雙方都高過其他的可能狀態，很自然地我們便會預設每一位參賽者都會理性運用策略來促使它發生。（以帕雷托命名，一般稱這結局爲「帕雷托優越」，一個可能狀態是另一個可能狀態的「帕雷托優越」，其意義是：至少有一位參賽者的收益增加而且其他參賽者的收益沒減少）。圖 6.3 所代表的對等遊戲會有唯一的解，儘管這看似穩固的主張稍後還是會受到遭受挑戰。

對等賽局的關鍵點在於參賽者彼此協調出共同的利益。正因爲利益沒有衝突，如果理性行爲人還是無法找出彼此都有利的方案，就會顯得很古怪，至少在賽局重覆的狀況下是如此。表面上來看，這個想法點出了一個「每一個行爲人都是被自我利益所驅使」的社會存在的關鍵。在每一個個體的利益都受到同等對待的前提下，個體集結成立組織再平常也不過了。如果社會組織能改善每一個成員的自然狀態，人類社會的出現也就不是什麼難以理解的事。更進一步來說，如果慣例能使每一個人都受益，那麼不需強制手段，每一個理性行爲人都會欣然同意。所以，假使大家的利益互不衝突，文明社會就可以被分析成許多盤對等賽局，或許無政府主義者的主張是對的，一個沒有統治機關的社會它實現的可能和它值得嚮往的程度一樣高。

（2）囚犯兩難

由於我們所分析的是一個理想化的世界，在這世界裡的每一個人都完全是理性的，因此用實際的社會生活情況是無法反駁無政府主義者的烏托邦世界。但是，就算是烏托邦也有利益衝突。在絕對衝突的情形下，這場賽局或許只能透過戰爭解決。然而，在利益重疊但意見不一致的情況下，賽局理論卻變得更吸引人。

假設傑克和吉兒在熟識之後，發現彼此都有強烈的犯罪傾向。不久之後，兩人不但犯下了一連串的搶劫案，甚至還犯下了謀殺案。這種行爲真是可悲，還好兩人已經被一組戒備的警力所逮捕。警察知道除非兩人都認罪，將無法控告傑克和吉兒謀殺，但是他有證據證明傑克和吉兒搶劫。狡猾的警長將兩人關進不同的牢房後，提出了一個優渥的條件。「如果你願意承認犯下謀殺罪」，我向你保證，「只要你同伴不認罪，我就將你無罪釋放。你的同伴在被起訴後將會被處死刑，你馬上恢復自由。當然，如果你的同伴認罪而你不承認，你會有相同的遭遇。如果你們都認罪，兩人都會以謀殺罪起訴，但由於你們二人都很合作，所以判刑十年當作獎勵。最後，如果兩人都不認罪，每人依強盜罪判刑兩年。這個條件你和你的同伴都適用。」假設以上所言純粹只是字面上的意義，而且傑克和吉兒也都知道，那兩人的理性策略是什麼？

圖 6.4 展現了囚犯兩難的賽局，圖中的效益值代表行爲人對四種結局的偏好次序。兩人都將（沈默，沈默）的次序排在（認罪，認罪）之上。相較之下，其他兩個結局特別奇怪。在傑克認罪而且吉兒不爲所動的可能狀態下，傑克被判的刑期最少，反過來被判的刑期最多。吉兒狀況與傑克相反。一開始，每一位參賽者的理性策略都依賴在另一位參賽者的可能選擇上。畢竟，選擇沈默比選擇認罪的策略好。但是賽局理論促使傑克進一步去思考，如果吉兒認罪，那他最好也認罪（十年徒刑好過死刑）；如果吉兒保持沈默，他最好還是認罪（自由好過坐牢兩年）。

		吉兒	
		沉默	認罪
傑克	沉默	3,3	1,4
	認罪	4,1	2,2

圖6.4 囚犯兩難

因此，無論吉兒決定哪一個選擇，對傑克來說認罪都比沈默好。透過相同的推論，認罪對吉兒也都比沈默好，無論傑克選擇哪一個。最後傑克和吉兒都承認犯下殺人罪，警長滿意地將兩人發送監獄關上十年。

換一個抽象的方式來看這個結論。先從傑克的角度來看效益值，然後再從吉兒的觀點切入。傑克注意到，如果吉兒選擇左邊那一欄，「認罪」的效益值 4、「沈默」的效益值 3；如果吉兒選擇右手邊那一欄，「認罪」的效益值 2、「沈默」的效益值 1。無論吉兒的策略是什麼，「認罪」是傑克的宰制策略，因為它的效益值高過「沈默」（受制策略）。同樣地，就吉兒的收益值來看，上端那一列 4 比 3，底部那一列 2 比 1，比較結果，「認罪」是吉兒的宰制策略。理性行為人絕不抉擇受制策略。

難道沒有對雙方都好的選擇嗎？答案是沒有。如圖 6.4 所顯示的，只有唯一一個奈許均衡，雖然結局悲慘。「認罪」是面對「認罪」的最佳回應，「沈默」卻不是面對「沈默」的最佳回應。到底警長是如何使他們掉入陷阱的？一般會認為這個把戲的竅門在於將兩人關進不同的牢房，這樣傑克和吉兒便無法互相對話。非常好，就給他們幾分鐘的時間一起計畫出一個共同的策略。不用說，傑克和吉兒的協議是保持沈默。但是兩人會遵守諾言嗎？在分開之後，傑克和吉兒都必須在遵守諾言和違反協議中作抉擇；我們將圖 6.4 的「沈默」換成「遵守」，「承認」換做「違反」。這麼做還蠻合理的，因爲，以可能狀態的刑期長短來計量後，傑克和吉兒對四種可能狀態的偏好排序想必和下表一樣。

結局			排行
自我	+	*他人*	
違反		遵守	1
遵守		遵守	2
違反		違反	3
遵守		違反	4

如果他人選擇「遵守」，自我的最佳選擇是「違反」。如果他人選擇「違反」，自我的最佳選擇還是「違反」。和圖 6.4 的情況相同，選擇「違反」是兩人的主策略，「違反」的收益值加總是「帕雷托劣勢」的結局。換句話說，效益值沒變，溝通形成協議的情況與無法對話的賽局基本上是一樣的。在兩人都不承認的可能狀態下，傑克和吉兒是有共同的利益，但就算彼此同意合作，雙方依舊逃離不出囚犯兩難。賽局理論家常說，承諾沒什麼用。

如果賽局重複上演會有什麼狀況發生？感覺起來，參賽者應該還是會察覺到，堅持選擇「帕雷托劣勢」的結局是一種愚蠢的行爲。「一報還一報」的策略看來還蠻有希望的：在另一位參賽者也這麼做的情況下，第一輪也向對方示好，下一輪也是一樣。如果傑克和吉兒在十輪收益值都像圖 6.4 的賽局，都使用「一報還一報」的策略，兩人都會得到三十分，這比起重覆使用單一賽局中的不合作策略所得的二十分還要高。

但是，這個策略碰到了一個意想不到的障礙。在十輪的賽局裡，合作策略在最後一輪賽局並不會得到任何好處。反正過後賽局就結束了，不合作策略又不會受到懲罰，最後一輪賽局就像是選擇宰制策略的單一賽局。可是，既然在最後一輪都打算執行不合作策略，那倒數第二輪選擇「合作」也不會有任何好處。同樣的想法也適用在第八輪，第七輪和第六輪。整個合作計畫一路被破壞到開幕賽，最終傑克和吉兒在第一輪賽局時都一致認爲，無論對方的選擇是什麼，均衡策略都是兩人的理性抉擇。唉，真是可悲！

以上一連串的推論是許多明顯潛藏在賽局理論中詭怪結果的代表，它也點出了一個重要關鍵，我們之後會探討。如果賽局無限重複，或參賽者不知道哪一局是最後一輪，推論便不成立。但是，只要是推論成立之處，賽局重複的多寡都無法改變結局。一百輪賽局的合作策略在邏輯上和十輪賽局一樣容易被破壞，即使我們會認爲只有當賽局快進入尾聲時麻煩才會出現。然而，令人注意的是，當一群志願的學生在本校經濟學研究實驗室中實際參賽時，我們發現，賽局連續的次數（參賽者都有被告知）是有關係的，背叛只在賽局快結束時才會出現，而且經濟系的學生比起其他系所更快背叛對方。這和美國類似的研究報告是一致的（包括經濟系學生的特殊現象），而且放寬一點來看的話，這似乎也符合人們日常生活的行爲。小偷會比賽局理論所預期的更爲合作嗎？如果會，那這樣的行爲是理性的還是非理性的？

在進入這個問題之前，還有兩種基本賽局尙未介紹。因爲我是透過兩者共同之處來引用，或許只說明其中一種就夠充分了。但是，雙方各有各的特色，而且各自所在的討論範圍不同，還是多花些篇幅來介紹。

（3）膽小鬼賽局

當傑克和吉兒刑期服滿出獄後，兩人氣得找對方決鬥。就像 50 年代德州的青少年，在空曠無人的道路上，兩人在一定的距離外，將開來的車車頭相對。突然間，傑克和吉兒在狹窄的道路上向對方急速駛去。誰先轉向誰就是膽小鬼。對兩人來說，誰都不想丟臉，但相撞的下場更慘。

膽小鬼賽局和囚犯兩難的差別在於，膽小鬼賽局在非混合策略下有兩種均衡：分別是（轉向，對撞）和（對撞，轉向）。因此傑克的策略並不明確；依據相同的推論，吉兒也是。雖然如此，至少就賽局重複的情況下來看，這也算是個不錯的結局，因爲參賽者彼此都不會有一個導致雙方不幸的主宰策略。一般人在囚犯兩難重複賽局中，或許在某種壓力下（目前還不清楚）而選擇了「合作」。但是，參加膽小鬼這種暴力賽局的人可沒那麼友善。傑克知道如果吉兒認爲他執意要對撞的話，她就會理性地迴轉，傑克必須建立起兇狠蠻幹的名聲。一種可行的

		吉兒	
		轉向	對撞
傑克	轉向	3,3	2,4
	對撞	4,2	1,1

圖 6.5 膽小鬼賽局

方法是只決鬥一次，將車很明顯地駛在衝撞路線上，這樣吉兒就會知道他絕不打退堂鼓。賽局理論家將這些策略暱稱作「建立名聲」和「保證」。這兩個單方面獲利的策略增加了賽局的豐富性，傑克和吉兒在囚犯兩難的賽局中也是使用單方面獲利的策略。

深入研究軍備競賽後，會發現那是個膽小鬼賽局的模式。這個結果的確讓人不安。軍備競賽究竟是膽小鬼賽局還是囚犯兩難賽局，還是別種賽局，依舊爭議不止。政策制訂者在核武策略上的膽小鬼模式的確使我們驚嚇得不知所措。但不久後事情變得複雜。舉例來說，「保證兩敗俱傷」這個令人寒心的政策建議政府在地面上佈滿核子彈頭，如此就沒有人敢真的啓動膽小鬼賽局。即使結局是核武平衡，但是這個政策還是助長了政府在次要武器上採取膽小鬼模式，畢竟沒人敢用核武攻擊來進行報復。

就算不深入探討軍備競賽，我們還是可以注意到另一個關鍵。在現實世界中，戰爭與和平賽局的參賽者必不是概念上的理性行爲人，而是較爲實際的傑克和吉兒。傑克所要知道的不在於這場決鬥是不是個膽小鬼賽局，他要知道的是，吉兒是不是將決鬥看做是膽小鬼賽局。從更複雜的角度來看，參賽者認爲這是什麼種類的賽局，它就是什麼種類的賽局；也就是說，賽局屬於參賽者。同樣地，學院派的賽局理論家和政策制訂者（研究經費的支付人）之間的交往並不頻繁，所以這個政策到底屬於哪一種賽局，雙方都說不準。有句話是這麼說的：「社會科學家所一直試圖分析的世界，是被他們自己放入理性行爲人腦中的想法塑造出來的世界」。假使這句話如同我料想般極具象徵性，它提供了理由讓我們思考，行爲人所理解的社會與社會科學家所解釋的社會之間的關連性，它也是社會科學家在發掘社會世界要素在方法論上的重大挑戰。

（4）兩性戰爭

在冷靜下來之後，傑克和吉兒恢復了往常的伙伴關係。但是他們之間的問題還沒完。沒過多久，他們便發現兩人已陷入兩性戰爭。這個「瑟伯式」或略微「佛洛伊德式」的賽局名稱，源自以下的場景。傑克和吉兒彼此約定共度一個下午，去看鬥牛或去聽場演奏會。但是，他們先前忘了敲定去看哪一個節目，時間已晚，再談也來不及了。有人陪同看表演總比一個人孤單寂寞好，但傑克想看鬥牛而吉兒想聽演奏會。在圖 6.6 的偏好排序下，雙方必須在鬥牛場和音樂廳選擇一個。傑克和吉兒該如何抉擇呢？

		吉兒	
		鬥牛	演奏會
傑克	鬥牛	4,3	2,1
	演奏會	1,2	3,4

圖6.6 兩性戰爭

（4，3）和（3，4）是圖 6.6 的兩種均衡，但在單一賽局下沒有非混合策略。如果慣例出現，好比女性會順從男性的意願，那麼在賽局重複下也許會有主宰策略，甚至在慣例廣爲人知的社會中，單一賽局也有可能有主宰策略。以傑克和吉兒的例子來看，只要傑克相信吉兒預期他會去看鬥牛，而且吉兒也知道傑克的想法，那麼鬥牛場就成爲了兩人的理性抉擇。在重複賽局下，同樣的想法將傑克的選擇一直固定在鬥牛場上——這是任何社會慣例出現的象徵點，甚至男女唯一一次的邂逅都會是由「傑克發號施令，吉兒配合」的假定所影響。此處對於權力的本質以及輸家爲什麼會「理性的」去尊重不利於本身的權力分配，潛藏著一個非常有啓發性的教訓。舉例來說，這和那些從事自由市場協議的人有關，他們在自由意志下同意這項交易；或根本相反，協議只在轉讓權力幫助對方。

除了這四種基本賽局外，還有許多賽局值得我們討論，但是我希望它們已足夠讓我們體驗到賽局理論的分析方式，也顯現了一些有助益的應用，而且也立即帶出了賽局理論的基本問題。至少，我們可以藉助賽局理論，對於社會機構和社會總體提供一種完全個體主義式的分析方式。接下來我將會對建立在「契約」概念上的社會理論作一些全面性的評論，然後提出一個在分析社會規範上的關鍵要點。

社會契約

許多有雄心的主張都將賽局理論當作社會分析的工具，尤其是那些視賽局理論爲個體論尖端的學者。我們從彌爾和埃斯特得到強而有利的保證，「人類在社會環境下，並不會具有跳脫個體本質法則以及超越個體本質法則解釋之外的性質」，以及「社會生活的基本單位是個體的行動」。然而我們是出生在一個具有組織制度的世界，它促使我們適應社會生活，塑造出我們的目標和價值，限制了我們的選項，也增長了我們的壽命。所以，埃斯特說：「解釋社會制度與社會轉變，就是要呈現它們是如何從個體行動以及個體與個體之間的互動產生的。」如何描述才能使他說的這段話令人信服？

最大的問題是：到底社會爲何會存在。簡單的回答或許是：社會具體化了一紙社會契約，結合了那些認爲合作才是理性的個體。對等賽局毫無疑問是這個回答的最佳範例，並且提出相當可性的想法：「制度」不過就是參賽者在重複賽局的多種均衡下產生的慣例。只要彼此利益互不衝突，個體不但毫無損失，還可以經由適合大家遵守的規則而得到許多利益。雖然並非每一個制度都可以分析成對等賽局產生的「帳戶」，社會最終建立在彼此的自我利益，因而社會的存在可以被分析爲對於「合作」的根本問題的解決，這種主張倒不是不可信的。將語言看作是對等賽局裡促進共同利益的一組慣例，更能展現這個主張的巧妙。我們所稱的「黑桃」是什麼東西並不重要，重要的是我們都給它相同的名字。不同的語言是對等賽局不同的解決方案。從這角度來看，人類語言的不同或許代表的是道德和規範概念體制的不同，憑藉著這套體制，社會確保了思想、文字和行爲溝通的穩定性。

如果我們能說的就這麼多了，理論上，社會是可能建立在一種既不需要強制力，也不需要統治機關的社會契約上。我們並不會因爲強制力之隨處可見而否定了這令人愉快的無政府主義，因爲協議也是會出錯的。有一種有趣的無政府主義論點，認爲統治機關的存在實有必要，但它只是在補救統治機關所造成的不幸，沒有了統治機關也就沒有什麼不幸需要補救。同樣的觀點或許也啓發自由主義者去思考：完全自由市場能實現的是什麼？當然，這並不是在鄙視那些注意到均衡理論複雜度的經濟學家對人類知識的貢獻。唯有完全理性的個體在非強制合作下，扭曲了最佳共同利益時，才需要強制力介入並加以改正。

與社會契約論相反的觀點將囚犯兩難當作是關鍵的賽局。它有一個很著名的血統，源頭通常追溯到霍布斯的《巨靈》，出版時間是西元 1651 年，內戰剛結束不久的英國。霍布斯深思著這悲慘的時代，建立了一套關於人性本質和社會的個體論式分析，並企圖解釋「公共福利創造和維護的技巧」。《巨靈》有許多章都以展示人類是機械驅動的生物作爲開場，每一個人都下定決心保衛自我的「幸福」。「生活的幸福」，霍布斯在第九章說到，「並不是心靈上的滿足所帶來的寧靜」，而是從一個物體到另一個物體的連續不斷的慾望，並非「只爲了在某段時間，只享受那一次，而是要確保永遠能滿足他將來的慾望」。這就是人之所以爲人的條件。世界上每一個人「追求權力的慾望都永無止境，也永不滿足，得到權力之後要更大的權力，直到死去才停息」。這個經典的陳述，表達的就是「一切理性行爲都是以最大化行爲人的期望值爲目標」。再附上霍布斯的一句話：「因爲人生不過是不停的轉動」（第六章），所以絕不可能永遠實現最大化行爲人的期望值這個目標。

照這情況，我們實在很難看出社會是如何形成的。霍布斯又將焦點完全關注在「那些關心彼此能否共同和平、和諧生活的人所具有的特質」。尖酸刻薄的第十三章的章名是：〈從人類的幸福和悲慘論說人類的自然條件〉。這章的重點是：「如果兩個人追求相同的事物，而且又無法同時擁有，那兩人彼此就成了對方的仇敵」。「在人類的本質上，有三個引發爭執的主要原因」，它們分別是「第一，競爭；第二，猜忌；第三，榮譽」。「競爭」使得人類爲了利益相互侵犯。「猜忌」，或是現在我們所說的不信任，導致先發制人的攻擊。「榮譽」，大致上是指我們現在所說的身分地位，它使得人在感受到被輕視時，變得極具攻擊性。這三個內藏於人心中的爭執起因，使得小小的社群都脆弱易碎。「因此，很顯然地，當人類生存在缺乏讓他們敬畏的公眾勢力的這段時間裡，他們所處的狀況就叫做戰爭；而且是一場每一個人打每一個人的戰爭」。這就是霍布斯那個聞名於世，但又淒涼的「自然狀態」。「持續不斷的恐懼，兇殘致命的危險。人類的生活則是孤單、貧窮、噁心、髒亂、殘酷和短暫」。

那我們是如何建立出共同和平、和諧的生活的？霍布斯推論，人類之所以傾向和平，是因爲「懼怕死亡；渴望將和平與和諧當成舒適生活的必要條件；並期望能經由努力而獲得它們」。雖然這些慾念使我們傾向和平，但是還不足以克服爭執的起因。除非有一個「讓所有人都敬畏的公眾勢力」，不然我們還是會繼續彼此侵犯。因爲不管他人選擇什麼，它還是每一個人的主宰策略。你我依舊是「仇敵」，渴望著那些無法共享的事物。雖然每個人表面上都會簽訂和平條款，但是只要有能力有辦法，沒有一個人會去遵守這些和平條款。由於「藉由秘密策劃或者與他人私下串連，弱者能有充分的力量殺害強者」，沒有一個人是安全無虞的。

到底是哪一種賽局最能闡明《巨靈》的論點，賽局理論家還有些爭議。但是有一個顯著的例子支持將《巨靈》視爲囚犯兩難賽局，雖然參賽者不止傑克和吉兒兩個，而是一個多人參賽的版本，它建立了賽局理論者所稱的「不勞而獲」的難題。每一個人都希望他人和平對待，而非兵戎相向，因此我們先假設和平會立刻出現。但是，就算和平出現，能夠作一個拿了好處但沒貢獻的不勞而獲的人，依舊是每一位參賽者的最佳選擇。舉例來說，假使出現了一個遵守和平承諾的協議，不勞而獲的人會從做承諾中交換到某些好處，但是他之後並不遵守協議。如果每個人都如此，社會將回到自然狀態，也就是戰爭（這個詞的本質「並不是實際作戰，而是表明了打仗的企圖」）。以上論證的架構在前面囚犯兩難賽局的討論中就出現了，傑克和吉兒在允許溝通對話的情況下，形成的一個兩人事後仍不會遵守的「沈默」協議。

用霍布斯的一句話來說，「沒有刀劍的協議約定不過只是一堆文字，而且根本沒有力量來保護任何人」。因此，霍布斯認爲跳脫困境的唯一方法，就是建立「一個讓所有人都敬畏的威權」，然後再讓這統治者配上寶劍。它就是書名中的巨靈，一個經由社會契約創造出來的最高權力體。它保護我們不被侵犯，無論是來自內部的還是外部的攻擊；它也替我們彼此之間的協議提供保證。該書序言將巨靈描繪成一個「人造的人」，出現在最初的封面插畫中，是一個拿著代表教會和政府的武器，頭上帶著皇冠的國王。這個最高統治者的圖像，乍看之下像是穿著鎖甲，仔細一看會發現它是由一個個小人像串接而成的。這封面的插畫精確捕捉到了霍布斯思想的主幹。社會是一個讓理性個體跳脫囚犯兩難的巧妙辦法。

規範和合作

上一節提供了我們兩種個體論分析社會規範的方式，兩者在基礎上都足以稱爲社會契約理論。雖然社會契約理論不只這兩種，但是它們簡單點出「社會」釋模可被廣泛區分爲兩種，一種以共識爲前提，另一種以衝突爲前提。共識的釋模大體上從對等出發，接著必須對那些不僅僅是提升自我的規範提出解釋；衝突的釋模則堅稱，個體彼此利益或許有重疊，但是絕對無法協調一致，所以它的首要問題在於「合作」如何可能。無論是哪一種釋模，在一個行爲人都是理性個體並受其自我的偏好的世界裡，對於規範具有什麼角色，都要提出一個理論說明。這種共同的理性行爲人個體論，使得這兩種釋模都將基本賽局分析成賽局理論中的不合作賽局。用這樣的分析方式來描述對等賽局似乎過於保守，畢竟參賽者在對等賽局裡彼此合作是有共同利益的。但是，除非參賽者可以依靠已經存在的協議來做抉擇，賽局理論家不會將它歸類成合作賽局，而且，就算慣例在對等賽局中出現，它也不具備任何強大的約束力。由於一個關於規範如何形成與延續的解釋是「不合作賽局」的前提，由於對等賽局並不沒有預設規範和制度的存在，因此對等賽局的確是不合作賽局的一種。真正的問題是，不合作賽局可不可能促發合作賽局？如果答案是肯定的，如何可能？

霍布斯的回答是，如果只靠個體彼此之間的承諾是不可能的，除非理性個體能同意創立一個彼此都無法閃躲的威權。只要巨靈就定位，再配上寶劍，日常生活中的約定承諾才有效；在交易買賣時，我們才會認知到違約是會受到懲罰的。在自然狀態下，每一個人由上到下全副武裝，因爲不管他人會不會這樣做，持有武器總比沒有更安全。一旦統治者昭告天下他那唯一合法的武力，個體配備武器的收益值改變，因爲和平與舒適生活變得可能。霍布斯的主張強烈指出，保持承諾，講真話、以及尊重普遍道德義務，這些社會規範只有在具備道德約束力的時候，才能正常運作。當變成良善是值得的時候，我們就會是良善的。什麼時候變成良善是值得的呢？只有在我們很確定做壞事會受到懲罰的時候。

有趣的是，霍布斯還有一個觀點，他認爲雖然在自然狀態中並無所謂義務 （用不到「是非」、「對錯」和「公正觀念」），但是巨靈的建立使得有可能藉道德約束而產生義務。即使是戰犯，在承諾付贖金被釋放之後，回到祖國他仍然有義務履行承諾，雖然違反約定已經不會受到報復。這個例子是霍布斯書中對「愚者」精緻平衡的回應，愚者在書中說：「在他的心中不存在一個叫做正義的東西」（第十五章）。這主張仍然是當代道德契約理論以及正義契約理論的重要討論議題，例如高西爾 1986 年著的《約定下的道德》。根據霍布斯本身的分析，戰犯的例子成不成立還有待爭論，而且我也不該再深入討論巨靈了。但是，對於將社會制度分析爲約定慣例的整個企圖，以及將理性行爲人互動下的共同利益視爲約定慣例的來源，這當然是個重要問題。

沒有一個社會可以在缺乏信任下維持運作。「理性行爲人」是一個工具論式的概念，在這概念下，理性行爲人在某種看待賽局的方式下，對彼此的信任會到什麼樣的地步並不清楚。我認爲，這其中一部分的原因是「信任」的意義並不明確，另一部分則是因爲我們對於理性行爲人的動機是如何形成的這一點說得太少。

就弱的意義來看，我們可以信任傑克會去做任何他所被預測會做的事，如同在設定鬧鐘後，我們會信任鬧鈴在所設定的時間會響。在這個意義下，我們可以信任傑克會去做任何最大化他自己利益值的行爲。但是爲了將問題呈現出來，我們必須將這個用法和其他兩種區分開來。所謂「沒有一個社會可以在缺乏信任下維持運作」，這個主張有兩種意義。其中一種意思是說，即使在個體違約也不會受到懲罰的狀況下，講真話、保持承諾、以及尊重協議，都還是必須依賴在社會規範上。另一個意義是說，社會成員必須要認知並尊重道德義務。至於社會規範和道德義務是否真有不同還有爭論，到第十章會講得更詳細。爲了帶出兩者的共同之處，我們來看賽局理論家的一句格言：「承諾沒有什麼用」。這句話的背後想法是，既然傑克只會選擇符合本身偏好的行爲，那麼吉兒最好將焦點放在傑克的偏好上，而不是他口頭的承諾。舉例來說，傑克在單一賽局願意保持沈默，其可信任的先決條件是，傑克在沒做承諾下也會選擇沈默。與它對照的想法是，對那些受到社會規範和道德原則約束的人而言，做承諾是可以當作相信他實際上履行該承諾的理由。

由於「建立名聲策略」和「保證策略」都是理性行爲人可使用的方法，因此賽局理論本身似乎就可以形成具有約束力的協議。但是理性行爲人的動機完全是朝未來看的。所有賽局圖表都清楚指出，行爲的動機完全看收益的結果。傑克的偏好當然有可能受到道德約束力的影響，而且其中一部分還可能源自於他本身。好比如果傑克不守承諾，他會覺得自己很糟糕；但就他的數學物理學來看（借用艾奇沃思的書名），這是不符合效益的。行爲抉擇所依據的理由從不朝過去看。「朝過去看」的意思是，現在之所以那麼做完全只是因爲一件過去發生過的事。爲了使「朝過去看」成爲可能，我們需要一個不同於本章工具論式的理性觀點。

在接下來的討論中，行為人會變得更複雜一些。透過不同的效益主義來看行為人，可以帶給我們另一種不同的觀點。效益主義最初的版本是，我們應該選擇能導致最佳結果的行為，這可不可行還有爭議，但是如果每一個人都採用，那麼社會將缺乏一個可以由信任來監督承諾的機構。如果我們總是依據一些在每一個人都遵循下，會產生最佳結果的「規則」來行為，這個社會將比前者好得多。在可能狀態上朝未來看，在行為抉擇上朝過去看，規則效益主義這個版本似乎更好。但反對者批評規則效益主義為了達到目的，已經將康德式理論排除在效益主義之外了。同樣地，就規則效益主義來看，在行為抉擇中越不考慮自我偏好的理性行為人，越能獲得更多的收益。這樣的轉變難道不會摧毀理性抉擇理論的基礎嗎？到了第九章情勢會更加清楚。

就算這樣，我們還是有很強的範例來主張，「合作」有時候還是建立在預先接受社會規範或道德義務之上，這兩者的存在都是理論所無法解釋的。我不想在這點著墨太深。簡單來說，先前所提賽局中的「非均衡帕雷托優越」的結局就是範例。但是，也許促使了小偷在囚犯兩難賽局中堅守信用、在膽小鬼賽局中雙方互不侵犯的，還是彼此高度的謹慎。謹慎的行為人是否會與追求邊際效益的行為人截然不同，還沒有答案。

即使某些慣例之無法分析對於個體論在規則、規範和習俗的解釋上帶來許多麻煩，但是個體論在其他慣例的分析上依然很明確。所以，讓我只再簡短地提出兩個深一層的問題，兩者都出現在多個均衡的賽局中。

其中較爲明顯的問題可由兩性戰爭賽局來看，四種均衡在雙方收益值上都不相等。如果慣例產生，好比吉兒會做任何讓傑克高興的事，慣例持續的原因很容易看到。但是，爲什麼其中一種均衡會成爲雙方的焦點或者比較顯著呢？「碰巧發生」是可能的回答。但是，如果考慮比較可信的例子，我們會傾向於回答：「權力的分配」。在本章沒有一個主張能對權力的本質和來源提供任何線索，對社會化的模糊說明只是遮掩了問題；所謂明顯社會契約的故事終究只是故事。

另一個較難以捉摸的問題則關注在「慣例」這觀念。「慣例」被分析成一組可以強化參賽者，讓某一個均衡顯著的共同期望。舉例來說，在道路上，如果傑克預期從對面來的吉兒會靠左，則傑克自己靠左是理性的；反之亦然。這麼說是沒錯；但是傑克靠右，同樣也是理性的，如果他預期吉兒也會靠右；而且反之亦然。這兩組預期都是互相自我強化的。到底一個已經建立的靠左習慣（英國）是如何以及爲何讓傑克有充足的理由在下一次上路時靠左？用「靠左已經是很明顯的」來回答，是丐辭的。令人驚訝的是，到目前爲止，我們所能說的一切就只有這麼多。靠左是傑克的理性抉擇，如果他預期吉兒會預期……（他會預期她預期……），他會選擇靠左。相同地，靠右是傑克的理性抉擇，如果他預期吉兒會預期…（他會預期她預期……），他會選擇靠右。以上這兩個無限假設都是恆真句，而且沒有一個能告訴我們，爲什麼過去的行爲會使得其中一種行爲是優先至上的，另一種行爲卻是不相關的。

更令人意外的是，同樣的觀點或許也會出現在圖6.3，雙方都偏好同一個均衡的賽局。「等待」的確是傑克唯一的理性抉擇，「如果」他預期她預期……。但是相同地，「前進」也會是他唯一的理性抉擇，「如果」他預期她預期……。再一次，我們需要一些先前所沒提供的想法，來決定導引行爲的是哪一個假設。

這似乎不太可信。但是，有些雖然不是全部的賽局理論者，接受這種狀況，而且還是直接出自於謝林 1960 年一本受敬重的書《衝突策略》。如果這個主張是正確的，那將嚴重衝擊路易斯《慣例》一書中的主張，該書對於語言和社會慣例的經典看法，不但是賽局理論的標準想法，也是本章所預設的主張。無論是可信還是不可信，它都嚇不倒兩位老哲學家：休謨和康德。人類一切推論最終都建立在慣例上，因而無法解釋慣例，這說法反而增強了休謨的立場。康德則會藉由它來顯示出，犧牲自我利益的工具式理性從屬於一個更高的實踐理性，實踐理性驅使每一個人都會依據公平、正義或道德的標準來做出正確的行爲。

由於這些簡短的主張背後的哲學思想錯綜複雜，礙於篇幅無法詳細敘述。現在就讓我們來做個總結。

結論

賽局理論從紛亂的社會世界中抽離出一個純粹的領域，人類在這理想化的領域中是一個具備完全排序偏好、完備的資訊、以及像超級電腦一般的大腦這三項特質的理性行爲人。理性行爲人的喜好可以藉由將彼此互動的可能結果排列，來完全一致地表現，這種互動乃是各別個體行爲結果總和。他們所擁有的「共同知識」是每一個人都是理性的行爲人。他們擁有「完整的資訊」，意思是彼此都知道彼此知道的事。他們是超級電腦，機率也會計算進去，會讓每一個人都演算出自己的理性策略，如果真的有理性的策略。雖然我們只考慮四種以人類爲參賽者的賽局，我們還是可以見識到賽局理論的威力，同時也對賽局理論的限制提出棘手的問題。

對等賽局引入了「策略抉擇」的基本概念。傑克的理性抉擇決定於吉兒會選擇的行爲，而且吉兒的理性抉擇也決定於傑克會選擇的行爲。在賽局重複的情況下，我們很容易就能推測到，慣例的出現可以引導雙方朝向一個共同受益的均衡。這引發了一個有趣的想法，一種不具備強制力的規範，一個建立在共識之上的社會契約理論。然而，在一連串的討論後，我們還是可以懷疑，是否賽局理論本身足以解釋慣例是如何以及爲何能引導行爲的。

囚犯兩難展現出了一個關鍵點：個體各別的理性抉擇會合併產生出對雙方都不利的結局。一隻「看不見的手」經常會造成所有人的損害。有趣的是，可以避免損害發生的規範必須具要備強制力，不然規範將會被利用。霍布斯也有同樣的想法。他所著的《巨靈》在社會契約理論以及其他領域中仍舊佔有一席之地。同時，囚犯兩難的賽局也有眾多的實際例證。我們可以在保存雨林、保護瀕臨絕種物種、節省能源、自願收入政策、停止軍備競賽、預防溫室效應，或者較溫和的，「讓英國井然有序」等例子中，觀察到強制力的必要。然而，如果這一切所真正需要的，是由衷的信任和道德品行，我想應該沒有人會希望隔壁住的是一個全然理性的行爲人吧！對這個理性蠢蛋，你會有多信任？

膽小鬼賽局顯現了在沒有非混雜均衡的情況下，會有什麼理性策略。這個問題不但出現在其他賽局中，平日生活也常見。如果傑克因爲不確定吉兒的理性策略，造成他對自己的理性策略也不確定，那麼吉兒考慮傑克的理性策略，也只會造成她自己更加的不確定。這個問題讓膽小鬼遊戲變得危險，在毀滅武器的選項加入下，甚至致命。除此之外，現實生活中的參賽者或許也不確定這場賽局是否真的是膽小鬼賽局，其他參賽者是不是將它看成膽小鬼賽局，他也不確定。在這些吸引人的問題中，有一個問題很有趣。當有血有肉的參賽者，例如美國核武策略家或英國財政大臣，選修過賽局理論的課並牢記在心裡時，會對賽局產生什麼樣的變化？

雖然我們只簡短討論了兩性戰爭的賽局，稍後還會再回過頭來檢視一遍。傑克和吉兒在合作中都獲得了利益，但是雙方在達成合作的兩種方式中的收益並不相同。在重複賽局裡，某一方似乎一直處於收益較差的均衡狀態中。在此同時，賽局理論在分析多個均衡上的限制又再度浮現。

如同理性抉擇理論和賽局理論所言，個體論在處理社會規範上有兩種方式。第一種透過說明重複合作如何形成規範，並用以解決賽局所產生的問題，來解釋規範的產生。但就算它能解釋適合所有參賽者並且彼此有共識的規範，它究竟能不能說明容易造成不勞而獲現象的規範，仍不清楚。關鍵之處在於信任以及理性的謹慎是否能讓我們在違反約定但又不會被懲罰的狀況下，依然值得信賴。另一種方式是將規範塞進行爲人的偏好中。因此善良的撒瑪利亞人會因爲他的利他偏好而去救助一個陌生人，但擁有其他偏好的人則只會匆匆繞路而行（不理會落難者）。傳說中，華盛頓坦承砍斷櫻桃樹時，他說：「父親，我不能說謊」，他是依據對誠實的一種強烈的道德偏好來行爲的。在這故事中，偏好的來源並未說明，偏好是被「假定存在」的。關鍵點在於，個體論在無法說明偏好起因的處境下，會不會被整體論「社會決定個體喜好」的說法所擊垮。

舉例來說，向未來看，喜好經常和角色地位緊密相關。父母總是以孩子利益爲主。像羅傑一樣的法國工人總是偏好左派的政策。官員們總是將政府機構的錢往他們的口袋塞。政府裡的軍事顧問總是偏好用軍事途徑來解決政治問題。這些例子所代表的意思是，如果抽離人的社會地位來看，有些抉擇似乎是不利的；但如果將個人的偏好與其社會角色相連結，這些抉擇就會變得理性的，也因而使得我們的分析可以將規範納入了考量。如果我們還主張理性抉擇理論可以解釋特定角色的行爲，那就太不誠實了。如果社會關係的結構並不與行爲人的偏好一併考慮，卻還能有效地提供解釋，比起理性抉擇理論，我們更想要瞭解它的主張。相類似的一點也出現在剛才我們有關豐富化行爲人心靈層面的討論。如果在那時我們將一個人的利他行爲，描述成他恰巧從提升對方的效益中推算出最佳效益結果，比起前者也沒有比較不老實。這是對第八章所預先做的準備，我藉由指出三個難題來對第六章做個結束：

（1）賽局理論式的分析能不能解釋各種形式的社會規範，還是賽局理論必須至少要預設某些規範存在（因而無法解釋這些被預設的規範）？

（2）賽局理論對於理想世界中理想化的理性行爲人所作的抽象分析，如何關連到居住在平凡世界裡的不理性的人類？

（3）賽局理論所揭露的，是哪些領域中的社會互動的重要特質？賽局理論是進行解釋，還是進行理解？

第七章

理解社會行動

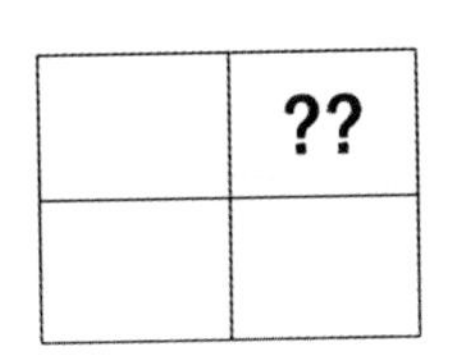

在試著解決羅傑投票的行動與結構問題時，我們會希望能將自然科學中彼此意見一致的解釋方法引入社會科學。但是並沒有。不可否認地，這也就是在決定第五章整體論式取向是否被第六章理性抉擇式個體論所擊垮時，會那麼困難的部分原因。從另一方面來看，種種跡象顯示，社會科學需要一套專屬的科學方法。下兩章將會檢視一些如何理解社會行動的主張，這些主張都認爲唯有經由社會世界內部，以不同於適用自然世界的方法，才能掌握到社會世界。

爲了將場地清空，以便重新開始，讓我們快速瀏覽回顧一遍。羅傑在第三章的出場，不但是研究實證主義的範例，也是將通用的科學方法應用在社會現象上的代表。對他投票給共產黨這行爲的解釋，就是舉出一個在很高的機率下能預測出他投票行爲的統計資料。實證科學在知識論上的保證是歸納原則，使用的是一種對歸納通則確認與反駁的科學方法，就像李普塞的「過濾器」。但是，即使在自然世界的應用上，這個取向也遭遇到麻煩。歸納原則提供得太少，卻宣稱得過多。它之所以提供得太少，是由於面對與觀察事實都一致的競爭理論時，它無法導引我們做選擇。它也不足以維護對於「偶然相關」與「因果法則」的區分。另一方面，如同第四章實用主義明確點出的，歸納原則之所以宣稱太過，是因爲它預設對於事實的確認先於一切理論和詮釋。在此同時，理性主義在不可被觀察的結構和因果機制的解釋上，歸納法也幫不上忙。然而就這一點來說，雖然第二章理性主義所提供的解釋「非常機械化」，但這並無法滿足當代的實在論者，而且在他們所視爲最佳解釋的結構和機制上，理性主義者還欠我們一個知識論上的保證。

平心而論，從以上我們得到的，只不過是對於社會行動的分析有開放的胸襟而已。如果社會世界的事物和規律確實與自然世界不同，那麼因果解釋是應該將位置讓給詮釋理解。即使如此，兩者的妥協結合方案還是有可能。但這可以緩一緩，之後再作說明。

我們現在有社會理論的詮釋學傳統，接受其所說從社會世界內部來理解社會世界的主張。它輝煌燦爛的時期是一個非常偉大的傳統，如同理性主義或實在論者對於大自然隱藏次序的那種強烈感覺一樣，它對於歷史運動有同樣強烈的感受。就這點來說，它通常稱作「歷史決定論」，其守護巨神就是黑格爾。黑格爾依然是當代社會理論的中心人物，馬克思站在他的肩膀上建立了有名的辯證史觀，波柏在 1960 年《歷史主義的貧困》書中，更以「僞科學」來駁斥黑格爾和馬克思。但是，歷史相對論的雄心壯志不但無法簡短傳達，它也使那些支持將社會科學獨立出自然科學的簡單清楚的理由，變得難以理解。因此，如同第一章，我用狄爾泰的話，「意義」是「社會生活和歷史世界所特有的範疇」，來開啓對社會世界的詮釋式取向。

本章接下來我們將以說明意義的四種形式作爲開場，然後再將主題連接到哲學上的「他心問題」。在這之後，焦點會轉移到「理性」概念，在此會借用韋伯的觀點來做說明。接著，維根斯坦將社會行動視爲規則依循和「遊戲」參與的想法，將是我們尋找另一種「理解」取向的來源。由於「遊戲」在維根斯坦的意義和賽局理論中的「賽局」截然不同，因此在整體上，我們可以使用一種屬於右上角的「社會人」主張，卸下「經濟人」的角色，來扮演「社會人」。那些試圖讓社會行動者具有更多自主性的理論將留到下一章再談。

「意義」的四種類型

將意義視爲一個範疇或一種範例，有什麼特殊之處？以下四種初步的回答在物理學上沒有對應，與生物學的對應也很少。

第一，人類的行動是有意義的。人類的行動具體化了意圖，表達了情感，行動的產生不但有理由，也被價值觀所影響。人藉由行動來傳達意義。這之所以是可能的，通常只是因爲有各種意義可供使用。慣例和象徵是能夠被辨識的。即使動物的行爲經常是有目的的、也展現其情緒、其行爲也針對目標，但是這些行爲並不是動物有意識地提取有意義的慣例和象徵所形成的。雖然月亮周圍的月暈「意謂著」降雨，但這只是說月暈與降雨有關連，或許是因果上的關連。非自主性的流淚——悲傷的自然符號——不能和悲傷的象徵混淆，例如，降半旗意味著哀悼某人的逝世。

第二，「行動的意義」以及「行動者藉由行動所要傳達的意義」這個區分，與「文字的意義」以及「人們藉由文字所要表達的意義」這個區分是有關連的。語言是瞭解社會行動關鍵特質的首要人選。當代有一條思路的確主張，應該將一切社會行動和社會互動視爲一個「文本」，並加以詮釋，彷彿它們是人所說出的話一般。行動、思想和語言三者之間至少是有緊密關連的。我們也可以主張所有私密思想和個體行動都預先假定了一個共用的語言。在這主張下，語言就不只是人類在達成目的時所使用的工具而已。以上所談的都不適用在原子的行爲上。它或許適用於那些在我花園中互相警告有貓偷偷接近的松鼠，或是鯨魚所發出的求偶歌，或是蜜蜂的蜂舞；黑猩猩在人類的教導下也會使用簡單的文字。但是，如果真的可行，這最多顯示動物有初步的社會生活，它並不代表人類語言的概念複雜性是由物理原子到植物，再到動物，一路連續演變的結果。

第三，人類生活充滿了「規範性期待」，這與動物習性是不同的（與賽局理論所謂的「理性期待」相區別）。

規範性期待含括我們可以對他人作什麼的期待，而且當我們因為沒有遵守規範受到譴責進而產生羞恥感與罪惡感，更強化了規範性期待。在每個特定角色所特有的規範期待之下，通常是一套涵蓋更廣的倫理學或宗教信仰，將我們從看得到的世界延伸到一個充滿價值、理想和神聖事物的不可見的世界。我用詞謹慎，目的在於顯示：我們在生活中或是行動中發現意義是相當重要的時候，我們並沒有將自己引向承認存在一個不可見的世界以及外在於人類生活的意義。但是，即使是中性的用語，社會生活還是有它的道德面向，這也是「道德科學」需要掌握的對象。一個為物理學設計的，又被生物學調整採用的科學方法，可能根本無法處理社會生活的道德面向。

第四，雖然我的貓可能具有信念，比如將主人帶向放飼料的櫥櫃，會有食物可以吃，但是牠必定不具有一些關於外在世界的理論。人類可不一樣，特別是我們有一套被社會科學影響的，關於人類的理論。舉例來說，佛洛伊德心理學塑造了許多人的自我理解。如同先前所言，對於那些相信賽局理論價值的決策者而言，賽局理論影響了他們的外交政策。許多行動的意義都決定在行動者腦袋裡的那種社會世界的模型。稍後我們會發現它的重要。社會理論，這麼說吧，是自成一理的，這令人好奇的特性我們稍後會看出它的重要性。

他心問題

以上四種回答牽涉到更多種不同意義的「意義」，我承認，這些還蠻五花八門的，我將藉由進一步反思「理性」概念來做整理。首先我們應該要指出它們所共同引發的哲學問題。到目前爲止，知識論的核心問題是「知識問題」：我們該依據什麼判準以知道一個信念，或者至少我們能證立一個信念？這個問題早已就分支到關於心智能力與自然次序的特性、科學與僞科學的差異、以及理論與經驗之間關係的各種問題。但是，其核心問題還是在於從較窄的前提推出較大的結論這種推論，尤其是當結論指涉到不可觀察物時。就「意義」是社會科學所獨具的範疇而言，「知識問題」敏銳地轉換成爲「他心問題」。

那四種回答實際上區分了「行爲」與「行動」、「符號」與「象徵」、「信號」與「口說」、「規律」與「規範」。簡單說，那四種回答區分了面對變動的環境而作出的自然的、適應的反應，以及自我意識到的、受到理論影響的社會互動。在上一句成對的名詞中，每一個出現在前面的名詞都涉及先前有關推論與詮釋的知識論的困惑。這些難題也同樣出現在每一個位於後面的名詞，而且造成更進一步的扭轉。爲了獲知行動和口說的意義，我們需要行動者本身的詮釋。如果要透過對於觀察資料的詮釋，我們才能知道他看到了有人在揮手，那麼我們必須透過第二次詮釋才能知道那是某人在揮手告別。這個以人類心靈彼此隔離為前提的問題，就是指一個人如何能知道另一個人心裡在想什麼。這是哲學家所稱的「他心問題」。一旦我們認為行動的理解牽涉到對詮釋的詮釋，也就是一般所謂的「雙重詮釋」，他心問題就成了社會科學所必須處理的問題。這問題的一個例子是人類學中出現的「他文化問題」；一種文化（或次文化）中的成員如何能穿透另一種文化的內在本質。

讓我們來想一想旁觀者和行動者之間有什麼不同，藉以彰顯這個問題。天文學家是一個旁觀者，他觀察遙遠的天體所發生的一切，並對這些受到大自然法則支配的星體行為提供解釋。觀察報告或許起於第一人稱（例如「我」此刻正看到金星），但是其中所指涉到的個人觀點不久便會消失。整體而言，自然科學堅守旁觀者的觀點，並不情願放棄。其基本預設也還是一樣頑固：大自然是獨立於人類信念之外的。一個人無法藉著拒絕相信現在正在下雨，以使得自己不會淋濕。如果自然主義是正確的，社會科學家也會堅守旁觀者的觀點，無論將人類視為行為人和社會行動者會使情形變得多複雜，觀眾所看到的球賽至少和球員所看到的一樣多。沒錯，詮釋式傳統的追隨者會同意，但只有先重建球員的觀點才行。這徹底改變了這種運作的特性。理解和解釋有個基礎的差異，因為社會世界所發生的一切有賴於其對行為人的意義。在天文學領域則沒有這種現象。照這樣來看，他心問題不僅僅是較複雜的知識問題而已，他心問題對社會科學更是獨特的問題。

理性：韋伯的進路

問題大致上就是這樣。我們現在還需要準確的方法來區分解釋與理解。即使「意義」是一個有啓發性的範疇，我自己認爲這對於建立該區分一點幫助也沒有。「意義」有太多種意思是相關的，因而我們很難去判定哪些是科學解釋可以或不可以處理的「意義」。我發現一個較佳的方法是從理性的角度來切入。它不但在分析上更爲容易，也更能關注「解釋」與「理解」以及個體論與整體論之間的爭論。這並不是什麼原創的想法，早就已經明顯出現在韋伯的思想中。從韋伯對於社會行動的分析和理解方式開始，是最恰當不過了。

「社會科學企圖以詮釋式理解來看社會行動」，韋伯在《經濟與社會》書中前幾頁就如此聲明。這本書是韋伯式的區分解釋與理解的經典出處。他說的「行動」就是指行動者加諸其主觀意義的行動。「社會行動」就是指涉及他人行爲並因而定向的行動。韋伯說，例如，當單車騎士進入塞車的車陣時，他展現了社會行動；在雨天撐開雨傘的人則沒有。雖然雨傘是社會性物體，而且一大堆雨傘放在一起或許也象徵了一個社會事件，但是，撐雨傘並不是社會行動，至少到目前爲止每一個人撐傘所考慮的都是天氣因素。

在此我們要注意，韋伯的出發點是一種個人主義式的主張。他以賦予自我行動主觀意義的個別行動者作為開端。（「主觀意義」，在韋伯的用法中，涵蓋了行動可以包含與傳達的一切情感、想法、目的或價值。）接著韋伯引入「社會行動」概念。社會行動是個體自身觀點彼此交互作用下的產物，這非常適合前面所提的理性行為人賽局。本章稍後會挑戰韋伯的出發點，目前來說，他的出發點相當方便我們挑出行動或口說意義的兩個層面。這兩個層面分別是「主觀意義」（行動者藉由行動以傳達的意義）以及「互為主觀意義」（行動所代表的意義）。除非大家對於交通號誌有共同的解讀，單車騎士無法決定其方向。這裡有一個分析上的問題。是否個體的意向，如韋伯所指，先於共同的解讀？或者個體意向之所以可能，完全是因為已存在有公共的「遊戲規則」？無論是主觀意義先於互為主觀意義，還是相反，詮釋式理解都要考慮兩者。

韋伯接者列舉了四種純粹行動類型，前面兩種要透過重建行為人的動機來理解。第一種是工具式理性行動，行動者採取最有效的方式來達成目的。這個「經濟式」類型的理性潛藏在正統的個體經濟學之中，也是期望值理論的理想狀況。工具式理性也是貫穿前幾章所預設的想法。第二種是價值理性行動，行動者所追求的目的或價值對他是如此重要，以至於他完全拋開了對於代價和結果的衡量。英勇的行為和自我犧牲是最佳的範例。擴大來看，基於責任和其他一些道德原則的行動都是價值理性行動。第三種純粹的行動類型是「傳統式」的行動，這是過去規範約束社會的典型行動，我們可以藉由確認出相關的規範來理解它。韋伯將它定義成「既定習俗的表現」，而且語帶輕蔑地說，它是標準的，「只不過在慣常刺激下的一個單調乏味的反應」。第四種是「慾望」行動，被簡單、原始的慾望所促發的，比如喝水是因爲口渴。

以上這些都是純粹或理想化的行動類型。韋伯認爲，大部分的日常行動都是混合不同類型的。但是，理想化行動類型的區分是有必要的，因爲它們需要不同的理解方式。理解工具式理性行動的方式是重建期望值的運算過程：在傑克所具有的偏好、資訊和資源的情況下，爲什麼他之選擇蘋果而不是梨子是理性的？在上一章說過，這個行動類型是「理想化的」，不僅是因爲它只將「經濟式」的動機原因抽取出來，還在於它抽離出了一個理想化的理性行爲人。理解的過程是在發現：對於行爲人在抉擇問題上的、理想上是正確的解法，然後再用它來作爲衡量標準。如果傑克所做的確實是理性抉擇，那麼對於理解過程的重建會告訴我們他是如何做到的。如果不是理性抉擇，那麼重建工作還要識別出哪一些需要進一步的解釋，也就是使得行爲人無法理性抉擇的原因。舉例來說，要理解爲什麼在戰役中將軍要命令軍團前進，我們第一要務是要找出這是不是他最佳的判斷。這看似在描述性方法中兜了一大圈，但韋伯確定它是對的。此外，當社會行動者的行動與理性抉擇理論和賽局理論所說的不一致時，它也讓我們質疑這些理論是不是錯誤的。

價值理性行動要透過確認那些壓倒一切的目標和價值來理解，傳統式行動則透過所遵從的習俗來理解。我們在這兩種類型中很難看出韋伯在想什麼。我們應該先將注意力放在理解的兩個階段。韋伯說理解始於同理心，它類似知覺。經由同理心我們知道（不透過推論）一個揮舞著斧頭的男人在砍木頭，或是一個射手正在用來福槍瞄準。換句話說，基本社會觀察的資料是行動，不是物理物體以及可以推論出行動的行爲。藉由「解釋性理解」我們才知道那個在伐木的人的職業是伐木工，或者射手拿槍瞄準是在報復。解釋性理解是在將行動指派到「一組複雜的意義」中。它可以透過「歷史的角度」確認出行動背後的特定動機，例如那個拿槍的人打算宰了殺害他兄弟的人；或是透過「社會的角度」確認出一個共同的現象，好比世仇，然後將該行動理解成共同現象的一個例子；或是透過理想類型的角度，藉助某個理想類型來分析行動，就像前幾段所提的「經濟式」理性抉擇的例子。

然而，在經濟學領域之外還有許多理想類型。另外還有概念上的理想類型，例如「封建的」、「世襲的」、「神授的」、或是「官僚的」，分析其中牽涉到的社會關係的純粹形式。最爲人所知的，就是韋伯對官僚制度的分析。他將官僚體制分析成一個組織，在階級結構中遵循規則以維護組織的秩序，階級結構的目的則是在維持它本身的程序運作。官僚制度之所以是理想類型，不只是由於它的純粹性，還在於它從表面上非理性現象中辨識出或者整理出秩序出來。還有一種是統計學中的「平均」類型，對於相似行爲在量化上的差異求取平均值。在我看來，這想法是說，從理論挑選出的代表類型，必須要能顯示其具有經驗顯著性。因此，我們是否已理解羅傑爲什麼投票給共產黨，不但要看他投票行爲的理論意義，也要看統計上他與投票給共產黨的平均值之間的關聯性。

韋伯的取向是一個很有啓發性，但很不容易的混合體。分別來看，他所主張的每一點在分析理性行動上都頗有道理，但放在一起時只留給我們一團晦澀。最爲清楚的是他工具式理性行動的主張，藉由指出理想化的理性行爲人所做的抉擇，來理解「經濟式」的行動。如同我們所見，理性抉擇理論和賽局理論近來的發展，使得這思路在社會行動分析上獲得強大的力量。但是韋伯的「行動個體」並不只是經濟人。即使在「傳統式」協議已被「理性—法定」協議取代的現代社會中，社會人還是存在，最典型的例子也許就是官僚系統中官員的角色。這個個體在組織中是一個規則依循者，組織的規則結構讓他的世界有秩序，也明定了他在組織中的位置。在某些地方韋伯視這些結構爲對於理性的否定，在其他地方卻將它們看作是一個衰退文明中理性秩序的堡壘。無論如何，它們是社會行動中的主要元素，它們也讓我們進一步思考理性行動和規則的關係。我們將會發現，這也就是爲什麼韋伯「解釋性理解」概念如此複雜的部分原因。此外還有一些想法，對經濟人來說，理性就是計算；對社會人而言，理性就是依循規則。接下來讓我們考量這個想法。

社會行動即規則依循

詮釋式取向要求從內部理解社會行動。從什麼事物的內部？個體論者慣用的回覆是：「從每一個行動個體的心靈內在」。另一個可行的回覆是：「從賦予行動意義的規則內」。對應於我們先前區分行動意義以及行動者藉由行動所表達的意義，這兩個回答看起來都對。舉例來說，如果有人問眨眼（行動）和眼睛閃動（反射運動）如何不同？答案必須涉及兩方面，一方面是從社會慣例來看，眨眼是在傳遞訊息、暗示、有所保留，陰謀，警告、或拍賣喊價。另一方面則是行動者在表現某項言說行動，而不是別的言說行動的意圖。從語言所特有的現象來看更明白易懂，要理解一個人所講的話，我們必須要知道字面上的意義以及說話者所要表達的意義。但是其他不同意思的意義似乎也牽涉其中。當我的德國朋友說："Dieser Hund ist gefährlich"，他的意思是「這隻狗很危險」，他無疑是在警告我離牠遠一點。我們會傾向於評論說，他說這句話之所以是理性的，是他企圖警告我，不是他說的這句話符合德文文法。不過，理性與規則依循的關聯還可以更爲緊密。

現在是介紹維根斯坦《哲學探究》的好時機。說「這隻狗很危險」就是在某個溝通遊戲中走了一步，如同在下西洋棋時，用 P—K4 就是走一步棋。當一位造訪地球的火星人看到某個人將一小塊木頭在方格表面上搬移了一小段距離，他不會知道「卒」已經走了一步。爲了能將「卒」辨識成「卒」，火星人必須要知道遊戲的目的和規則。的確，沒有遊戲規則，就沒有西洋棋這個活動，當然也沒有「卒」可以動。同樣地，「這隻狗很危險」只不過是一段沒有意義的雜音，除非它是在某處境下運用規則的一個實例。語言規則定義了「遊戲」，規則不存在，遊戲也就不存在。

一個像西洋棋的遊戲並不是一個有外在目的的裝置或儀器，使得我們可以透過這個外在目的以瞭解遊戲是如何進行的。因爲就算遊戲有一些寬鬆的目的，好比消遣娛樂，這也無法說明西洋棋的特殊之處。在西洋棋比賽中，每一步棋的目的都來自於規則。按照標準來看，吉兒走 P—K4 這一步，是因爲她相信這是目前局面下最佳的走法，「最佳」指的是吉兒依據「將軍」（贏棋）的條件最能獲勝的意思。這並不是在否認說，有時候走下一步棋是因爲棋局之外的理由，例如面對需要鼓勵的新手，或是某個虛榮的獨裁者時，吉兒會故意下得很差。但是，這些都預設了標準的比賽模式，而且如果吉兒的伎倆被發現，她也就無法達到目的。同樣地，雖然有使用相同棋子的非標準遊戲，好比「失敗西洋棋」，誰的棋子先被吃光誰就贏，但是這個遊戲到底是標準遊戲的變形，還是根本就不是西洋棋，一直都有疑問。遊戲的核心是由規則構成的，規則設定了在遊戲進行中能從遊戲內部進行理解的範圍和限制。

精確地說，西洋棋的規則（或其他遊戲）有兩種，制訂性規則和規約性規則。制訂性規則藉由遊戲的目的、合法的棋步、以及棋子的能力來定義遊戲。沒有這些規則就沒有遊戲，就好像沒有文法規則就沒有語言。規約性規則左右了合法棋步的選擇。範圍從經驗法則，好比「儘早移動『城堡』」，到遊戲禮儀，好比「不要動來動去」。制訂性規則和規約性規則的區分並非那麼清楚，兩者的差異大概是，如果你違反了規約性規則，你就無法玩得很好或很正當，如果你打破了制訂性的規則，那你根本就不是在玩遊戲。界線的模糊不清對理論家和玩家都是有益的，當然這並不暗示兩種規則沒有明顯的不同之處。

在學習遊戲規則時，用維根斯坦一句簡潔有力的話，我們是在學習「如何進行」，如何做到所必須會的事，如何避免做出被禁止的舉動，如何在遊戲允許的範圍中挑出自己的路。以西洋棋爲例子，以顯現如何藉著遊戲的類比來理解社會生活，有益也有害。要如何理解有意義活動的內在建構特徵，以及採取某些行動的理由，在這下棋的例子都顯示出來。但是，如果西洋棋暗示了在實際社會活動中具有涵蓋所有可能結果的完備一致的規則，那這個類比是誤導的。舉例來說，外交在某方面和遊戲還真得很像。要理解外交手段和訊息，我們除了要熟知慣例，還要意識到外交官期望彼此都能認同這個慣例。但是，慣例是開放的，並不是固定那幾條，而且外交的目的也不是靠雞尾酒晚會中的陳腔濫調就能達到。外交遊戲的目標在遊戲之外，即使這些目的不是外在於國家所玩的所有遊戲。用西洋棋來類比，是抓住了一些特質，但還是有限。

同樣地，法律無論是在慣例的依賴上，還是在法院的判決上，都和遊戲相像。一件事情是否違法，其決定權在法院。有時只完全取決於事實：吉兒窒息而死的當時，傑克在不在現場？有時取決於對既定事實的詮釋：傑克承認殺了吉兒，但否認這是有預謀的。有時候爭議點在對於法律的詮釋：如果吉兒年歲已大又死於癌症，傑克是她的醫生，如果傑克在治療吉兒的肺炎上失敗，他是否有罪？後兩個情況與我們問某人是否違背了遊戲規則相似。但是在某些情形裡，規則究竟蘊涵什麼，則不是很明確。想要理解法院所發生的一切，我們必須對法律訴訟和慣例、法律遊戲的規則，有深入的理解。

另一方面，我們或許認爲還不只如此。可能這只是很簡單的將法律的實踐面與其他實踐面和制度相聯結而已，例如與立法機關，也就是國會。要瞭解遊戲中的每一步，我們也經常必須理解其他的遊戲。但是，我們也想整個撤回。有些法學專家認為，法律的運作過程只有以追求正義為目標才有意義，就像科學只有在追尋自然界真象時才有意義一樣。此處遊戲的意義已在遊戲規則之外了，因為遊戲規則會受到「正義」這個外在因素的檢驗。一條不公正的規則會受到譴責，無論權力機關如何合法化它的存在。信奉「自然法」的理論家所採取的就是這個觀點。與之對立的則是法律實證主義者，不認為有任何外部的立場。這引發了有關相對主義的問題，或者是有關所謂內部理解的範圍和限制的問題。稍後會作說明。

在此同時，對於法律還有超出法律遊戲之外的不同觀點。有人會聲稱法律的制訂和運作最終決定在社會中的權力分配。回應第一章馬克斯對基底結構和上層結構的區分，我們可以主張，社會所擁有的是其物質條件所要求的法律規範。在這個想法下，遊戲的意義之所以可被視為是外在的，並不是出自道德的考量，而是第五章所談的結構性和功能性理由。無論是哪一種，法律的運作過程與遊戲之間的類比，雖然是有啓發性的，但還不是整個故事。

支持維根斯坦的社會理論家仍舊會堅稱，遊戲類比確實指出了整個故事。維根斯坦那精雕細琢的語句有著不可抗拒的魔力：「必須接受的，亦即被賦予的，這麼說吧，就是『生活形式』」（1953, II. 226 頁）。這句話所講的是，每一個行動都來自於慣例，這些慣例又內置在更廣大的慣例中，最終組成一個文化。因此，要對單一行動和慣例完全瞭解，我們必須要掌握到更廣大的背景脈絡，關於「什麼才是對於生活中的適當舉止是重要的？」，集體有其想法。這想法對於某些特殊狀況下的行動會有多大影響，是我們要掌握的。整個故事到最後是獨立完備的。它最終停在被接受爲理所當然的「生活形式」，因爲已經無法對「生活形式」再做進一步的說明。在此要注意一件事。不存在一個可供我們理解意義的單一一個「生活形式」；在單一文化上不可能，在全體文化上建立普遍性的單一形式更不可能。「生活的各種形式」中的多元是在重申維根斯坦先前的評論，亦即遊戲彼此沒有共同之處：

> 別說：一定有某個共同點，不然不會都被稱為「遊戲」—— 還是仔細瞧一瞧一切是否真有共同之處。因為如果你仔細觀看，你將不會發現「一切」遊戲的共同點，你只會看到彼此的相似之處，其間的關係，以及一連串的相似與關係。

沒有什麼比重疊交叉而複雜的相似性網路還更爲統一的了，這就是「家族相似性」的特徵。維根斯坦補充說：「試著從以下的遊戲中找出共同的核心，棋盤遊戲、紙牌遊戲、奧運競技，諸如此類的遊戲。」

受到這個論點所啓發的一位哲學家是溫曲，他所著的《社會科學之理念》將維根斯坦的觀點推向極致。溫曲一開場便否定科學可以藉由獨立世界中的事實來檢證理論和假說，以發現自然界如何運作的因果解釋。我們不能預設實在界是獨立於思想之外的，我們也不能預設對於實在界的理解就是在解釋它的因果機制。相反地，「我們對於什麼是屬於實在界領域的想法是內建在我們所使用的概念中」（1958, 15 頁）。這些概念配合一些準則，可以完全決定描述實在界的主張的真假，好比那些物理學家在討論粒子行爲所用的主張，和巫醫在用巫術辨識病徵的主張。一組一組的概念是制度的認知面向，所以每一個制度都包含了關於什麼是真實的以及制度本身如何被理解的一組概念。因此，「與『可理解的事物展現多樣的形式』這個理解相連結的是，理解到沒有所謂可開啓實在界的鑰匙」（102 頁）。科學就是開啓粒子實在界的鑰匙，宗教就是開啓精神實在界的鑰匙。探求原因的是科學實踐，追尋意義的是宗教實踐。這些實踐都是各自生活形式所獨具的，並不相互競爭，因爲實在界沒有獨立於人類思想之外或普遍性的開啓之鑰。

從認知面向來說，制度體現了許多概念。配合上孔恩的典範，制度也是由社會關係和規則所構成的。然而它們並非停泊在思想之外。「社會關係是實在界概念的表現」（23 頁）。「一切有意義的行爲都來自於主宰行爲的規則」（52 頁）。舉例來說，要理解修道士的活動，我們必須將修道院的日常生活視爲那些賦予修道士彼此關係意義的規則的一種表現。因此，某些修道士的衣著上所繫的繩索尾端有三個結，意味著「貧困」、「禁慾」和「服從」三個誓約。誓約賦予了繩結意義，包含在修道秩序中的精神實在界的觀念則賦予誓約意義。在適當的允許變化一些觀念、規則、和生活形式，對修道士爲真的，對一般人也爲真。

溫曲的主張對社會科學方法造成相當大的衝擊。他認爲將我們對社會的理解奠基在自然科學方法上沒有任何益處。「那些屬於我們理解社會的主要概念，與那些科學預測活動中的主要概念是不相容的」（94 頁）。預測和因果解釋確實是合乎自然科學的活動，因爲自然科學的生活形式納入了那些讓自然科學家們使用方法規則的實在界概念。但是自然科學是一個「遊戲」，而且只是許多遊戲中的一個。不同的遊戲體現不同的概念；社會科學家必須從各個遊戲本身的觀點和內部，找出不同行動團體所依循的不同規則，才能理解每一個遊戲。科學社會學是一個高階的遊戲，從研究「解釋」這個遊戲，以理解參與者的活動。

在完整摘述之後，以上這一切是很強的主張。它似乎不允許任何訴諸生活形式之外的主張，無論是以生活形式試圖說明的外在獨立實在界，還是判別什麼是理性上可相信的獨立標準。這使它一方面是苛刻的唯心論，一切都只是傳達概念的「各種遊戲」；另一方面是尖銳的相對主義，各式各樣的生活形式都是自我包含的，不受到任何外部的批評。除此之外，人類只有作爲社會行動者時才值得注意，社會行動者是遊戲中的玩家，玩家所做的與所能做的，是使用規則並按照規則行動。以他高度結構化的生活來看，修道士就是人類的縮影。由於《社會科學之理念》是一本小書，探索並應用對維根斯坦的可能解讀，溫曲的其他著作更爲細膩，尤其是倫理學和行動方面，因此我不會毫無限制地將這些觀點加諸在溫曲身上。雖然如此，以上所列舉的論點都大膽出現在《社會科學之理念》中，而且這些論點也很適合填進圖右上角那一格。以上的總結產生了一種對於制度的理想類型式說明，將制度視爲集體意義的化身，理解整體論隨即出現，如同圖 7.1 指出的。

規則和理性

我們已經看到「意義」，亦即狄爾泰所說的「社會生活和歷史世界所特有的範疇」，大致可以透過兩種方式詮釋爲理性。兩種方式都激發自對於有許多不同用法又難以捉摸的「意義」一詞的反思，以及數個相互衝突的意義理論的議題。兩者因而將意義連接到使得行動可理解的觀點上，那就是，從行爲者本身的觀點來看，行動（通常）是理性的，這之後它們才在如何分析「理性」這一點開始分歧。

採用韋伯經濟式理性行動中的理想類型，是較爲簡單清楚的分析。在這分析中，行爲人是一個擁有慾望（喜好）與信念（資訊），宛如超級電腦的「經濟人」。行爲人追求的是滿足慾望的最有效手段（或是最大化他的期望值）。藉由確認出這些元素，並重建行爲人的思維來進行分析，以將行動展現成爲具有工具理性。這裡所留下的問題是：非理性的行爲要如何處理？但是，如果我們仿效韋伯之著重主觀意義與開放詮釋性的寬容，那麼大部分行動，甚至所有行動，在行爲者的觀點看來，都是主觀理性的。

然而，這項解說似乎無助於認爲「理解」與「解釋」是有差異的論點。雖然它同意「從內部理解行動」這個詮釋學的要求，它所做的只是在突顯主觀的元素而已，這似乎還是停留在前一章的主題上。大部分的賽局理論家自認是在提供一個能對行動提出因果解釋的工具，面對韋伯在「理解」的標題下討論工具理性，他們都傾向於認爲韋伯只是將事情弄得一團糟而已。雖然有許多反對賽局理論家的理由，仍有待進一步的呈現；而且，由於到目前爲止，經濟人已是一個非常機制化的行爲人，我認爲讓韋伯待在圖 7.1 左下角那一格會比較舒服一點。

	解釋	理解
整體論		「遊戲」（規則，慣例，生活形式）
個體論		

圖 7.1

然而這並不表示前一章對於社會規範已提供一套令人信服的主張。那些在對等賽局中出現的、可說是解決對等問題的互利的方案，從可放心依賴的規律性來看，的確像是慣例。但是，那些解決方案僅僅靠著強制義務，或是加進回溯動機來看待行動，以防止雙方都不利的選擇，仍是頑固抵抗。將它們塞進行爲人既有的偏好裡，還是無法將它們馴服。相反地，這個招數反而強化了社會人不同於經濟人，甚至先於經濟人的論據。

因此，另一種將意義塗上理性之光的方式，是將行動穩固地設定在規範、規則、慣例和制度的脈絡中。社會脈絡是如此的廣泛，因而更加傾向於將行爲人看作是先於個體的社會行動者，看作是先於一元之前的多元。換句話說，我們傾向於將在圖 7.1 屬於左下角的經濟人來對照右上角的社會人，在右上角這一格中，規範、規則、慣例和制度提供了適合「理解」這欄的社會結構觀。然而將社會行動者視爲此一新但較爲溫和的結構下的「動物」，這個想法將因而受到威脅。但這個威脅並不是絕對的，只要我們不再從因果關係的角度來看規則以及符合規則的行動之間的關係。先暫緩「動物」這個詞的使用是否恰當的問題，我們接下來用賽局理論中個體論式的賽局，以及適合整體論解釋的因果結構，來對照維根斯坦的「遊戲」。

一個「遊戲」，在維根斯坦的理解下，是一個規範性結構，獨立於每一個遊戲玩家之外。然而，在與「解釋」

標題之下的左上角那一格中的「外在結構和系統」做對照後，遊戲是內在於集體玩家的。遊戲外在於單一玩家又內在於全體——或許可以說，是交互主觀而非客觀。我們可以假定，遊戲有其歷史和文化的獨特性，有十足的力量設定人們僅依其所在時空位置來思考並互相關聯。如果真是如此，那麼在許多社會生活遊戲中，我們只發現到各種社會生活的遊戲其重複和交叉的相似處，不存在一切規範結構共有的普遍特徵，這也沒什麼好令人驚訝的。這種存有論承認互為主體性才是首要的。與之相較，另一種存有論主張，獨立於人類意識的客觀世界是存在的；還有一種存有論主張個體的行動才是首要的。

就方法論來看，互爲主體的理解路徑是在辨識相關「遊戲」（制度、慣例、生活形式）的制訂性規則與規約性規則，展現其規範性期待，並因而將行動理解爲，在規則所建構的環境下，符合規範性期待所做的舉動。

就知識論來看，重點在於互爲主體的取向是否包含對他心問題的解決方案。事實上，我們已經混和了韋伯「不顧結果的價值理性行動」，以及他的「傳統式行動」（「既定習俗的表現」）。如果重建這兩種理性能使得行動成爲可理解的，我們就可以透過辨識他人的習俗規則和共有的意義，來知道對方的心裡在想什麼。這聽起來還蠻可信。在本章，當我們將遊戲規則放在最高地位，並將玩家視爲全然順從規則的追隨者時，就已經在實行這個想法了。但不久後我們將會發現它還是有待爭議的。

結論

本章以意義的四種特質作爲開場，這四種特質在物理學上並沒有任何相對應的現象，與生物學的關連也很小，我們並主張他心問題是社會科學的核心關鍵。爲了檢視我們是如何對「解釋」與「理解」進行對照的，讓我們回到一開始所談的意義的特質。

第一，人類行動是有意義的。自然符號，如月亮的月暈「意味著」降雨，和慣例性象徵，如降半旗，兩者之間是有差別的。自然符號和它的背後的原因是科學解釋的對象，也正是前幾章所討論的主題。這並不是在否認我們可以從科學概念的問題來認知到：科學，如同宗教一樣，是藉由象徵式意義來說明感官經驗的一種嘗試。這也並不否認科學解釋能適用在某些人類和社會行爲上。因此在第九章，當我們將解釋和理解關連在一起時，還有許多值得探討的問題。在此同時，行動有兩種特殊的意義：當行動做爲從社會共同慣例提取出來的符號時，它的意義是什麼？行動者藉由行動所想要表達的意義或企圖又是什麼？爲了理解行動的意義。我們需要一條連接「他心」的線，來重建行動的兩種意義。維根斯坦對遊戲進行的反思足以重建嗎？

第二，語言是有意義的。這個明顯的事實凸顯了上一點的重要性，因爲語言通常被視爲是理解思想如何形成行動的關鍵。維根斯坦學派當然有注意到這一點，任何人只要去看以《哲學研究》當作參考文獻的文章就會發現，「語言遊戲」是與規則有關的論題中最細緻最深入的說明。理解人們在想什麼和做什麼，不只是像理解語言的使用，如果我們從「數學語言」，「藝術語言」和「政治語言」詞彙來詮釋語言，它更可以等同於理解語言如何表達其意義。不僅如此，不論我們是否不願接受，世界上有許多種不同的語言這樣一件明顯的事所突顯的是，有許多種不同的遊戲、許多種不同的思考模式、以及各式各樣的生活形式。每一樣都是由規則構成的，就如同語言有其自己的規則一樣。這就好似一切行動是一篇文本，閱讀它的方式就是透過理解語言規則。這會將我們帶往何處？

第三，生活實踐是有意義的。上一段強調的是文字的意義，不是人們藉由文字所要表達的意義。但這對語言理論來說，是丐辭的。語言理論將「口說」分析爲說者和聽者彼此認知到的、說者所意圖表達的訊息。在個體論式的分析裡，語言慣例的出現只是個體的輔助工具，個體的思想先於作爲傳達媒介的語言。社會慣例同樣也是爲了方便解決個體的問題而出現的。維根斯坦學派的做法則相反，慣例的存在是個體行動的先決條件，個體行動依靠在慣例上。慣例雖然是集體建造出來的，但它不只是集體行爲的習慣性規律。慣例不但包含了社會共有的價值，也是產生個體規範性期待的原因。用道德語言來看，達成規範性期待會受到讚賞，失敗會受到責備。藉著讓「遊戲」這個概念更加豐富來強調它的規範性特徵，我們已經可以提出一個適合「理解」這一欄使用的結構概念。這樣的說法能解決掉理性抉擇個體論嗎？解決掉那個行動先於慣例，因而先於生活實踐的假定嗎？

第四，還有一個複雜的論點，在社會行動者的心中，對於世界以及社會行動者本身都有一個釋模。除此之外，社會行動者會彼此影響對方的釋模。韋伯將「社會行動」定義爲「將他人行動納入考量並據以定位」的行動。要納入考量的因素很快就變得非常複雜精妙。即使是粗心大意的人也是遊戲中的玩家，他們在遊戲中必須要不斷地瞭解其他人的需求是什麼、他們相信什麼。這個情況更要求雙方對於細膩的規範性期待要有共同的認知。不論是有意識的還是無意識的，影響這些釋模的因素之一是社會科學家流傳的社會行動釋模。這是很令人困窘不安的，這表示社會科學提供的有關社會行動的解釋正確與否，部分取決於是否有人相信它。儘管將這個令人暈眩的想法延後處理，會比較慎重，這困惑當然讓社會科學家頭痛不已，當然，自然科學是沒有這個困擾的。

第八章
自我與角色

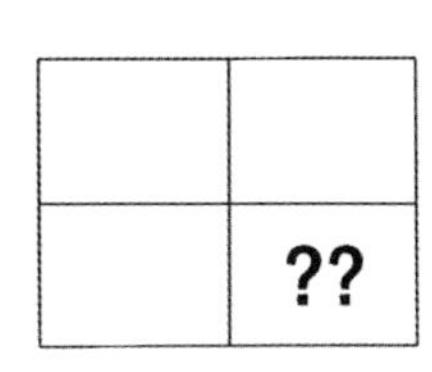

本書後半段的中心問題是社會規範、社會規範的本體論特徵、以及我們如何認識社會規範和它在方法學上的意涵。第五章最初將社會規範比作自然法則，獨立於人類之外，也形成了一個因果次序。在「功能式解釋」的標題下，社會結構被認爲是靜態的，或是均衡狀態不斷變動的動態系統；個體的行動則被解釋成對系統功能需求的回應。涂爾幹的《社會科學方法之規則》和書中關於犯罪的例子也做了說明。但是，如同涂爾幹在其他地方的主張，我們都不確定該如何認真看待社會和有機體之間的類比。因此我們又回到了較爲廣泛的整體論，一個只依賴社會事實自主性的理論。然後，藉著引進理性抉擇理論和賽局理論，個體論以新古典經濟學的身分加入抗議行列。但是隨著第六章將「行爲人」定義爲一個具有喜好順序、滿腦子精確的訊息、以及超高效率電腦的結合體時，這場抗議馬上遭到反擊。整體論的回擊是，行爲人的喜好是被社會結構或系統支配的，期望值的計算只是一個轉換系統需求的機制。社會規範因而可以展現爲社會結構的核心，或者在還可以正當使用「系統」這個詞時，社會規範也可以被展現爲社會系統變動中的機制。

接著我們轉向理解。第七章將規範呈現爲制度或慣例中的制訂性規則和規約性規則，當然也是社會生活中的規則。這個主張顯露了一個全新的本體論，在這本體論之中，意義是歷史世界特有的範疇，是制度之所以是制度的要素，而且本體論中的規則更全然不同於自然法則。「理解」亟需一個「從內部」著手的方法論，或許也需要一個說明知識特徵的新知識論。雖然訴諸「理解」的主張對於任何形式的行爲解釋充滿敵意，但是這個取向對個體論和整體論的立場是中立的。如果社會規範涵蓋所有社會情況並完全引導社會成員，在行動者完全遵從規範的條件下，他們會比從前還像規範性動物。或許以上關於「社會人」的描繪對我們所造成的衝擊是過分誇大了，但是我們還是想知道如何賦予行動者一些自主性。

真正的挑戰是找到一條能將行動者塡進右下角這一格的出路，行動者既不能是規範的動物，也不能是在第六章陷入困境的理性行爲人。將同樣的話用更建設性的方式來說，這樣的行動者會有某些理性行爲人所擁有的協商約定以及重新談判的能力，同時行動者也依舊受到社會生活遊戲的需求所掌控。這種陳述行動者的方式包含了兩種對比：將慣例視爲解決缺乏均衡遊戲的方案，以及將慣例視爲維根斯坦式的規則。這是第一項對比。另一項對比是：將賽局視爲理性行爲人彼此策略抉擇下的互動狀態，以及將賽局視爲前一章所說的遊戲。此外還有一個相關聯的對比：將期望視爲基於他人會做什麼事的共同認知而作出的預測，以及將預期視爲規範性的。

本章一開始將焦點定在這些對比差別上，然後再重新描繪一張社會人的圖像。在這過程中我會檢視「角色」這個概念，接著探索「人是人所扮演的角色之總和」這個想法，先從其制度角色的脈絡開始，接著再類比到戲劇角色。對於從「理解」來發展知識論和方法論的社會科學來說，我相信「角色扮演」這個概念最有力，也最能有收穫。與第一印象正相反，這個主張並不適合放進右上角那一格。我們是我們所扮演的角色之總和嗎？就算答案是肯定的，在「社會認同」的概念上還是有許多問題，這將偏向一種在「理解」這一欄中結合整體論和個體論的妥協方案。如果答案是否定的，我們將會遇到哲學家所稱的「個體同一」的問題。這個哲學中長期存在的艱澀問題，在本章後段再次引起我們關於「理性行爲人」的個體主義式的好奇心。

地位和角色

爲了開展出「角色」這個概念，讓我們將社會設想成一個由社會地位所構成的框架，每一個社會地位都連結到一個制度或組織。有些機關和組織是高度結構化的，通常也是階層化的，例如美國陸軍中嚴格定義的官階，上校、下士和士兵。有些機關和組織的階級較爲鬆散，例如英國國教中的主教、教區神父、教堂司事、和受洗的教徒。有些機關和組織結構沒有階級，像是分工合作的社區。這並不意味著所有被分類的社會行爲都對應到結構中的明確地位，它也不表示所有可辨識的社會活動都屬於某些制度。我們可能希望或不希望堅持將盜賊、朋友、電視名人和家庭主婦歸入英國的社會地位；或者將混戰和家庭烤肉算進英國制度。就目前來說，承認有一些確切的機關制度和組織（當然也包括社會地位）就夠了。

現在讓我們將社會次序視爲，機關內部以及機關與機關之間的關係這兩者的總和。社會地位的關聯則從機關的目的以及實行目的所需要做的事來說明。從外部的角度來看，機關在一個流動的社會脈絡中彼此會互相影響。在此我們也許會繼續假定一個支配一切的社會結構，再配合對結構的穩定和轉變做一個凝聚性、統一性的說明，好比第五章功能主義者的主張，或是第七章企圖心更強的歷史唯物論者的觀點。但是，這個假定只是選擇之一，我們或許會偏向認爲機關本身的穩固根本是無法保證的，社會次序也只不過是一個由脆弱的機關所構成的不穩定架構。雖然這裡有許多深刻的論點，但是只要個體的獨立行動不會是造成機關制度脆弱的原因，以上兩種社會次序的觀點都可以被整體論者所採用。

無論依據哪一種觀點，我們都可以將與地位相關連的角色以及在職者的表現，來直接描繪社會地位——機關組織的最上位者、街道清潔員、官員、神父、士兵、辦事員、爲人父母等等，這些角色構成了社會的舞台劇。在整體論式的分析上，這些在位者只會做這個地位所要求他們去做的事，角色的一切行爲都是被「由上而下」的需求所驅使。每一個現職人員都完全可被取代。官員們來來去去，官僚體系依然轉動前進。雖然軍官會被停職或被殺害，但是在新進人員的接替下，軍團繼續向前邁進。當內閣改組時，部會首長經常會從一個花錢的部會調到一個吝嗇的部會，好比在教育部時爭取更多的學術經費，到了財政部不久後便凍結了先前在教育部所爭取的預算。制度機關比那些扮演角色的人更爲耐久，雖然他們不但維持了機關的正常運轉，也確保了新進人員的舉止能符合制度機關的要求。我們要知道，這種微不足道的個別角色扮演者的觀點非常具爭議性，但是對整體論非常適用。

然而有兩種不同的方式來看待我之前所提到的角色需求。一個系統式的理論（左上角那一格）傾向將角色需求視爲系統經由社會地位傳遞的作用力，角色則被定義爲社會地位的動態層面。這種漠視行動者的傲慢受到賽局理論的強烈挑戰，在假定行動者知道各自的喜好下，行動者對他人的行動所產生的期待是重要的。「角色」的概念當然也可以引進到如何解釋社會行動的大問題上。但是，如果賽局理論所做的，只不過是將不同的社會地位關連到一組特定的偏好，那整體論只要揭露出隱藏在喜好模式中的結構，就能獲得勝利。只要角色是由一組理性期望來詮釋的，我們就使用「正常的」來描述行動並與「規範性的」做區別。因此，銀行從業人員所做的都是一般銀行從業人員會正常做的事。這種規律幫助了顧客對銀行從業人員行動的預測，它省去了顧客在形成預測和理性抉擇上的許多麻煩。銀行從業人員的行動並非永遠符合理性抉擇理論的預測，這確實給相關的理想類型理論帶來困難。只有支持左上角的整體論才能解決這個難題。

然而當我們轉向「理解」領域時，角色需求有了不同的特質。「規範性期待」構成了角色的需求。規範性期待是一組對於「準道德義務」的履行，規範性期待給了個體行爲表現的正當性，給了個體批評、抱怨和失敗時補救的權利。角色所包含的準道德義務通常的確會產生「正常」的行爲。但並不是所有正常或規律的行爲都來自規範性期待。「正常的」和「規範的」兩者有趣地纏繞在一起。當我在軍中的時候，一個成功的補給官總是知道庫藏的貨要比架上出現的貨還多。多餘的庫存有許多用處。補給官一來不會被突擊檢查所難倒，一來在面對上校的急需也非常有幫助，對軍品短少時也可以提供幫忙。多餘的軍品也可以在黑市中交易，雖然有時候並非總是對軍團有利。簡單來說，雖然這種明確違反規定的行爲是如此正常的，就某一點來看，也是對軍團有幫助的，但是我們會猶豫它到底屬不屬於規範性期待。同樣地，那些大眾強烈要求廉潔的政治系統，或者說參議員和國會成員，通常在「正常」的層次上會私下縱容那些如果在醜聞爆發後會被視爲貪污的行爲。或許政治分贓和密室交易都是規範上許可的，甚或可以滿足對於其他方式所無法滿足的需求所具有的規範性期待。

這些例子使我們將「角色」視爲在位者所遵循的規則，因此超出了賽局理論有關理性行爲人的預測。這些例子也使我們不再將「角色」視爲可以完全被規則手冊所明確列舉的規則總和。爲了給一個正當的理由，我們必須豐富化「角色」的概念。我們可以採取兩種方式，而且兩者並不敵對。我們可以堅持主張，在角色扮演上有一組融貫的規則架構，儘管不必然是行動者完全意識認知到的規則架構。這種方式和描繪制度的圖像是一致的；在一切社會生活形式之中，藉由形塑依附在社會地位的明確及隱含的規範性期望，來辯護制度的制訂性規則。這會是一個適合右上角那一格的分析。從另一個方式來看，我們可以主張「角色」包含了不確定甚或不一致的規範性期待，如此賦予了角色扮演者在詮釋自我角色與追求規則之外的目標上，保有操作的空間。這會是一個適合「理解」的分析方式，而且行動者在此也不會是一個奴隸般的規則遵從者。由於這種行動者聽起來並不像我們所考慮的理性個體，我們不得不對此感到好奇。

從一個結構性、「由上而下」的觀點來看，行動者必須被設想成完全遵從角色需求的個體。最簡單的方法是將行動者看成是被不可見的線所擺佈的木偶，或者是一個對於自己心靈狀況毫無意識、無憂無慮的「文化白痴」。這個思路，雖然留下許多有關「服從機制」的有趣爭論，由於是太強的決定論，以至於行動者在結構裡最終是微不足道的。因此它似乎隱含了只要行動者佔有一席之地，他一定是不遵守規則的。但是我們可別忘了第七章關於規則依循的維根斯坦式主張。行動者不一定是機制式的順從，這個想法提供了整體論一個全新的可能。但是它同時也冒著被新式的個體論宰制的危險。爲了帶出這個問題，讓我們回到第五章曾簡短提過的，有關國際關係的「分析層次」問題。

分析層次問題

「分析層次」這問題是問：「體系」決定「成員」的行爲，還是「成員」決定「體系」？討論國際關係時，所設想的成員是國家。霍布斯看待這個問題的方式引發了熱烈的討論，因爲國際世界在沒有統治機構時的無政府初始狀態，與《巨靈》中的自然狀態之間的類比非常有意思。國家可以被視爲一個理性個體，面臨霍布斯式的次序問題，並摸索其解決方案。這中間的關鍵是，在每一個國家都只追求自身的國家利益時，國際事件和國際趨勢是否還能用賽局理論來分析，將其追溯到個別國家彼此策略抉擇的交互影響，將是個問題。如果可行，所付出的代價會很高。根據霍布斯的思路，長遠來看，最有可能的結果不是世界一統就是世界大戰。

對於這個「理性行動者」釋模提出駁斥的，並非只有那些相信國際系統存在，而且國際系統所產生的壓力會塑造國家行爲的學者。其他的批評者認爲國家並不是一元的行動者，或是所設想的那種理性個體。他們指出，每個國家裡都有許多機關組織在運作，尤其是官僚體系和那些直接介入外交決策的遊說團體。國家的行動是這些機關組織運作後的結果，每一個機關組織的行動都是爲了本身的利益，就好像一個公司在市場上的行動是公司內部組織中的成員相互作用下的產物。在國際關係的脈絡中，這種取向被稱之爲「官僚政治」釋模。

在此，擁護「理性行動者」釋模的學者會辯護說，國家作爲一個系統或結構，其行爲不是產生自其內部成員的交互影響。「分析層次」問題還沒有結束。就算「官僚政治」釋模獲勝，立刻還會有一個關於官僚制度及其內部人員之間更進一步的問題。在這裡，官僚制度可以是系統或結構，官員是系統或結構的成員。「理性行動者」釋模又可以東山再起，這一次人才是理性行動者，而非國家。爲了讓討論更加清楚，我將第五章「分析層次」的圖表再次貼到圖 8.1。

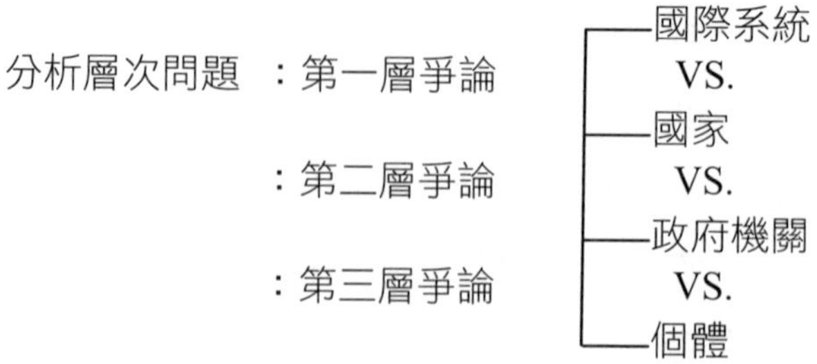

分析層次問題	：第一層爭論	國際系統 VS. 國家
	：第二層爭論	國家 VS. 政府機關
	：第三層爭論	政府機關 VS. 個體

圖 8.1

爲了在抽象的討論中加入例子說明，我們轉向艾勒森常引用的一本書《決定的本質》（1971），書中實際運用了「官僚政治」釋模。這本書對於 1962 年可能導致核武戰爭的古巴飛彈危機，做了深入的研究。危機的發生來自於美國情報資料顯示，蘇聯的貨船裝載核子武器運向古巴。面對敵國將核武基地架設在自家大門口的可能景象，美國宣布要封鎖甚至威脅要擊沈蘇聯的貨船，除非它們掉頭轉向。蘇聯明白表示會採取報復的行動。美國也同樣明白表示蘇俄境內的重要目標都在美國的導彈射程內。殘酷無情的貨船汽笛聲越來越接近，這個致命的「膽小鬼賽局」在電視上連續播出了好幾天。（我記得很清楚，那時我和我的研究所同學在哈佛，僵硬地對著電視，就像兔子待在不知會不會停車的頭燈前。）在這個事件中，蘇聯的艦隊收到命令回航，冷戰沒有擴大升級。美國這場賭局顯然是成功的。

媒體將這危機描述爲總統甘迺迪個人特質的展現，他象徵了美國，並在嚴酷的命運中做出了個人重要的決定。雖然這並不是在否定專家和政策顧問的貢獻，但是它使得總統的個人意志成爲決定的關鍵。媒體的描繪圖像比起理性行動者釋模的版本還要神勇。國家在理性行動者釋模中，是一個單一的決策單元。但如果我們認爲總統個人的確代表了美國這個國家，兩者並非不相容。然而艾勒森的研究結論是，在這次危機中，美國的政策大部分歸功於美國官員和其他地方利益代表，他們在危機過程中參與了由甘迺迪所主持的重要會議。決策來自於這些關鍵場合中彼此意見的協調。不僅如此，會議中每一位人士所提出的建議都正確符合其自身代表的利益。所採取的決策一直都是偏好能贏得共同利益的決策。有一句令人難忘的格言（布萊斯所寫）總結了官僚政治釋模：*你所處的位置決定了你的視野*。

國家、政治機構和行動者都是分析的主角。國家的行爲確實是依變因，但是政治機構和行動者如何關連在一起，卻不是那麼清楚。例如國務院和國防部兩個政府機構的利益明顯不同，如何成功爭取到更多的利益，不但要看角色扮演者的技巧能力，也要看機構本身的地位。這些行動者自始至尾都忠誠扮演著他們的角色，這因而說明了一點：服從的行動者不一定要是機械遵循的行動者，在一個需要獨創力的機構中尤其如此。雖然政府機構挑選、訓練和提拔那些符合機構利益的官員，它也知道木偶、傻瓜和笨蛋經常工作沒有效率，但是，只要當角色需求還是至高無上時，以上的觀點對官僚政治釋模的破壞比建設還大。其他的角色扮演者，好比總統的顧問和總統本身，之所以會處於那個位置，與他們的個人能力較為相關。由於他們無疑也是角色扮演者，總統顧問和總統的個人能力刺激了我們對官僚政治釋模本身限制的好奇心。

制度機關角色和劇作式的類比

古巴飛彈危機的例子做了一個非常好的說明，至少我們能安全地從這個例子中推斷出一些普遍的現象。但這還是可以被質疑的。古巴飛彈危機是一個由具備明確社會地位與利益的有力精英來進行集體決策的例子。比起組織不成熟的成員，或者處於組織中間層級的角色扮演者，古巴飛彈危機中的行動者擁有更大的詮釋與運作的空間。「服從」在一般機關組織中幾乎是自動化的。有人或許會抱怨，精英很明顯地不是絕大部分機構中角色扮演者的代表。此外，精英決策這個特殊的例子，也只是專門針對某個重要時機所發生的事件。那些與會者之所以會在那裡，是為了一個明確的目標，任何因為他們其他的地位和角色所引發的衝突都不會在會議中出現。

讓我們將制度機關角色的概念擴大到其他的機關，例如公司、專業團體、教會和足球俱樂部。「服從」在這些例子中依然是非機械性的，尤其是在不同角色彼此產生衝突言論的時候。我們越加強調機關角色扮演的這些面向，人類就越像是「社會人」。

機關並不是一個將某些人安置在裡面的建築物。機關是一組地位，在那些不受其指揮的成員幫助下，這些地位結合在一起，朝一個整體目標前進。除此之外，社會地位和角色還包括了許多用「機關」這個詞會太過正式，改用組織、團體或生活實踐還比較自然的單位，並因而強調了人們角色投入的重疊特質和流動特質。舉例來說，傑克可以是位父親、是浸信會教友和足球裁判，乃至於是有關生涯的社會工作者；吉兒可以是位母親、長笛演奏家和保守派議員，同時又是公司董事。規範性期待環繞在兩人差異很大的各種職業能力上。傑克和吉兒的生活不太可能安排到不會和兩人的角色起衝突。傑克面對那令人心力交瘁的社會工作，總是有缺乏勇氣的困境。吉兒，身為當地議員，會有一些誘惑人的資訊和影響力，但卻被禁止使用在她的生意上。兩人也都要想辦法弄清楚孩子們說那些引人注意的話時，背後在想什麼。即使在他們的記事本中有一些規定，好比傑克星期天無法擔任裁判，但也不可能有一本在衝突中安排優先順序的手冊。

爲了決定如何繼續運作，角色扮演者必須自我判斷，先考慮單一角色內的衝突，然後再考量角色扮演者之間的衝突，然後再考量角色之間的衝突。以傑克在社會工作上的困境爲例，他猶豫是否要用兒童保護法來保護一個在被虐待邊緣的小孩時，但是將小孩轉交到別的地方很有可能會對他造成創傷，許多社會工作人員私下對我說，可能這會比受虐所帶來的創傷還來得嚴重。但是傑克也深知許多受虐兒童都以死亡收場。傑克將會用他個人的判斷來決定。無可否認，傑克並非全靠他自己。他有許多同事，也許有一個專門的社會福利調查小組，他們會評估檢視這個案子。但是他們會受到傑克對案件描述的影響，因為他的角度最接近實際情況。而且，在任何案件上，小組成員也只能行使他們自己的判斷。然而下判斷必不是一種不服從的形式；它和角色是相連在一起的。如果有人堅持要將社會工作的整個實踐法規化，這套法規必定充滿了如何使用個人判斷的指引。

如果我們考慮角色扮演者之間的衝突，這一點都不機械化的角色扮演更明顯得多。吉兒在詮釋政黨政策和最佳的政策執行方式上，並非總是和同政黨的議員持相同意見。在政策的應用上，她有時也和地方的政府官員意見相左，官員們的專業觀點和忠誠使得他們的目標以及所參考的族群，和吉兒的並不一致。吉兒的政治對手當然會跳出來增加她的困擾；而且地方政府之外的團體也會用盡手段來爭取他們的利益，這些是身為議員也不得不面對的。其中許多因素是重複出現的，以至於現在的決定不僅受到過去經驗的影響，也同樣要考慮到未來可能會再遇到這些因素。雖然吉兒有盟友，也不缺乏建議，她有時候還是需要否定過去的經驗並忽略未來可能重新遭遇這些因素。簡短地說，這個角色亟需政治動物的專業技術——一種難以條例化的實踐推論。如果吉兒很在行，她給自己的就還是一個典型的體制上的角色。

以上的建議是，如果我們不允許角色扮演者也會帶出其他的角色，好比吉兒是多重角色的扮演者，角色扮演是無法理解的。家庭成員意見、職業、和政治的優先次序，並不是自動出現的。或許有一些大致上是「一定要做」和「絕對不准做的」，例如「生病的孩子優先」，但是整體上來說，吉兒必須要自己做決定。任何允許多重角色的社會，其關於優先次序的排序都不可能是自動的。某人可以設想一本禁止某些角色結合的手冊，例如經營妓院的人和主教，但一本規定所有可允許的混合角色的手冊是不可能的。無可避免地，人們會挑選出適合自己的生活形態。雖然這不意味著自我不等於其角色的總和，我即將指出，任何以機械式的方式來分析制度如何保障服從的作法，我們都可以放心加以駁斥。

因此，制度的角色扮演抗拒任何單純的系統式分析，反對將社會地位的要求直接轉換成符合系統必需的特定行動路徑。我們確實有必要從內部來理解制度的角色扮演。但這還不是適合右下角的最終範例，因爲就垂直軸來看，與整體論妥協亦已浮現出來，而且藉由「理解」而顯露的論點仍然可能需要從較大的架構來作說明。儘管如此，我們的確達到了一個高點，站在這高點上，該是將聚光燈轉向到將行動者當作是一個「人」來看待的方向了。

「聚光燈」是一種隱喻，它在提醒我們：對於機關和組織進行研究，並不是社會科學討論「角色」的唯一切入點。另一種切入方式，在個體社會學和社會心理學上特別常用，是一個豐富的想法，主張社會角色彷彿是在社會生活這齣劇的舞台上演出。回到第二章，當豐特奈爾說「大自然不就像是一齣歌劇」時，他要我們注意的是隱藏在後台的機械裝置。現在讓我們想像社會就像是一齣戲，來探索所謂的「劇作式類比」。這個類比是借用舞台劇中的角色或是扮演角色的演員，甚至更吸引人的，兩者都是。

如果制度機關的說明並沒有表面上那麼偏向整體論，劇作式類比也並沒有表面上那麼偏向個體論。如果你還記得從前在學校的戲劇表演，這是很令人訝異的，那時劇中的哈姆雷特總是由數學課坐在旁邊的那個沒有戲劇細胞的小伙子來擔綱。我們初步的印象是，一個人戴著面具試圖扮演另一個人。當傑克斯在《皆大歡喜》觀察到：

> 整個世界就是一個舞台，
>
> 所有男人和女人都只是演員：

他馬上接著說：

> 每個人都有自己上場和退場的時刻；
>
> 一個人一生中都扮演了許多不同的角色。

這個類比似乎表示一個人和他所戴的面具是要區分開來的，應該注意到真實的演員是生活在舞台之外的，活在表演和表演之間的。

然而仔細想一想，這類比應該更適合針對舞台劇中的人物，照著既有的腳本，按照故事的情節需求來演出。特別是當我們不再用學生表演的釋模來看戲劇表演時，每一個演員都更難以捉摸。演技好的演員並不會將人物詮釋的太過個人化，也不會太死板。在早期的影片中，讚賞者認爲「勞倫斯‧奧利佛就是哈姆雷特」。無論此處的「就是」的真正意思是什麼，它絕對不只是模仿的意思。（在此岔個題，有些人會說在晚期影片中梅爾‧吉勃遜就是哈姆雷特。這究竟是在爭論什麼？兩方有可能都是對的嗎？）如果「整個」世界就是一個舞台，那麼我們一直都在舞台上，只是從一個舞台退場後又進入了另一個舞台。傑克斯人生的七個階段包括學校裡的小男孩、戀人、穿著拖鞋的老頭、留著豹鬍的士兵、和說話充滿智慧格言的法官。如果臥室和會議室都同樣是舞台，很明顯地，這種「角色」概念會比較不偏向個體論。

然而這個想法並非是絕對的。如果哈姆雷特這齣劇展現了一個社會生活的事實，那麼這個訊息絕不會是在說，生活是一個由作家所寫、再經由導演轉變而表現在舞台上的劇本。作家是一個寄生物，雖然他創造了劇本，但是故事材料還是來自於日常生活中的事物，而且導演的詮釋事先也必須要建立在觀眾對生活的理解之上。即興式的戲劇也是一樣。在即興式的戲劇中，演員只有被告知他所扮演的角色、劇本大致的走向、和故事的起點。戲劇本身既不是建立在人是「人所扮演的角色之總和」這個想法上，也不是奠基在人不是「人所扮演的角色之總和」之上。這當然不是在禁止劇作家有自己的寫作風格。劇作家有時候告訴我們，整個世界是一個舞台；有時候說生活不過是蠢蛋說的故事，充滿喧囂和抱怨，一切沒有任何意義；有的時候卻又說，人是人自由選擇下的產物。這些都是彼此相競爭的假設，沒有一個是劇作式類比本身內在固有的。在售票室中，人類社會生活不存在一個獨一無二、毫無爭議的真象。（譯者註：售票室賣什麼票，端視該劇場表演哪齣劇碼，因此沒有獨一無二的真象。）

因此，兩種說明角色扮演的方式（官僚政治釋模和劇作式類比）對於如何說明扮演角色的個體都模糊不清。我們可以同意「你的位置決定了你的視野」，而不將個體自我只看作是代言人。我們也可以同意「一個人一生中都扮演了許多不同的角色」，但不決定人是不是人所扮演角色的總和。關鍵之處在於，行動者所扮演的角色可以是相互替換的。我猜想，大部分的人都會認知到自己的角色並沒有多少運作空間，因此也認爲處在同樣位置上的人也有相同的限制。但是幾乎沒有人會將這個想法擴大到我們所有的角色上，甚至適用在那些扮演時間已長到變成自己的角色。我承認在傑克和吉兒的故事上是動了手腳，我給他們兩人一個舒適的社會生活，一開始就有屬於自己的事業和工作。這使得傑克和吉兒只代表了全世界中一小部分的人，並因而暗示在他們兩人身上所承受的大眾領域的束縛，當然比起一般人要寬鬆得多。然而就算生活只足以糊口的人在生活中所作的卑微、偶發的選擇，已足以顯示我們仍然必須將個人的選擇權納入考量。同時，我們頑強地堅持個人生活的獨特性。我們的朋友，父母親，孩子和另一半對於我們都是無可取代的，我們也希望我們對於他們也是無可取代的。

社會同一和個體同一

在思考制度機關以及世界是一個舞台時，我們都被導向「行動者同一性」的問題。由於「同一性」可說是哲學中最難以理解的概念，在這裡避免用一些太哲學性的例子來做討論，會比較容易理解。伯格在他所著《社會學導論》中強調，「說『我是男人』所表示的幾乎等於宣稱某個角色『我是美國陸軍上校』」（1963，第五章）。伯格指出除了性別角色，還有軍人角色，兩者都例示了該書第五章的章名〈男人的社會〉。

如果不聲明我所扮演的角色，我還能如何談論我自己？笛卡兒的「我思」？「我是一個人」？許多哲學家會認爲這些語詞是討論「個體同一」問題的起點。這些哲學家都同意每一個人都有一個社會身分，社會身分就是社會角色和社會關係的總和。這個總和可以給「你是誰？」一個答案。但是，哲學家會補充一點，當我們問「我是誰？」的時候，已經衍生出了另一個問題。兩個不同的人可以有同樣一組社會屬性，並因而具有相同的社會身分，但並不會使他們成為同一個人，因為在哲學上，個體同一問題並不是在討論屬性相似程度的高低。無論如何，這是切入個體同一問題的傳統方式，它背後的想法是：每一個人都必然是獨一無二的。或許這是被「每個靈魂在上帝眼中都是獨一無二的」這想法所影響。作為一個人到底是什麼？對於這個問題的回答使得傑克必然是一個不同於吉兒的人。這並不是說所有主張個體同一的哲學家都接受這個嚴格的限制。但是，個體同一問題並不是在討論屬性相似程度的高低，這個預設還是成立的，除非我們能提出足夠的理由來反駁。

與「人」這個概念相關的問題似乎是社會科學個體論的中心問題。但是這些問題並不適合在到目前為止我們所考慮的個體論中討論。經濟人最多也只是個體的一種理想類型，理性抉擇理論和賽局理論對那些個別人物所展現的屬性並不感興趣，除非將這些屬性當作另一組偏好。雖然我們在第六章將賽局參賽者也叫做傑克與吉兒，但那只是假造的，只要偏好與傑克和吉兒相同，任何兩個理性行為者都會產生相同的基本賽局。變成主動而非被動的社會人則是另一類型。讓傑克和吉兒扮演一些非常限定的角色時，我們在乎的主要是他們的社會身分。全面來看，目前的討論所設想的個體與整體之間的對照，也是原子和分子的對照，成員和體系之間的對照，或者行動與規範之間的對照。就「理解」的目的來看，和對「解釋」這一欄的討論一樣，由於科學必須要能普遍適用，我們承認只有個體是典型的，他們才是相干的。但我們也已經逼的不得不抱怨經濟人太機械化了，個體一點地位都沒有。我們的主張是，任何角色扮演皆涉及高度個人化的某個要素，這暗示經濟人可能同樣也需要如此。因此個體論對於個體的解說可能尚有空隙，對於「個體同一」問題的哲學分析或能予以填補。

哲學家對於「到底是什麼一個人」，以及「是什麼讓每一個人都是獨一無二的」這兩個問題都沒有一致的答案。這一點也不令人驚訝！當代的爭論通常都將笛卡兒和洛克作為歷史上的分歧點。笛卡兒認為每一個人都是一個永恆的、非物質的本體、一個思想體、或一個被賦予自由意志的意識體。洛克則堅決主張我們會知道自我在時間上的持續存在要歸功於記憶，記憶使得我們察覺到昨天在我身體中的那個人是誰（我），他（我）又做了什麼。將自我看作一個被上帝賜與自我知識的非物質本體，這種說法和正統基督教靈魂信仰相一致，更加鼓舞了這個主張。但是它造成了很多問題。非物質自我如何關連到人的大腦、身體四肢和其他物理世界的事物？記憶是讓我辨識出昨天那個人是誰的充分與必要條件嗎？即使我直覺上知道我是一個思想體，我能知道除了我以外還有其他的心靈嗎？這些問題或許沒有那麼攸關生命，但是它們能觸發我們尋找出不同的觀點。

有三個觀點尤其相關。第一是休謨代表所有經驗主義者，反對人透過內省可以發現到一個實質的自我存在：

> 當我將我的內省關注在我自己時，我無法在沒伴隨知覺經驗下感知到這個自我；除了知覺經驗外，我並無感知到其他。因此，是知覺經驗的組合形成了自我。（1739，附錄）

在休謨的主張下，「人」沒有一種獨具的身分。就像其他物體一樣，物體的身分識別取決於物體的性質和關係的連續性。人與人之間的差異在於彼此知覺經驗的不同，這其中一部分的原因是，每一個人身體的空間史和時間史事實上都不同。同樣地，豆莢中的兩個豌豆具有一些共同的性質，這使得它們都是豌豆；它們也有不同的特質和關係，使得它們是兩個不同的豌豆。休謨在同一個附錄中優雅地承認，他最終還是不滿意他對物體同一的分析，但是休謨依舊確信人並無特殊之處。當代的經驗主義者追隨休謨的引導。這條路直接導向與經驗主義意氣相投的自然主義，自然主義將行爲人視爲一個複雜的自然物體，就如同將經濟人視爲一個具有喜好、資訊、和電腦程式的軀體。

第二，康德在《純粹理性批判》中做了一個論證，支持「統覺之超驗統一性」（「超驗分析」，第一篇，第二章，第二段）。這個想法最原始的輪廓是，因爲經驗所呈現給我們的只有「現象」，我們那種將經驗資訊統合成一個持續性物體的能力，以及我們能這麼做的保證，必定是來自於經驗之外的領域。這種一體化能力是無法被經驗觸知的，是「超驗的」，是我們悟性的產品，悟性將現象分類並置於概念之下，由範疇架構加以組織。透過這個方式，我們將獨立分開的現象呈現在單一的意識心靈判斷中。但是，現象的一體化與判別現象的心靈的自我同一，都不會呈現在我們的知覺經驗和內省之中。藉由對內省本身的預設做反思，我們知道「統覺」或自我意識也是超驗的統合。

這個超驗的自我在認識外在世界以及在理解自我與外在世界的關係上都很重要。世界中發生的每一件事物都符合自然法則，而且沒有自由意志，在這個預設下超驗自我組織我們對外在世界的經驗。然而，對現象的理解還必須預設另一種不同於自然界因果法則的自由意志因果律。這個康德所探討的「純粹理性的二律背反」是四個二律背反中的第三個；二律背反都包含一個正論，一個相衝突的反論，要尋求的則是兩者的綜論。（「超驗辯證」，第二篇，第二章，第二段）。超驗自我在沒有自由意志的世界中是一個自由行動思想體，這個二律背反深刻掌握我們在決定如何概念化社會行動上所面臨的困難。人類是一個無法根據他的所做所爲而被掌控的自由體，但是不預設這個自由體，我們就無法理解人類的行動。

第三，實用主義者傾向認爲，康德的超驗自我是企圖將自我視爲思想體所遺留下來的包袱。在反對經驗主義所說「經驗就是一切」這點，康德是正確的；但爲了使得詮釋活動有意義，而要求真實自我的存在，這一點康德錯了。信念之網是自動編織而成的，不是在編織大師的指揮下產生的。這條路線在更早之前出現在詹姆斯所著的《心理學原則》這本書中（1890，第十章）。詹姆斯主張有「作爲主詞的我」（作爲認識者的我）以及「作爲受詞的我」（被知道的我）。「經驗自我或被知道的我」有三個面向：

- 物質自我或是軀體；
- 社會自我——「一個人的社會自我，是他從他同伴中所得到的認識……正確地說，一個人的社會自我和所認識他的人的數量一樣多」；
- 精神自我——「一個人的內在體或主觀體，具體來看就是他的心靈官能或傾向」。

作爲主詞的我，也就是認識作爲受詞的我的我，最多只是「一個短暫出現的、具有評判能力的思想」，並不是一個真實的或是超驗的思考者。但是作爲主詞的我仍舊很重要，因爲思考和判斷是心靈活動，不是心靈事件的聚集物。

這三條路線都有擁護者。笛卡兒和洛克也有他們的傳人。個體同一的哲學理論因此更加錯綜複雜、意見紛歧。但這並不會使個體同一問題與人是不是所扮演角色的總和這個問題無關。相反地，這些哲學上糾結混亂的問題正顯示了本章目前所處的困境。因此本章的結束部分將會是一張陷入哲學中心問題的邀請函。

結論

堅持從內部來探索社會世界並不會讓「理解」占盡優勢，因爲或許「解釋」掌握著最終的關鍵。但是它要能夠是最後的關鍵才行。最初關於規範、制度機關和慣例習俗的想法，都不利於系統理論和賽局理論。那些「結構」是公共規則和意義編織而成的，雖然獨立於單一行動者之外，但是內在於集體行動者。公共規則和意義都不在這白蟻丘系統和行星系統中。如果將個體類比到白蟻丘中的白蟻，或是機器裡的齒輪，規範性結構無法作爲行動的集體性指引。但規範結構無法被分析成理性抉擇理論和賽局理論中，理性行爲人彼此的協定。個體的相互期待是規範性的，不是預測性的，而且預設了一個關於義務和權力的準道德架構，這到目前爲止，難倒了賽局理論式的分析。

這促使我們將注意力放在將「角色」視爲一組依附於社會地位的規範性期待這樣的觀點上。如果在公共領域中，人們的行動總是符合源自於本身社會地位的清楚明白的指令，那麼右上角那一格的整體論便能對「角色」提供詳細的說明，而且如果有能被規範支配的社會地位以聯結社會關係，無論表現的是如何的個人或私人，右上角那一格的整體論將大獲全勝。行動者完全被他們的地位所取代，行動者成了他在規範結構中所扮演角色的總和。我們在官僚政治釋模以及它簡鍊的宣言「你所處的位置決定了你的視野」的幫助下，呈現出這個觀點。在此，機關和組織不但被視爲是假想的理性個體行動產生的源頭，好比國家，也是遵從規則的血肉之軀的個體行動的依據。在這兩個不同分析層次上的勝利確保了整體論的全面勝利。

但是，即使你所處的位置決定了你的視野，在角色詮釋上仍然有很大的空間，尤其是那些扮演多重角色的人。角色之間的衝突揭露了存在其中的自我。正如劇作式類比的觀點，這個自我也許可以比作劇場上的演員，隱藏在劇本角色的面具下。然而仔細想一想，劇作式類比對自我的觀點，畢竟與制度機關取向否定自我存在之間的界線是模糊不清的。兩者迫使我們先將扮演者和角色分開之後，再合併起來。或許這是因爲我們一直都是用維根斯坦式的規則和慣例概念，模糊不清早已根深蒂固。規則一方面告訴行動者「如何繼續下去」，規則另一方面又形成行動者對規則使用的詮釋。對自我的好奇心還是沒有得到平緩。它在衝入個體同一的哲學問題後，更進一步加劇，笛卡兒式自我的那個一直纏繞在人類心中的信念，被休謨「除了知覺經驗外我並無感知到其他」所擊退。但這或許只顯示了自我意識這個統一體是超驗的。

引用康德的想法至少能定義這些難題。我們一方面期待「理解」能保護自我作爲理性與道德判斷主動權來源的自主性。另一方面行動和所有事物一樣，都受到因果律的約束，這則是「理解」的領域。這個二律背反到目前都尚未解決。

紀登斯曾經寫過：「社會系統的結構性質乃是再造構成此系統的生活實踐的媒介與產品」（1979，69 頁）。這句話正巧爲右上角那一格做了一個很好的註解。規範、制度和實踐彼此的存在是互相依賴的。但是，行動者拒絕被媒介物和結果的交互作用所取代。行動者有他們的上場時間和退場時間，而且更重要的是，行動者有做他們認爲理性與正確的事情的理由。到現在我們還尚未公正地對待他們。

第九章
解釋與理解

> 缺乏意義層次上的恰當性，我們的通則就只會是*統計的*機率陳述而已，這樣的陳述或者完全不可被理解，或者只能不完美地被理解。……自另一方面來說，從社會學知識的角度來看，即使是意義層次上最確切的恰當性，也只有在到達蓋然性的程度時，……只有當所討論的行動「真正」採取了被認為是意義上恰當的做法時，才代表一個可以被接受的「因果」命題。

韋伯在《經濟與社會》開頭的那一章中，將解釋與理解兩者，用上述的方式關連在一塊。斜線的部分是韋伯所強調的，它們指出了紛爭點所在。粗略地說，韋伯在這裡邀請我們做的是：將意義的層次和因果的層次兩相對比，然後將兩者結合起來以達到「社會學的知識」。這聽起來似乎是個合理的進行方式，但說起來容易，做起來可不輕鬆。

上述引文中的部分訊息醒目而清楚。行動不能僅憑著統計來加以解釋。這樣做會讓它們「或者完全不可被理解，或者只能不完美地被理解」。（羅傑的投票行爲，不能僅以這樣的方式來解釋：他歸屬於某一群的勞動者，而這些勞動者的投票行爲，有 80%的可預測機率。）所以，我們必須先跨入意義的層次，然後，回到因果的層次，以決定真正發生了什麼事。但上述的說法有一個重要的歧義。韋伯到底是想說：行動和它們的動機存在於意義的層次上，但如果缺乏統計的保證以處理「其他心靈」的問題，那麼，這些行動和動機就無法被確認呢？或者，他想要說的是：行動兼具有原因和意義，我們需要這兩者才可以確認它們呢？

雖然我們不會要求韋伯本人去回答這些問題，但這些問題設定了本章的討論議題。首先，在意義的層面上，我們仍需要去協調兩種理性重新組構行動的方式。如果賽局理論能夠再有彈性一點，那麼，在前章所說的明智的規則依循者和賽局理論的理性行爲人之間，仍然有調和的空間。其次，在因果的層次上，我們還沒有決定，哪一種關於因果的看法，會是最能帶給社會科學豐碩成果的看法，特別是當我們關心的問題是有關於實際世界的理想類型釋模的時候。第三，我們還不清楚，如何將社會世界的詮釋性解釋和因果解釋關連在一塊，而這起碼是因爲我們還不確定，下面這個想法會多能夠站得住腳的緣故：社會生活的「實際」也就是它的「意義」。

規則與理由

要想調和理性行動的規則引導面和策略面這兩者，我們最好先從前兩章所說的內容，推導出一些有關行動者自治的結論。雖然在第八章的一開始，我們將行動者描繪成自動的規則依循者，但我們很快表示寧願採取較爲柔性的說法。順從的規則依循者不需要是機械的規則依循者。事實上，他們不可能是機械的規則依循者，因爲，規則通常是開放式的、可以被詮釋、而且實際上在應用的過程中被組構。即使是精心設計的規則也容易以未預見的方式彼此衝突，比方說，隱性過程中出現的規則就是如此。當規則的優先性被建立起來，而且彼此間的衝突也解決了之後，規則才會真正地成形。而即便是單一一個規則本身，也容易流於不確定，因爲它並不能事先料想所有的情況，因而需要某種的詮釋，以決定它的意思是什麼。因此，順從的規則依循者不僅知道如何執行規則，而且還會決定如何執行規則。他們有權力個別或集體地去詮釋規則，而這是一種組構的權力。這種權力的結果是：將行動者與規則之間區分出有用的距離來；這對於我們理解他們的作爲來說，是相當重要的一件事。

比方來說，如果傑克和吉兒是鄰居，那麼，他們就受到有關這個關係的種種規則之約束。這些規則包括經常整修籬笆的法律規定，和有關夜間噪音控制的社會約定等等。但他們個別仍有一定的自由度，來決定該如何應用這些規則。如果他們進行的很順利，那麼，對於怎樣算是違反規則，以及對於是否要忍受有人違反規則等等，他們將會相當寬容。但即使他們進行得很糟，他們還是可以抵抗這些規則的壓力而爭辯說：他們在深夜發出的聲音並不是太大、他們所說有關鄰居的評論不算是惡意的道長說短、他們的籬笆還不需要整修等等。當我們注意到，每個人都有許多的角色要扮演，而且可以在一定範圍內選擇要付出多少心力去扮演這些角色，並決定如何解決這些角色的衝突時，規則依循的自由度就變得相當有可能。簡言之，在相當大的策略空間中，「社會人」同時浮現。

但仔細想想，這個空間似乎大於社會人所能夠填補的空間。這個空間仍然有賸餘的部分留給經濟人，也就是第六章所說的效用最大化的個體。即使每一個規則都完整地內建了行動的理由，但這些理由仍不足以決定理性的選擇。規範性的期望仍然留下選擇的空間，而這些選擇依賴於行動者認爲完成它們所帶來的附加效用。因此，當吉兒在規劃派對的時候，他對於各種選擇所附加的效用，部分依賴於她自己所想要的，另一部分則依賴於規範性的脈絡。我們可以將這些要素視作是連續的篩子，規範性的脈絡產生了選擇的清單，而理性的計算則決定了從清單中作出哪一個特定的選擇來。這個看法雖然複雜一點，但還不致顛覆剛才所說有關篩子間互相依賴的論點。無疑地，吉兒想要什麼，部分取決於她作爲一個社會化的、置身於社會中的個人所盼望的；但他到底如何回應規範性的期望、以及這些規範性的期望對她來說有多重要，則部分取決於她自己。只要當她選擇的時候，她是在確認了各種相關的效用之下，做出了在她計算中最大效用的策略，那麼，剛才的說法便不過是將事情說得稍微複雜一點而已。藉著將社會行動分析爲：在社會授權與限制的範圍內所從事的工具理性的選擇，這種分析的結果將能夠提供我們一個結合社會人與經濟人的看法。

再論經濟人

我們必須對經濟人這個問題稍作駐足，因爲，前一段落中所說的那個版本的經濟人，在我們稍早的幾章中已經證明是可疑的。在標準的、基本的版本中，經濟人是非常機械化的個體，他不過是給定的偏好和自動計算的理性抉擇間的輸入與輸出器。在理想類型的情形下，行動者是充分理性的，而且知道其他人也是充分理性的，它們完全不受到心理特性的干擾。比方來說，如果傑克是一個厭惡女人的人，或者吉兒是一個好心的印度教徒，這些特性會影響他們各自的偏好，以及它們的效用。但它們對他們所作出的選擇卻不會有進一步的影響。而且在第六章所描述的那些賽局情形中，我們也沒有辦法從這些效用推論出行動者的心理特性來。（不過，就算我們能夠作出這樣的推論來，這個推論也不會造成任何差別。）對尋求效用最大化的行動者來說，我們所知道的，以及必須知道的，就只是這些效用實際上是如何而已。這是全然刻意的說法。標準而基本版本的理性抉擇理論將偏好視爲是給定，將它們的來源當作是不相關的；這個理論只專注於偏好如何產生前瞻性的選擇。理想類型的情形刻意地排除了所有的特殊心理因素。

這裡有一個明顯的問題：這樣抽象化的一個理論，如何與雜亂的世界和居住在其中的雜亂人群關連在一塊？不必想也知道，相對於各自的一捆偏好，這個世界的居民還有他們各自的心理特性。這些心理特性造成他們是不同的個體，並且宰制他們實際上的決策過程。但如果我們將心理學只看作是通則化的科學，藉著心理法則去解釋行爲，那麼，這樣的看法將只能導致有關實在論的有趣爭論而已（如在第三章中傅利曼所攪和的一樣），它絲毫不能讓我們將自治與反省性的自我引導歸給傑克和吉兒。相反地，他們每個人都只變成了部分心理法則的交集點，適用在各自相關的條件中。（任何一個人，如果他比較過彌爾在《邏輯系統》第六篇中所說的心理法則——如我們在本書首章引言所指出的——和他在《論自由》一書「個體」一文中所說的，他就會懷疑，一個通則化的心理學怎麼可能會尊重我們的個體性。）傑克和吉兒仍然不能真正算作是個體。完全機械的經濟人根本沒有解藥。但如果理想類型情形需要一種比較不機械的理性行爲人，而心理學卻同樣是機械的；那麼，一個更豐富的心理學對這整件事，並沒有任何的助益。

爲什麼我們要一個比較不機械的行爲人？請回想「囚犯兩難」的討論，在其中，個別來說都是理性的選擇，最後卻造成了雙方都不太有利的結果。如果理性抉擇理論，佐以賽局理論之助，想要成功地將社會規範分析爲理性行爲人間的非合作性賽局，那麼，這個賽局是相當重要的。我們在該處曾經提出了一個建議，雖然我們並沒有對它多加探討：也許理性行爲人玩一次賽局無法達成的解法，可以藉著重複的賽局而達成。但這個建議是非常受爭議的，而且，不管怎麼說，一次賽局的解決之道會是一個比較大的獎勵。一次賽局的解決之道將會提供我們一將可以用來分析規範、規則與實踐的萬能鑰匙，以保障個人對抗帕雷托劣勢的結果。我現在想回到這個議題上，我將使用一個在我看來更能清楚鎖定根本問的新賽局，以便於檢視在沒被社會人所佔據的空間中，還有什麼是我們可以做的。以下我們引休謨的一個段落，來作爲這個賽局的前言：

> 你的玉米今天成熟；我的要等到明天。對我們兩個來說都獲益的，是我應該今天幫你收割，而你應該明天幫我收割。但我對你並無善意，而且知道你對我亦是如此。因此，我不會費心思去替你設想；而如果我為我自己打算而幫你工作，那麼，我知道，如果我依賴你的態度，那將會讓我失望和白費心血。因此，我讓你單獨幹活：而你也以同樣的方式對待我。季節過去了，由於缺乏彼此信任和安全感的緣故，我們兩個都失去了收成。

將上述隱含的、有關效用的假設翻譯爲賽局理論的形式，我們就得到如圖 9.1 的「蜈蚣」。（看一眼圖 9.2，你就會知道它是如何得到這個名字的。）在這個蜈蚣中，賽局者 A 和 B 輪流玩「下」或「過」。這個賽局從最左邊的節點開始，而 A 先出手。如果他玩的是「下」，該賽局立刻結束，而雙方的報酬是垂直線下的數值（(0,0)：括號內的第一個數目是 A 的報酬，而第二個則是 B 的報酬）。如果他玩的是「過」，那麼，B 可以類似地選擇玩「下」(-1,2)或「過」。如果 B 玩的是「過」，那麼，該賽局結束於右手邊的節點，而得分是(1,1)。賽局雙方合作進行到結果(1,1)，會比一開始 A 就玩「下」將賽局殺掉，會讓雙方好得多。但如果 A 和 B 是第六章中所說的理性行爲人，結果(1,1)不會發生。A 會推論說，如果讓 B 玩，B 一定會玩「下」，因爲 B 偏好(-1,2)勝於(1,1)。由於 A 偏好(0,0)勝於(-1,2)，因此，A 會玩「下」；而雙方最後都是輸家。

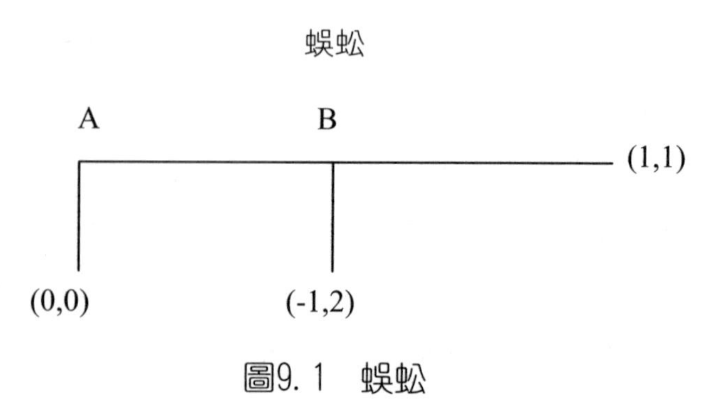

圖9.1 蜈蚣

除了玩家不是同時玩以及第二個玩家並不保證玩得到之外，圖 9.1 的賽局等價於囚犯困境。它的序列性可以用賽局理論家所說的「延伸形式」來加以顯現。當我們使用一個可以玩許多次的例子時，該賽局之所以叫做「蜈蚣」這件事，就會變得很清楚了。如果傑克和吉兒有一堆爲數十個銅板在他們面前，這些是一個好心的朋友送給他們的。他們正打算輪流玩這樣的賽局：每人每次可以從其中拿一個或兩個銅板。當他們只拿一個銅板時，另一個人就可以接著玩；但只要任何一個人一次拿兩個銅板，該賽局就結束，而其他的銅板則會消失。每個人最後都可以保留他或她所得到的銅板。

這個版本的賽局顯示爲圖 9.2，該圖看起來比較像一隻蜈蚣（而如果他們有一百個銅板，那就會更像蜈蚣）。不幸的是，這個例子的重點跟之前的例子一樣。如果 A 和 B 是理性的行動者。A 會一開始就拿兩個銅板，並使得賽局立刻結束。這似乎很荒謬，但它的邏輯卻是很精確的。如果該賽局達到最右邊的節點，那麼，A 由於偏好六個銅板而非五個銅板的緣故，他會玩「下」。所以 B 會在之前的一個節點先玩「下」。A 預見於此，因此會在更前面一個的節點先玩「下」，其餘依此類推。這個「倒退的歸納」一路延伸到第一個節點，在該節點中，A 玩「下」。荒謬！

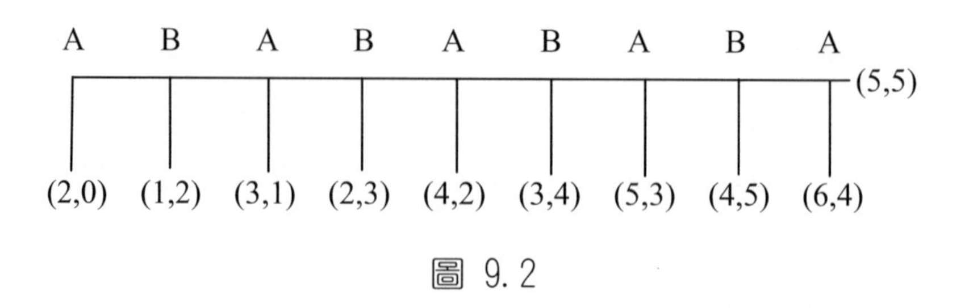

圖 9.2

對我來說，蜈蚣似乎更平整地將根本的問題攤開來。一個人可以聳聳肩然後評論說：由於整個的邏輯清楚地叫第一個玩家在一開始時就玩「下」，這樣的結果並沒有什麼好再說的了。但是，當類似的聳肩在囚犯困境彼此都不利的結果下似乎還算公平時，蜈蚣卻是讓賽局理論喪盡顏面的賽局。

甚者，這個讓賽局理論丟臉的來源是很容易找到的。如果 A 和 B 願意、而且能夠約好並信任雙方可以守約，那麼，A 和 B 會做出圖 9.2 中較好的事來。在這個情形下，A 能夠從拿一個銅板開始（玩「過」），因而讓 B 有機會玩，而 B 可以同樣拿一個銅板來回應（也玩「過」），因而接受 A 的好意。類似地，如果表 9.1 的理性行爲人能夠做出並信守一個簡單的承諾，那麼，休謨的農夫們就都會得到他們的收成。由於這個彼此有好處、常識上的實踐所帶來的利益，難道這不應該是理性行爲人會被要求去做的事嗎？如果答案是肯定的，一個明顯的回應便是去修正賽局理論的工具，以允許這樣的修補。

「能夠做出承諾的動物」

但這將會是一個不小的修正。正如尼采在《道德系譜學》（II.1）中所說的：「孕育一個能夠做出承諾（das versprechen darf）的動物——這難道不是大自然交付給自己對人類所做的吊詭任務嗎？人類的特殊問題？」這個任務之所以是弔詭的，那是因爲德文「darf」一字（相當於英文的‘capable’，蘊涵「適合」和「有資格、有權」的意思）有道德上的意涵，而這對自然來說，卻是陌生的。承諾的拘束性的確是一個令我們感到困惑的特殊要素。困難在於：賽局理論的行動理由總是、而且僅是前瞻式的，但承諾的邏輯卻需要回顧式的理由。當傑克答應吉兒明天去做某件事的時候，他便是在拘束自己說，他今天的承諾將會成爲他明天行動的動機。這個保證不必是無條件的。如果他答應她幫她收成作物，但他卻看到自己的小孩有生命危險，那麼她就無權去期待他無論如何都要出現。不過，這種隱含的條件卻不包括說，只因爲明天不幫忙對傑克來說可能更有利，傑克就可以因而打破自己的承諾。

但這正是標準的、沒修正的賽局理論所蘊涵的結果。對於一個行爲人來說，由於他的理性抉擇只受到預期效用間比較的主導，因此，過去的事永遠就是過去的事。任何人如果在蜈蚣賽局的右邊節點上玩「過」，他就不會是到目前爲止定義的理性行爲人。但也許這個看起來讓賽局理論很難堪的地方只需要一點「小小的」修正。畢竟，圖

9.1 和 9.2 不太可能告訴我們全部的故事。如果傑克和要繼續和吉兒相處，他也許不會因爲曾經不顧她的死活而受到報應。但即使他不會，她仍然會到處去訴說他的惡行，而使他的名譽受損。即使他能避免名譽受損，他還是可能會因爲良心不安而感到後悔痛楚。總的來說，僅僅依循會計師所說的「底線」去行動，可能會是一個錯誤。

的確如此；但我們能仍停留在第六章末所說的地方。如果任何這樣的要素能夠在蜈蚣中造成差別，那麼圖 9.1 和 9.2 就不算是正確地代表了效用。理性抉擇理論並不假設自私的行動者，更不假設一個笨到看不出良好名聲會有用的行動者。理性的行動者可以有任何的偏好，包括因慷慨、友誼和團隊精神所引發的偏好。但他們總是選擇會最大化地滿足他們偏好的預期效用的行動。這在蜈蚣的例子裡這也許不是那麼明顯，因爲圖 9.2 似乎是在處理銅板，而圖 9.1 則是在處理玉米。但無論如何，嚴格而強調地說起來，效用是一種共同的貨幣，它將每一個滿足的要素都列入考量。如果我們的修正會讓理性行爲人作出相反於正確描述效用下的邏輯，那這個修正就會切出一個很深的口子，它不會只是一個小的修正。

在重寫效用的數值和轉換立場之間，是有很大的差別的。改寫圖 9.1 與 9.2 的分數，使得各種來源的效用都被包括進來，並讓問題不會產生，這樣的做法是一回事。但建議說，在問題設定之後，理性的行動者能夠逃脫宰制的邏輯，則是另外一回事。當對別人的關懷仍只停留是嚴格定義下的工具性時，通常搭便車的策略最能夠讓一個人的計畫實踐得美好。因此，玩這樣的策略仍然是理性的，而我也看不出任何的理由可以讓我們去懷疑說：圖 9.1、9.2 中的分數不代表所有後果都列入考慮後的通常情形。

下面這個想法還是很誘惑人的：在日常生活中，許多事情得看賽局雙方間的關係到底如何，而他們又多關心彼此的福祉。現金交易中的陌生人和我們的愛人、朋友、或鄰居是不一樣的。這樣的關係顯然會影響實際上的兩人賽局。但這樣的關係在多人賽局中也很重要；只不過，人越多時，他們之間的關係也就越傾向於不私密。但這並不影響我們的重點；我們的重點是：賽局理論只管效用，因而將來自各種動機的理由都同質化了。實際的社會關係，只有在能夠被效用所代表的時候，才具有這樣的關係；因而，如果行爲人的行爲在選擇時總是工具性的，而他發現保守承諾得付出代價，因此選擇背信，這種事一點都不會讓人覺得驚訝。

之前的蜈蚣，藉著指出某些「理性的」選擇是讓賽局理論丟臉式地自我擊潰的方式，來標示出這個重點。這個令選擇理論丟臉的結果，來自於它使用了這些通用的效用。在選擇理論中，厭世者或市場上陌生人所拒絕的逃脫之路，就連情侶也不能使用。一旦所有的效用都決定了，不管它們的來源爲何，也不管賽局者間的關係如何，問題就被設定好了，而理性的行爲人就被宰制的邏輯所困住了。這就是爲什麼說，如果我們想要有「一個能夠做出承諾的動物」，我們就需要對賽局理論作出一個根本的修正。

判斷與理解中的修正？

所以，讓我們作一個根本性的修性。讓我們從休謨在《人性論》一書中「正義與私有財產之起源」一文裡所做的一個建議開始。休謨觀察說：「在我們心靈的原始架構中，我們最強烈鍾愛的限於我們自己；其次延伸到親戚和朋友；最不鍾愛的則是陌生人和與我們無關的人。」他接著說，這種「分別心」是社會組織成功的障礙，這些組織的目的在於企圖修正人性中的「不方便之處」和「自然但未開化的道德觀」，而這些道德觀則是奠基在我們的情感上，並且會增強情感。但在正義與私有財產出現的時候，如果正義與財產制度容納了所需要的公平心，那麼這種分別心是可以加以修正的。休謨這樣描述這個修正的根源：

> 該修正並非來自於自然，而是來自於巧思；或者，更適切地說，自然在人類的判斷與理解中，提供了對無規則的、狹隘的的人類情感的一項修正。（1937，第三篇，第二部分，第二節。）

休謨在這裡真正有建議性的地方，並不是修正這個想法本身——畢竟，農人們的確在收成時共同工作著——而是他將修正定位在判斷與理解上。這個新的修正的根源是什麼？它是否可以被「經濟人」所採用？如果可以，我們便需要一個比目前所有的道德心理學更複雜的一個理論。哈利・法蘭克福（1971）曾經建議過一個理論，其中行動者有兩階的偏好，第一階是有關結果的偏好，就像以前我們所說的一樣，第二階則是有關第一階偏好的偏好。舉例來說，傑克是個酒鬼，他喜歡琴酒勝於水。但他並不是真的想當一個酒鬼，因而他寧願自己喜歡水更勝於酒。也許判斷和理解可以引導他依照第二階的偏好而行動。類似地，約翰・豪爾紹尼（1995）曾經宣稱說，我們有「倫理的偏好」和比較一般性的偏好兩種。因此，吉兒也許平時會喜歡手工的波斯地毯勝於工廠的仿造品，但由於她知道童工在純正的地毯紡織廠裡作著苦役，因而她也有另一個決定性的相反偏好。類似地，如果他們的「判斷和理解」能夠促使他們在默默達成協定並保持它，那麼，傑克和吉兒仍有可能在圖 9.2 的「銅板」賽局中，一路走到最後的結果。

但這個修正並不是直截了當的。首先，光區分出兩階的偏好並不是一個足夠的設計。雖然一個酒鬼，可能會因爲做出一些相反於他對琴酒的第一階偏好的事，因而變得好一些，但一個受到罪惡感驅使的同性戀者，卻可能因爲擺脫了他對於改變性傾向的第二階偏好，因而變得好些。如果事情真的是這樣，那麼，「判斷」並不等於總是接受高階偏好的指導。試考慮這樣一個女人所面臨的困境：她到目前爲止都是一個心滿意足的母親和家庭主婦，但實際上，她開始懷疑自己是不是已經航向了自我否定的代理人生涯。她是否應該滿意於目前的一階和二階偏好？還是她應該徹底的重新排定這些偏好的次序？這樣的答案似乎需要一個更爲高階的判斷，而非僅僅是調整階層以使自己更能獲得效用上的平衡。

事實上，整個心智階層的圖像很快就變成了一種障礙。它一開始也許還可以派得上用場；比方當一個人正在考慮一個確定可預期的一百英鎊、和一個不確定可預期的五百英鎊之間的時候，這時，毫無疑問地，我們可以將「較多的錢」當作是「較好的事」。但前兩個例子所帶來的問題是有關行動者的「認同」的問題；這個時候，什麼東西造成了對誰更好的事，就再也不是一件清楚的事了。早先我們對這樣的問題的檢查方式，是將特定「效用」的內容都化約到偏好，並以此處理所有的事：由於行動者被假設有一致的偏好，每一件事顯然都可以與其他事來比較得失。然而，一旦我們將上述的那個女人與她目前的偏好隔離開來，當她在決定她要成爲哪種人時，她在特定可慾之物或行動間的理性抉擇就會被終止了。我們還看不出，在這種無規律的情形下，要如何去修正判斷與理解。

其次，判斷如何幫助我們做出策略性的選擇？藉著反省拘束性的約定所帶來的利益，以解決蜈蚣的情形，這固然是很迷人的想法。但當每一個玩家仍然是效用最大化的個人，因而會在最後一個節點玩「下」的時候，這樣的巧思是行不通的。問題依舊在於：只有玩「過」會帶給玩家較好的結果，而好壞的計算是以已經包含在效用數目裡的東西來計算時，玩家才有理由去玩「過」。我們不難找出判斷被希望去引介的理由。比方來說，一個人曾經（暗中）做了一個約定這個事實，會被認爲是偏好(5,5)而非(6,4)的理由。但這樣的事實仍然沒什麼作用，而選擇理論只能評論說，如果這個事實會影響玩家，那麼，圖 9.2 就沒有正確地代表所有的效用。但這樣說仍不會帶來判斷與理解的修正，這個修正會讓理性的行動者爲了某些不是比較結果的理由，而去凌越對效用數字的思考。

我並不是武斷地說，我們不可能發現一個有關「經濟人」的道德心理學是這樣的：它能夠允許真正有拘束力的約定，同時能夠允許真正回顧式的理由作爲動機。我們至少發現，理性行爲人在回應他們一階和二階偏好的衝突時，可以做出一些反省的餘地。就此而言，他們的偏好可以不是那麼的「給定」，而他們自己也可以不再只是輸入與計算好的輸出之間的自動產生器。但如果理性的行爲人要能夠藉者判斷與理解來防止不好的選擇，我們仍需要一些更根本的修正。問題是，理性抉擇理論可以撐得下進一步的修正嗎？還是它的理論資源就到此爲止了？由於學者們對此的意見仍是十分分歧的，我選擇讓讀者們各憑才智去決定哪一個意見才是正確的。

我們已經發現一些方法，讓「經濟人」變得較不短視近利，但卻不至於摧毀該釋模。不過，無論如何，蜈蚣對於經濟上的理性行爲人來說，比對於較有彈性的「社會人」來說（社會人可以以社會規範作爲行動的理由，但卻不至於因此變成規範的生物），仍然會是一個比較大的麻煩。明智的規則依循者可以泰然地妥協蜈蚣的情形。畢竟，這就是實際上的農人們，在缺乏互信和安全感的情形下，設法不讓自己喪失收成的法子。然而，讀者們請注意，這個想法並沒有繞過之前有關自我與角色之間關係的問題。這些仍然被包裹在「明智的」規則依循者的概念之內，而且會在行爲人不僅詢問哪一條特別的規則給予他們行爲的理由，並且詢問他們是否有充足的理由去依循那條規則時，就會浮現出來。雖然當哲學家思考實踐理性或人格等同問題時，他們也許需要帶一點社會性的關注，但社會學家並沒有一條標示著「社會認同」的旁道。

我們一開始的建議是：社會行動是在社會授權與限制之下的工具理性抉擇。但已經浮現的情況是：選擇可能是個別而有理由的，但卻不必然是工具性的。的確，如果所有的選擇都只是工具性的，那麼，社會這個企業就會是不可能的東西。但我們並沒有重新定義選擇這個概念，以使得它能夠簡單地被規則依循者的概念囊括進去。我們一開始的圖像是兩個篩子的圖像，規範的脈絡產生選單，然後理性的計算做出特定的選擇。結果是：我認爲，這兩個篩子是彼此聯合的。策略的理性抉擇依賴規範性的期待，而後者則依賴於一個社會行爲人在選擇時，什麼是在策略上理性的這一點上。自我、角色和理由，三者不能夠被分離開來。

規則、理由與原因

上述這個雜亂的結果，使得我們在處理本章其他預定的議題時，也將會有些淩亂。這些議題是有關因果、以及因果層次如何關連於意義層次的問題。如果我們企圖讓每件事都說明的很工整，那將會使本書的長度多出一倍來；所以，以下我只做簡短的說明。

行動的理由也是行動的原因嗎？對於這個困惑人的哲學問題，第一個反應也許是：當然是啊；我們幾乎不會去懷疑，人們之所以如此行動，那是「因爲」他們欲求或相信他們所作的事。但這樣的回答只是將問題轉換爲：當討論的議題是行動的時候，「因爲」一詞的意義是否與它在其他解釋中的意思有別呢？如果目前我們對「因爲」一詞的正確而又自然的分析，已經有了一個清楚的掌握，那麼，這個問題的轉換或許對我們會有所幫助。但到目前爲止，我們的結論都是很審愼的，在第二、三和第四章中，我們相當確定：僅僅引述在有關情形下的經驗相關性，對因果解釋來說仍然是不夠的。但是，即使成功的預測不是檢驗的標準，我們仍然不清楚：對於「自然法則」或「自然必然性」這個概念，以及實在論者對於存在著具有因果力的因果機制的看法，我們到底能做些什麼或說些什麼。所以，雖然我們將不會去相信韋伯的看法，（他認爲一個可接受的因果命題終將以統計機率來表達），我們仍沒有一個有關於因果的解釋可以讓我們判斷說，理由到底是不是原因。

不過，我們可以安全地說，對標準理性抉擇理論下的理性行爲人來說，理由的確是原因。如果偏好給定了，而選擇又是直接計算出來的，那麼，行爲人的內部作業，在任何有關「因果」定義下，都會是因果程序中的階段。如果我們假設信念是理性地達到的，而非只是另一個給定的、在決策過程中的主觀成分，那麼，無疑信念所扮演的部分將會使得這個說法的要點變得複雜些。我們當然不應該去假設說，理性的思慮可以被正確地分析爲一系列的心理原因和結果。但一個強烈的推測仍是：被設想爲輸入與計算的輸出之間的自動產生器的行爲人，也就是一個行動理由即其行動原因的個人。

對規則依循者的分析則要微妙些。如果機構和社會實踐是左上方盒子裏的「系統」，那麼，我們可以很快地將規則依循的行動想成是由系統的壓力、透過行動者心理的傳導，而因果地導致的行爲。但我們已經被這樣的想法說服了：維根斯坦的遊戲概念明確地屬於理解這個範疇。

這個想法讓我們將行動看作是遊戲中的一步，走這一步的動機來自於它們的意義。不管這個命題在心靈哲學中究竟表達些什麼，它已經使得我們不再將行動看作是由心理狀態因果地導致的物理行爲。剛好相反，藉著對被遵循的規則重新組構，並因而發現行動的意義，我們便得知了一切有關行爲人所做的事，以及爲什麼他們要這樣做的理由。這聽起來彷彿是在說：心理狀態這個概念是無關緊要的、可以拋棄的。

但如果我們同時強調維根斯坦的主張說，行動者在詮釋和應用規則的過程中建構了規則本身，那麼，事情就沒有那麼簡單了。我們開始變得好奇，行動者對於怎樣進行他們的行動是如何理解的。不過，堅持規則依循者可以既明智又有創造力這個想法，在較大的程度上增加了意義層次的豐富性，而非暗示說理由具有在它們之外的原因。至少這樣的結論是可以辯護的：行動者對遊戲的理解所產生的行動理由，並沒有任何種類的原因。

然而，當我們思及角色時，我們傾向於訴諸一個自我，該自我不但疏離於它所扮演的角色，而且甚至可能疏離於它所遵循的任何規則。同樣地，對「經濟人」進一步的思考，也讓我們將理性的行動者和稍早用來定義他們的偏好疏離開來。這更一步加深了我們的問題。我無法只簡單地談康德對自治、理性或道道的想法，但我想指出說，我們從《道德形上學的基礎》（1785）和《實踐理性批判》（1788）這兩本書的閱讀中，還可以學到許多的事情。

由於我們尚未確定「每個事件都有一個原因或因果解釋」這個主張的意思，上述這些評論，對於如何解決決定論所帶來的問題，仍然是開放的。如果自然主義的看法將勝出，問題的重點仍然會是：相容論者是否能夠維持說，自由不但相容於決定論，同時預設了決定論。彌爾曾經希望：當我們了解原因並不是必然地造成其結果時，一切就會一帆風順了。這個希望現在看起來是太樂觀了。但是，即使理由是原因，而其原因又有其原因，這裡仍需要有許多的論證，而且我們也不能從此就推論出任何有關自由行動的可能性來。同時，如果理由與行動間的關係不是在任何層次上的因果關係，決定論是否還會是一個威脅，這仍然是一個開放的問題。

理性期望與規範性期望

最後一個問題是有關層次間關係的問題，以及解釋與理解間關係的問題。我將最一般性的結論留到本書的最後一章再說。在結束本章前，我將建議一個有關社會世界的本體論看法；根據這個看法，選擇是策略性的，而規則則是在遵循規則時所建構起來的。

每一個理性行爲人，當他在與其他理性行爲人策略性地互動時，都有經濟學家所謂的「理性的期望」。這個名詞有著豐富的涵意，其中包括了這樣的命題：每一個行動者都有一個經濟的釋模或理論，而且知道其他人的腦袋中也有相同的釋模或理論。我們看到這樣的重點：傑克在對於吉兒所做的事情能夠形成理性的期望前，必須得先知道吉兒如何推測在情境中的可能性；而吉兒也不可能在不知道傑克如何推測這些可能性的情形下，就去選擇她的策略。但這意味著說，這兩個人對於經濟如何在實際上運作這個受爭議的問題上，早就有了答案。一般的做法是：巧妙地避開這個問題，只說她們有著相同的經濟理論，也就是標準的經濟理論。以下是一些有趣的想法。

假設標準的經濟理論是貨幣主義者的理論；這蘊涵著說，如果政府在經濟蕭條期間擴大公共開銷，通貨膨脹就會產生。經濟蕭條發生了，而政府急躁地擴大了公共開銷。理性的行爲人們於是理性地行動著，期待著通貨膨脹的發生，並且知道其他理性行爲人也同樣期待著通貨膨脹的發生。企業家因此降低了生產量；工人們因此要求更高的工資。通貨膨脹於是產生了，正如該理論所預測的。多麼優美的理論啊！但是，批評家們，尤其是那些不支持貨幣主義的批評家們，很快地就抱怨說這裡有個循環性在。假設標準的理論是凱恩斯的理論，該理論蘊涵說，蕭條期間的公共開銷會導致經濟的成長。經濟蕭條發生了，而政府擴大了公共開銷。預見到經濟上的成長，理性的企業家們於是增加了生產量，而理性的工人們則節制著他們的要求。這些策略性選擇的總和效果的確是經濟成長，正如該理論所說的。這個逗人的建議是：（我們承認，它較有利於凱恩斯式的理論，而非貨幣主義）實際上會發生的事，可以是完全地依賴於理性行爲人腦袋中有著什麼樣的經濟理論。換句話說，理性的期望就好像是能夠自我實現的預言書一樣，它們能夠產生所自己所預見的事情。

這是一個令人驚訝的想法。作爲經濟學上的命題來說，這個想法並不在本書的討論範圍內；尤其是，即使是凱恩斯學派的人也不會假設說：僅憑著分享經濟即將繁榮的信念，就可以讓經濟興旺起來。但如果我們換一個例子，我們就可以看出這個想法的力道和有趣之處。交通阻塞是否會發生，經常依賴於開車的人是否相信交通阻塞正在形成中。如果他們相信，而且如果他們避免交通阻塞的唯一方法就是在它發生前趕快抵達目的地，那麼，他們這樣的信念可能真的會讓交通阻塞發生。自另一方面來說，如果他們有替代道路，他們的信念可能會產生一條淨空的街道，而這淨空的街道會讓太蠢——或太聰明——的駕駛沒有注意到！交通預報因而與氣象預報十分不同。如果水手們注意暴風警告，那麼，就算暴風發生，水手們仍然可以安然無恙；但如果駕駛們注意交通阻塞預報，他們將無法避免交通阻塞。這裡的建議是：社會事件的形成，經常是以社會中行動者所期望的方式去形成的。

凱恩斯曾經比較過經濟與報紙上的比賽，該比賽邀請讀者們依美麗程度去排名一些年輕女性的照片，而獎品則會頒給那些證明是符合大多數人排序的讀者：

> 每一個參賽者必須挑出那些他認為其他參賽者可能青睞的臉孔，而不是去挑出那些他認為最美麗的臉孔，其他參賽者也是以同樣的觀點去看待這個問題。這種情形並不是要一個人盡其能力去選擇實際上最美麗的臉孔，也不是要他去挑出平均意見真正會認為是最美麗的。我們已經到達了第三級，在該級中，我們貢獻才智去預測平均意見會期待的平均意見。

無疑地，讀者們需要一些共同分享的、有關美麗的最初假設；否則，無限的後退會破壞這一切。但這仍留下了一些空間給這個想法：是競賽本身，而非大自然，決定了美麗的排名順序。凱恩斯的想像因而促成了一個對於賽局理論想法的極端解讀：下一件將會發生的事，乃是策略性選擇的總和。如果我們將這個想法獨立出來，我們就會發現，有關社會世界的理性期待，不但具有預測力，還具有生產力；因而與我們對自然世界的預測有著令人驚訝的差別。

這個差別究竟有多深？這件問題的答案依賴於我們能夠多努力去闡述這個想法：行動者的期待能夠供應並驅使社會世界。但就算我們不努力去闡述它，我們也已經被這個想法所引導，而去反省對自然的遊戲和對策略選擇者的遊戲兩者之間的差別。讓我們簡短地想一下機率。當我們說某個自然事件，比方說下雨的機率是小於百分之百時，我們的意思有時候是，自然本身有著一些隨機的因素，而不是像某些人所宣稱的，大自然是完全決定論的。但通常我們的意思是，比方說：就我們可用的證據來說，百分之八十是最準確的預測。據此，我們區分物理機率和認識機率。（在我們投擲的錢幣已經落下之後，但在我們知道它是如何落下之前，該錢幣是「正面」的物理機率或者是百分之百，或者是零。但由於我們不知道是何者，該錢幣是「正面」的認知機率則是百分之五十。）當我們的證據改變時，我們調整認知機率，希望能夠讓它們更接近物理機率。但如果傑克正在估計吉兒將會選擇某一行動的機率，而吉兒行動的理由依賴於她相信他分配給她的選擇的機率時，上述的說法是否還有任何的道理？有些有趣的例子促使人們去認爲說，認知機率與物理機率的關係正好與這裡說的相反，因爲結果是各種選擇的總合。的確，也許我們最好完全放棄物理機率這個概念。但如果我們這樣做，我們似乎是在與自然因果領域截然相對的意義領域中。

當我們回想我們曾經說過的、有關規範性期望的事情時，這個挑戰就更尖銳了。當理性的期望能夠導致交通阻塞時，規範性的期望卻是社會生活的實質。在第七章中，我們區分了維根斯坦遊戲或實踐的制訂性規則與規約性規則，前者是一個維根斯坦遊戲不可或缺的部分，後者則是在遊戲或實踐被組成之後，有關遊戲或實踐應該如何被實施的規則。但這兩者都依賴於人們如何去詮釋涉及他們社會地位的規範性期望。同時，社會地位本身是藉著它們在規範性期望的網路中才得以穩固的。因此，人們可以宣稱說：社會世界中每一件顯然是社會的事情，都依賴於人們如何期望其他人去進行他們的行動。

「期望」一詞在此兼具規範性與預測性的意涵。這兩者之所以是不同的意涵，部分是由於角色並不總都是事先寫好的，而且經常在角色衝突時變得不確定，而另一部分則是由於人們通常傾向於不去做他們被期望去做的事。因此，這個預測性的意涵需要另一個不同的參考點。這裡潛伏著一些與精緻的理性抉擇理論相調和的可能空間。

結論

自然主義者不會喜歡這個想法：「期望」不僅讓社會世界運行，而且是社會世界的實質。爲了彌補這個不平衡，讓我們從自然主義者的觀點來做個總結。

本體論上來說，我們建議的想法多於真正建立起來的想法。無疑，「期望」是很重要的，但它遮蔽了一個對人類和資源有著物質力量、有飢荒與富饒、有血汗、有眼淚、有歡笑的真正物質世界。自然世界並非在止於社會的邊緣。能夠做出承諾的動物，仍然是一個動物；而賦予權利以及限制的規則，也仍然是生活在因果社會生活中的動物的行爲規則。

因此，方法論上來說，解釋仍然是最後的仲裁。但自然主義可以將初步的仲裁讓給詮釋學，將它當作是一個有用的、有啓發性的設計或捷徑。有些自然主義者是堅決的行爲主義者，以致於絕不讓步給任何想從人類內部了解社會生活的企圖。但其他的自然主義者則樂於區分旁觀者的觀點與行動者的觀點，並且看出藉著後者協助以建構意義層次的好處。但不管怎麼說，在此之後仍有一個解釋的工作要做。有些人解釋的方式是直接地去論證說，只有當意義和理由是行動的原因時，詮釋學才產生一個可以被接受的因果命題。在此情形下，即使是維根斯坦式的重新建構仍然是對於一集自然事件的內在評註。其他人進行的方式則是間接地允許詮釋學的遊戲，然後用外在的語詞去解釋說，爲什麼這個詮釋領域的想法會是如此。

認識論上來說，重點在於我們如何知道「問題中的行動『真正』採取了被認爲是意義上恰當的作爲」。這裡，我坦承，自然主義的得分如何，仍是相當模糊晦澀的。那些對根本機制與結構採取實在論的自然主義者，仍然欠缺一個可以保證我們能夠認知它們的說明。其他早先被引導走向實用主義的自然主義者們，則不安地趨近於將物理事物轉化爲文化上的假定，並將我們所知道的世界轉化爲信念之網。在這種情形下，詮釋學也許終究握著王牌。本章因而像以往一樣，仍留下了許多未完成的工作。

第十章
價值中立的社會科學？

關於社會世界及其如何運行的問題，至少有兩個不同的故事。我們還不確定這兩個故事有多不同。其中一個是社會內部者或行動者的故事，說明社會生活的意義，另一個則是外部者或旁觀者角度的故事，說明社會行爲及社會事件的原因。但這兩個故事，自然主義式的和詮釋學式的，也都有這樣的版本：行動是從內部觀點理性重新建構的。兩者都能夠體認，社會生活是設置在物質世界當中，而環境和資源的改變則會個別或集體地影響社會生活的實際運行。自然主義並不只處理物質的條件和行爲，而詮釋學也不只處理行動和觀念結構。

它們兩者間比較大的差別在於：究竟是解釋還是理解握著最後的王牌？但就算這一點也有一些複雜的爭論：到底是哪張牌屬於哪隻手呢？自然主義者能夠爭論說，由於行動的理由也就是行動的原因，理性的重新建構因而是一種解釋的過程，而該過程在原則上相似於任何其他鑑定自然中因果次序的過程。甚者，由於只有在透過行爲人的信念與欲望的情形下，文化的機構性安排才會對行動產生影響，因此，如何將人類心理學插入社會脈絡的問題，也就大致上是科學的問題，而且不會挑戰自然主義的範圍。相反地，詮釋學則可以回嘴說，由於分析規則、規範和角色所需要的分析風格，使得我們不能夠將社會與心理因素間的關係視作是不同事物間的因果關係。因此，一個處理意義與理由的心理學將會十分不同於自然科學。

伴隨著這個爭論而來的，是關於客觀性的困難問題。自然主義者相當要求客觀性，他們視客觀性爲所有科學的普遍要求，並且最終根源於同一形式的因果解釋。詮釋學，至少在我們目前所說過的版本中，則滿意於互爲主觀性，以及自內部理解而來的意義次序。這個差別的確是很深的差別。但它可能會因爲各自陣營中整體論與個體論的爭論而模糊起來，並進而導致視窗圖表中橫向聯合的企圖。但我相信縱向的聯合在最終會是比較強的聯合，因此，我提議將有關客觀性的討論，當作是解釋與理解之間的主要爭論骨幹。

反對詮釋學的一個普遍控訴是說，它會導致相對主義。這個控訴到底蘊涵什麼，或者相對主義是一個壞東西這件事，都不是件立即明顯的事。但這個控訴的假定是：由於自然科學的發現乃是追求客觀事實的客觀結果，因而，如果社會科學不能是客觀的，社會科學就會有麻煩。如果「理解」不能夠提供比主觀性或互爲主觀性更豐碩的成果，整個的詮釋學途徑可以被宣告是相對主義。這個議題不但攸關重大而且雙方火氣旺盛。但由於它的線索糾纏，所以我們的討論將會分兩階段進行。本章主要討論這樣的主張：社會科學可以、也應該是「價值中立的」；但我們也會評論下一階段中道德相對主義的範圍。下一章則將處理其他種類的相對主義，這些相對主義環繞著追求真理的科學，也是當代爭論中的主要問題。

本章將以原始的啓蒙時期假定作爲我們的開場：科學和道德的進步是攜手並進的。在注意到「事實／價值」的區分如何顛覆了這個樂觀的想法之後，我們將轉向韋伯。韋伯對於價值無涉入與價值關聯的想法既巧妙又有權威性。但這些想法需要更細緻的說明，並且將引導向更深刻的問題。這些說明和問題將促成更多有關社會學探索的特殊性的想法，並且蘊涵著所有的科學判斷都涉及詮釋和倫理相對主義的範圍。雖然我們在討論時將會碰到懷疑論，但我們將下一個結論：對道德進步的希望並不全然注定失敗。

事實與價值

康多塞堅定地宣稱說，「知識、力量和德行是以不可鎔解之鍊緊緊地綑綁在一塊的」（1795，第十階段）。這個引人注目的啓蒙時期樂觀想法，現在聽起來卻可悲地像是空話。知識已經萌芽成長了兩個世紀，所伴隨來的力量也已經塑造了這個世界。但這個力量可以用在好的方面，也可以用在壞的方面，而它的某些用法卻是相當嚇人的。我們可能會認爲，無論在理論或實際上，都沒有這樣的一條不可鎔解之鍊。的確，許多人還會補充說，這整個想法是建築在對事實與價值的明顯混淆之上：科學對道德理論來說是中立的，對自己該如何被使用的問題也是開放的；科學給予力量卻沒有給予方向。

相對於自然科學家來說，社會科學家比較無法接受這種態度。一個普遍的懷疑是：有關人類的學科的確造成差別，而這或許部分是因爲人們的價值觀乃是他們所做的事的一個重要成分，部分是因爲社會科學家本身也是人的緣故。這個懷疑會因爲解釋與理解的區別而更加尖銳化。如果社會科學是內部者所說的內部故事，那麼，有關於事實與價值的嚴格區分就不是那麼令人信服了。畢竟，「德行」可能無法與社會知識和力量分開來，即使這樣的不可分割性不是出於康多塞所說的理由，也不是以他所期望和意味的方式。

由於這一條路線的思考很快就會讓討論變成糾結不清，所以我們最好以倫理學在自然科學中的地位，以及關心倫理問題的時機這些問題開始著手。在日本廣島和長崎所投擲的兩顆原子彈結束了 1939-45 年的戰爭。但勝利者的喜悅很快就被原子彈對倖存者所造成的影響的消息所沖淡。發展原子彈的科學家們尤其受到這些消息的影響。在遙遠而安靜的實驗室裡工作、願意爲同盟國打拼、滿足於接受他們實驗的結果會被如何使用並非他們的決定等等，這種種的事情的確很好。但迅速傳遍世界的照片和報告，使他們了解了他們在同盟國勝利中所扮演的特殊角色。1947 年，一群名聲顯赫的科學家，包括愛因斯坦和羅素，聚集在「帕格沃什」研討會中，討論倫理責任的問題。

該會議拒絕了這個舒服的想法：科學家只是針對被授權的目的，發現實現手段的技術人員而已。認爲說：當政府決定如何使用這些手段的時候，提供工具的人只不過是公民中的一部分罷了，這樣的想法固然很令人安慰。但是，原子彈是全新的工具，只有它的發明者才知道它能夠做些什麼事。這難道不賦予這些發明者特殊的責任嗎？如果科學家回答說，事實上，即使是發明者本身也不知道這麼新的武器能夠做些什麼，這樣的回答會立刻導致這樣的反擊：他們應該要知道，無知不是藉口。有些人認爲這裡的想法太嚴厲，也太簡單。科學家一再強調這是一種史無前例的武器，它需要在遠離文明的地方徹底地實驗它的適用性，並且只是用來威脅對手投降的手段。而且，官方也一再做出這些保證。但這樣的辯解仍然被拒絕了，理由是對戰爭時期的政治決定過於天真，這仍然不是一個夠好的藉口。總之，科學家不但有責任去了解它們與自然搏鬥時所擁有的力量，同時也有責任去了解這些武器交在哪些人的手中。專家有特殊的倫理責任。

原子彈不是戰爭中唯一發明的新武器。生物和化學方面的研究，也製造出了致命的武器，而現在的各國政府擁有從神經毒氣到核子飛彈這類的兵工廠。甚者，即使是對於較不致命性的武器，類似的問題也被提出來了，比方說，透過醫藥或資訊科技扮演上帝主宰人類力量的問題，就曾經被提出過。一開始就假設說，自然科學中知識倫理的問題有著很簡單的答案，而且該答案可以用來引導社會科家的道德倫理，這樣的假設會是一個錯誤。但帕格沃什會議給了我們一個清楚的開始，主辦者之一曾經提倡一種倫理觀點，該觀點與我們在這裡所討論的問題是非常相關的。羅素是事實／價値區分的提倡者，他認爲該區別會將倫理學的基礎置於理由的範圍之外。他認爲倫理問題最終只是個人的承諾問題，而作爲一個頭腦清楚的人，他鼓勵作爲特殊專家和啓蒙者的科學家們去分享他自己的承諾。啓蒙和承諾之間的關聯十分耐人尋味。

讓我們不要這麼突然引入事實與價値的區別。康多塞所採取的是啓蒙時代的觀點，認爲倫理思想有其理性的基礎，因而科學的進步包括了智慧的增長。這個觀點與較早的理性主義和較晚的經驗主義都一致。理性主義者通常將道德知識比擬作數學，可以從有關對錯、好惡的自明公理出發，推導出特殊的道德真理來。經驗主義者則比較傾向於依賴有關人類本性和人類興榮的經驗事實，因而釐清了一條，比方說，有關幸福和達成幸福方法的工具性科學。但不論是理性主義還是經驗主義，知識、力量、和德行三者，的確是以一條不可鎔解之鍊緊緊地綑綁在一塊。

如果，就像是古代哲學和基督教神學中所假設的一樣，這個世界有著一些內建的道德結構，那麼，上述這個觀點就會是十分可信的。如果，如同開普勒所寫的，「科學乃是在上帝之後思考祂的思考」，那麼，科學所啓蒙我們的將會是：上帝對於每一件事的設計，包括對於人類的計劃。在此情形下，不管是探討事物的原因、意義、目的、功能還是理由，統統都是同一回事。然而，在十八世紀末之前，這個傳統的等號卻開始分家了。思想家們開始理解，科學革命所引進的新方法已經撕裂了這個等號。對理性因果次序的追求，不再依賴於那些適合揭露宇宙意義或目的的方法。而這樣的懷疑也持續在增長中：感官經驗和先驗推論都不會產生傳統上認爲理性會帶來的道德知識。佐以科學方法的經驗可以告訴我們，這個世界在過去、現在和未來（可能）是什麼樣子，但它們不會告訴我們這個世界應該是如何。先驗的推論只能讓我們從已知的事實推論出其蘊涵來；但如果沒有道德的命題作爲前提，就沒有任何道德的結論可以藉著推論而達成；同時，也沒有任何的道德前提是在經驗或直覺上可以建立起來的。

這個懷疑論的想法在十八世紀時就已經有所聽聞。休謨在其《人性論》一書，特別是名爲〈道德的區別並非衍自理性〉一章中，便建議說：

> 讓我們以任何我們認為是邪惡的行為為例，比方來說，蓄意謀殺。仔細地檢視這樣的例子，看看你是否能夠發現所謂「邪惡」的真實存在、邪惡的事

> 實。不管你怎麼看它，你只會發現一些情緒、動機、意志和想法。除此之外，別無事實。只要你考慮的是客觀的事物，邪惡將完全脫離你的審視。你永遠不可能發現它，直到你反省你自己的胸臆，發現其中有源自你自己、對該行為的不苟同情緒。雖然這也是一種事實，但這是情感的對象，而非理智的對象。它處於你的身體裏，而非在事物之中。（1739，第三篇，第一部分）

無可否認地，即使上述的想法被《人性論》的其他部分所支持，但這仍不構成一個擊倒性的論證。但自從該書出版之後，有關事實／價值區分起源，便常常指涉到休謨，而下面這樣的主張也經常被稱爲「休謨法則」：不可能從實然推導出應然。

簡單地假設說，通常所謂的「價值判斷」能夠清楚地與其他種類的判斷區分開來，而且「價值判斷」缺乏理性的基礎，這樣的假設將會是一個大錯誤。但由於在有關倫理學討論的標準教科書中通常作了這樣的假定，所以讓我們暫時假設事情是如此。科學判斷與價值判斷的區別可以用許多種不同的方式來加以標明。其中之一是將科學判斷根據分析／綜合的區分再加以細分，然後論證說價值判斷既非分析亦非綜合。這是一種比較簡單的方式，且如果第三章中實證科學所作的宣稱達成了，那麼這樣的區分會既美妙又符合實證科學的目標。如果理論依賴性不同於價值依賴性，則實用主義提供了另一個方法。在理論依賴性不同於價值依賴性的情形下，科學判斷將可以包含解釋上不可化約的元素，但該元素不必感染任何倫理上的承諾。受到馬克思影響的實在論者提倡某種意識型態的理論，該理論尖銳地對比於科學的意識型態。這樣看起來，有事實／價值的區別，似乎是有各自基礎的理論彼此同意的一點。

價值無涉入與價值相關性

從前文來看，將適當操作的科學當作是價值中立的想法，並不是什麼令人吃驚的想法。對社會科學來說，標準的參考文獻是韋伯對價值中立的古典作品，這些作品的篇名分別是「價值無涉入」與「價值相關性」，主要收錄在《社會科學的方法論》（1904）一書中。實際上，韋伯將研究探索的過程區分爲三個階段：輸入了什麼？輸出了什麼？這中間又發生了什麼？以下是有關這三個階段的一個簡短摘要。

最初的階段包括對研究題目的選擇。這個選擇主要是由研究者認爲什麼研究是有價值的研究，以及爲什麼它們是有價值的研究這兩方面來決定的，而這裡顯然涉及到價值問題。當研究的目標是在擴展既定興趣的力量時，這一點尤其顯得明顯；比方來說，當一個獨裁者想要知道，死刑執行隊是否會製造出更多的反對聲浪，還是會遏止它們。但即使研究的目標是一個高尚的目標，比方說，企圖減輕貧窮、或簡單地追求有關社會生活面的真理，價值問題的涉入仍不會因此而減少些。研究者有無數的題目可以選擇，而決定選擇的因素總是與價值相關的，不論這些價值是社會科學家自己認定的價值，還是，比方說，付錢讓他們做研究的老闆所認定的價值。

價值在「輸出了什麼」這個最後階段也同樣流行。一個研究被認爲有什麼重要性，而該研究又做了些什麼，端視於某些人（未必一定是社會科學家）的價值判斷。不管該研究的動機是低下還是高尚，這樣的最終判斷都會進行。作爲純粹的科學家，科學家對於真理以及其他事項的承諾，在中立性上並沒有什麼特殊的地位可以宣稱什麼事。就這方面來說，科學並不比資產發展來得更價值無涉入。

不過，在中間的階段裏，研究探索的程序卻能夠、而且應該沒有價值上的承諾。韋伯將純粹作爲科學家角色的科學家呈現爲一個只關心事實和解釋的人，他不管這些事實和解釋會導向什麼地方。雖然韋伯清楚地說科學家也有其他的角色，因而不能放棄他們在政治上和做人的責任，但他對於科學自身的要求是相當明確的，而且拒絕接受「價值無涉入是不可能的」這種建議。因此，我提議，即使是對於酷刑的研究，即使是獨裁者付的錢、想要知道如何能用最廉價而又有效的方法逼人招供，追求事實真理的科學家也能夠以一種全然抽離的研究精神去進行該研究。研究人員是否應該接受該工作是另一個全然不同的問題。即使這樣的想法有點危險，但這就是科學考察執行的倫理想法。

這是實證科學的心聲，非常清楚，但我們現在已經可以懷疑它過於簡單。不過，韋伯並不是粗魯的經驗主義者，而且，如我們之前已經見到過的，他視「理想類型」爲科學的重要成分。他的「理想類型」並不只是基於概念與對象區分之上的人爲檔案系統而已。此外，我們在第四章中也已經見到，有獨立的理由讓我們去認爲說，詮釋瀰漫在科學探索的每一個層面上。因而，上面所說的中間過程的價值無涉入特性，需要更細緻的說明。

我們也許可以回憶一下波柏對發現和驗證所做的區別。即使價值的確穿透在激發科學猜測的概念過程中，但客觀的真理仍有其價值無涉入的時刻。這些重要的時刻不但區分了科學與僞科學，而且在更大的對象上區分了開放社會與封閉社會：批判科學在自由民主中有其副本（波柏，1945）。韋伯在這些問題的看法上比較矛盾。他像波柏一樣，相信開放社會是一個脆弱的希望，而即使我們的確達成了一個開放的社會，我們也需要朝惕夕勵地去守護著它。但韋伯較不傾向於認爲說，理性是堅定地站在進步的這一方。理性，至少就它當代的、理性—法律的形式來說，可以是一個危險的東西。雖然傳統的社會是受壓制的社會，理性次序的傳播卻未必見得是解放。無疑地，這部分是因爲下面這個明顯的理由：理性次序專注於權力，而沒有什麼東西可以保證權力會被用在好的方面。但韋伯對理性次序自身的中立性也有一些懷疑。

如果我們暫時擱置這些艱深的問題，我們就可以陳述一個有關社會科學中價值相關和價值無涉入的正式觀點，而這個觀點是基於事實／價值的區分。理性在互相衝突的科學假設中可以作爲一個仲裁者，但理性不能仲裁價值的互相競爭。就算這些價值是供奉在科學的廟堂中，科學本身仍然不能證明它們會是正確的、應該被採用的價值觀。在任何特殊研究之前和之後的東西都是固有地價值相關的。但是，雖然有這些細微的地方，科學程序的核心仍然能夠是、而且應該是價值無涉入的。

這個標準的想法聽起來既清楚又能夠被辯護。試著將它應用在有關研究倫理的棘手問題上。科學是否允許在動物身上實施美容的、醫藥的或外科上的技術？科學是否允許我們因爲某些目的而可以作活體解剖？這個想法是：科學是中立的。作爲一個公民，科學家可以站在某個立場參與社會辯論，也有權利因爲個人的原因去提出反對看法；但作爲一個科學家，他們對這些問題沒有看法。這個想法聽起來似乎是站得住腳的。

但這個有關科學家與公民的區分卻令人覺得不安。考慮一下使用安慰劑的研究；該研究當中一件重要的事，就是要讓控制組的人不知道服用的是安慰劑。將一種新的避孕藥丸試驗在一群貧窮的墨西哥婦女身上，其中一些服了安慰劑而且懷孕了，科學對此是否是中立的？如果在一項美國政府的實驗中，爲了要持續一項爲期四十年、對梅毒效應的長期研究，數百名黑人認爲他們接受的梅毒的治療，但事實上他們只是服用安慰劑，科學對此是否中立？納粹對集中營中的人類所作出的醫學實驗又是否是中立的呢？

好吧，也許有些知識是道德上被污染的，因而不應該被獲取。（這是否意味著說，從奧斯威辛得來的資料現在不應該被用在好的目的上呢？）我們可以試著同意說，「科學的價值」並不允許使用任意和每一種手段去追求真理，但卻不因而否認說，科學自身可以用價值無涉入的方去執行。科學本身，除了禁止扭曲事實之外，不蘊涵任何科學家應該接受的道德限制。無疑這是一個嚴格而可爭議的限制。當政府委任科學家做研究以實施政策，但卻壓制一些令人難堪的結果而宣稱說政策執行地好的不得了時，研究者應該吹吹口哨、視若無睹嗎？當商業公司扭曲了科學家的發現，以便於銷售更多的產品或者在法庭上辯護時，研究者應該吹吹口哨、視若無睹嗎？即使根本的事實／價值的區分是成立的，研究的倫理也不是那麼直截了當的。科學家作爲職業的科學家，通常不只需要好奇心，也需要勇氣。但這樣的反省，以及科學家協助建立起來的職業倫理規條，通常假設了科學核心的客觀性。倫理上的困境並不允許科學家對科學方法及其結果的客觀性產生懷疑。

更深一層的問題

正式的觀點聽起來仍然是站得住腳的。但這裡有一些更深層的問題，其中三個尤其與我們討論的問題有關。第一、社會科學是否有其獨特性，而這些獨特性會被我們在泛泛地討論科學時所掩蓋？第二、假定我們在前幾章對客觀性所說的事是正確的，理論負載可能與價值負載充分地區分開來嗎？第三、社會科學能夠避開倫理學中贊成和反對相對主義的論證嗎？

(1) 社會科學中的價值

如果意義是「生活和歷史的世界所獨有的」，那麼，價值就會是社會科學的核心。這或許似乎只蘊涵說，我們必須研究人們的評價以便了解他們的行動。耶和華見證會的人按照聖經指引的方式去過活這件事，和貓捉老鼠這件事，不多不少都只是事實而已。各式各樣的文化與價值也許會讓社會科學的研究變得複雜，但嚴肅地看待意義似乎並不會威脅到社會科學的價值中立性。

爲什麼說也許呢？讓我們集中注意力於涉及從內部理解行動和實踐的判斷。在假設上，社會世界對於它的居住者來說應該是可被理解的；不過，他們卻不是社會世界的絕對可靠指引。他們也許對於這樣一個由信念、關係和規則所構成、而自己又是其意識化身的世界不會錯的太離譜，但他們自己對它的說明卻不總是完全的和正確的。個別的人可能會搞錯了他們自己的慾望、動機和信念，比方來說，當他們處在混淆或自我欺騙的時候。他們可能抱持著一些彼此衝突的慾望和信念，以致於當傑克報告說他相信 p 時，這並不會讓別人推論說他因而不相信 q，儘管 p 邏輯上蘊涵非 q。不同的個體可能會對他們共享的世界給出互相衝突的說明，比方說怎樣算是一個天對主教徒、保守派人士、或社工人員的說明。除此之外，他們也許會單獨地、或個別地製造出刻意誤導人的說明，這尤其是當他們認爲研究的社會科學家是個入侵者的時候，更是如此。研究人員因此不能只是一個容易受騙的事件紀錄者。他們必須判斷提供給他們的說明。當我們轉向韋伯的「解釋性理解」時，誤解的範圍就更擴大了。這個問題並不侷限於研究人員。當一個政黨競爭更好的公職，而民意調查鼓勵說，它獲得了極大多數的支持，但它最後卻選輸了，這時它會懷疑到底是什麼事情真正驅動了選民。當一個傳統以男性作爲牧師的教會在考慮女性牧師，而且要決定這樣的創新到底是進步還是背叛傳統的時候，它會開始研究它對自己的傳統的理解。社會行動者和社會研究者一樣，都得和個人的複雜心理、以及圍繞該心理的文化網路相角力。由於這個角力本身就是改變的來源之一，他們無法將自己與因爲自己想要理解而不停策動它的場景區分開來。

社會科學家也許喜歡以奧林匹斯山上神祇般的隔離方式去看待社會世界。但解釋性的理解至少將他們放在某些行動者的問題上。旁觀者並不見得會比遊戲的玩家看到更多的東西（旁觀者未必比當局者清）。比方來說，經濟學家不能夠高高地棲息在商人、會計師、財政部公務人員、工人和消費者之上，而想要無所不知地鳥瞰在這些人之前的絆腳石。經濟學家必須要判斷，哪一些行動者的信念應該被相信？哪一些交易是重要的？哪一些預測將會有影響力？在判斷時，他們一部分站在經濟遊戲的裡面，一部分站在經濟遊戲的外面。由於經濟自身是在公眾中執行的活動，經濟學家因而經常是直接的經濟活動參與者，而非只是旁觀者。經濟學因而有別於物理學。物理學家不去判斷原子所告訴他的、有關這個世界的故事。原子不會說故事，但經濟的行動者會；而當一個經濟學家認爲這些故事很重要時，他不能夠避免去判斷是否應該要相信它們。

由於行動者的故事充滿了價值判斷，經濟學因而似乎必須包括對這些價值判斷的判斷。但此處我們必須要小心翼翼地進行，因爲旁觀者必須要以這種方式採取立場這件事，似乎並不是那麼明顯。作爲一個例子，讓我們想一想一個受到馬克思意識型態理論所啓發的功能主義者對維多利亞時代價值的分析。維多利亞時期道德者的責任觀念乃是建築在當代的基督教倫理思想上。教會提供了對基督徒生活、接受個人的崗位、職責及敬業重要性的嚴格指南。他們以此架構去解釋並證立他們對於兒童、罪犯、隸屬的種族、無辜者、未婚懷孕婦女、以及其他需要父權指導的人的態度。然而，從馬克思主義的觀點來看，維多利亞時期的基督教思想是具有多方面功能的意識型態。藉著讓人們用道德的想法去思考社會生活，該意識型態遮蔽了社會的經濟基礎面、經濟力面、以及統治階級和勞動階級間製造與經濟利益的關係面。它提供了這樣一種的合法性：政府是服侍所有人公共利益的機構，而不只是服務統治階級的利益。藉著保證說這一切都是上帝的旨意，而人類將會有來世的報酬，這個意識型態安慰了那些生活在苦難中的人們。

這些觀點被仇視地看待，而非只是漠然反對而已。教會畢竟沒有盲目到看不見工業革命所帶來的社會變遷和貪慾的邪惡面。它們在窮人間執行了工業佈道，也提醒富人們說財富並不是進天國的門票。但這一切都是用一種與功能主義解釋格格不入的道德詞彙來進行的。功能主義者的詮釋是中立的嗎？還是它蘊涵了維多利亞時期的道德判斷都是假的？它聽起來似乎是中立的。將社會實踐稱爲「功能性的」，既無贊同之意、亦無貶抑之意。有些功能主義者本身是保守派，他們贊同任何會讓現存系統穩定的東西。有些功能主義者則是馬克思主義者，他們特別留意對資本主義系統具有功能性的東西，以便於革命思想和行動得以展開去推翻它們。功能主義本身似乎允許這兩種態度中的任何一種。

是的；但注意，這兩種態度都預設：功能性的東西就是解釋性的東西。行動者對於爲什麼他們相信一些事並依此而行，有些不一樣的說法。基督徒可以同意說，基督教信念的盛行有其社會面的結果，但他們不會同意對於爲什麼他們會接受這些信念所做出的社會學解釋。基督徒自己內部的說法會訴諸於聖靈的本體論和信仰的合理性。功能主義者的說法顛覆了他們的自我形象。功能主義者的說法看似留了些餘地給內部的說法，但實際上沒有。基督教思想只有在被虔誠地信仰時，才有它的社會性功能。所謂虔誠，包括認爲有關聖靈的內部說法是奠基在真理之上。從內部來看，任何基督教思想的社會性功能都不是接受它們的理由。這些想法可以從「虔誠對社會的成功是重要的」這個命題推導出來。基督徒仍然可以從功能主義者那裡學到一些東西，比方說，當它們企圖將基督教訊息包裝成適合工業無產階級的時候。但他們一定會反對用社會功能去解釋爲什麼他們相信他們所做的事。

因此，反過來講，爲「功能是一切的推手」辯護，等於是去否認某些行動者的信念的真理性。當這些信念環繞於事實時，理論與價值共同形成一個有關於一個人該如何活著的完整說明，而說功能是一切的推手就等於是去爭論某些道德信念的真實性。這樣的做法是在對那些信念提供一個替代的世界觀呢？還是只要求這些信念暫時被終止而已？這個問題將我們帶到第二個深刻的問題上。

（2）價值負載與理論負載

在第四章中，實用主義想要說服我們說，心靈總是活躍於選擇什麼信念該被接受、什麼信念該被修正、而什麼信念又該被拒絕；在詮釋之前並無所謂的事實，因而邏輯與經驗並不能告訴我們什麼是理性上該相信的事。心靈藉著「自己的力量」將材料在攤開前予以變形，但由於這個「自己的力量」是相當地神秘，因而有許多人建議說，價值判斷在我們所形成的知識中是相當普遍的。詮釋和理論的選擇都有一個不可化約的規範要素在裡面，這個規範要素來自於預設了價值的規則和理性的接受標準。這個在信念之網中的規範要素影響了我們將如何選擇和定義相關的概念、影響我們將如何應用這些概念、也影響我們如何將所產生的詮釋結合起來。該建議是：所有這三個運作的階段都是以規則宰制的方式進行的，而這種方式牴觸了韋伯對科學的進行是價值中立地追求真理的看法。

讓我們舉英國貧窮範圍的持續爭論來作為一個例子。過去一共有三種關於貧窮的概念。朗特里（1901）的研究以「活著」——低於「足以取得維持最起碼物理效能的最低必需品」的收入——來定義貧窮（1901，第 86 頁）。這些必需品包括衣服、燃料和其他主要與基本飲食有關的項目。這個定義被貝弗里奇在他（1942）年的報告中所採用，該報告引發了戰後的社會福利狀態。但這個定義的一個結果是國家的協助和國家的保障可以是非常低的，因而一個比較慈悲、有關貧窮的定義在 1970 年代時形成，該定義以「基本需求」來定義貧窮。國際勞工署於 1976 年指定了其中的兩項成分：「家庭私用開銷的基本需求」（食物、住處、衣服、家俱和一些設備）以及「主要由社區所提供的必要服務，諸如安全的飲水、衛生、大眾交通、健康教育和文化設施」（1976，第 24-25 頁）。這個定義對於社區福利的強調，與朗特里對於個人和物理的強調形成了有趣的對比。但它卻引發了何者應被包括的問題，而有些批評家說，這個問題的解決只能靠著我們將焦點轉移到「相對剝奪」這個社會學概念來解決，「這是貧窮唯一能夠被客觀定義和一致應用的方法」（唐森，1979）。如果人們的資源無法讓他們達到社會對其成員的要求——社會對成員的期望，但這些期望被翻譯爲達成這些期望的收入門檻——那麼他們就被「相對剝奪」了。

這三個概念對於怎樣算是貧窮、以及政策應如何消除貧窮等等，有著非常不同的邏輯蘊涵。如果貧窮是跟相對剝奪有關，那麼人們飲食的營養方面就只是必須被考慮的事項的一部分而已。由於一個人吃什麼、它們如何被料理、在哪裡吃、以及跟誰吃等等，都和一個人的自我認同與社會認同深深相關，因而飲食除了卡路里之外，還有更重要的因素要考慮。除了卡路里、衣服、住所和其他物理的必需品之外，人們還有許多的東西可以被剝奪。一個社會的面向這時被打開來了，它挑戰之前認爲貧窮可以僅憑檢視個人而加以辨識的假設。相對性同時意味著，當富人更富有時，窮人會因此變得更爲貧窮。電視機在 1945 年的英國太過稀少，以致於任何人不會因爲缺乏它而被剝奪。但今天我們卻可以爭論說，那些窮得買不起一台電視的人，乃是被否認了完整公民權中的一項重要文化設施：想想看那些因爲孩子長大得在社會上四處工作因而獨居的老人。這一路的想法很快就比唐森所暗示的「客觀定義和一致應用」來得更具有爭議性。如果這個定義被接受了，那麼，不平等的社會中再也沒有消除貧窮的希望，而貝弗里奇卻能夠假設說，他是在處理一個能夠被解決的問題。然而，社會的變遷，諸如壽命的延長（感謝國家健保署）、結構性的失業、和單親的家庭等等，卻顛覆了貝弗里奇的保險架構，也使得他的問題的可解決性變得越來越遠。

我希望，我們已經說得夠多而足以顯現出，所有有關貧窮的問題都被徹底地爭論過。哪一個概念才是理性上值得去喜歡的概念呢？這個理論上的爭論持續地進行在有關貧窮的事實的爭論上、以及企圖降低貧窮的政策效果的爭論上。貧窮絕不是一個罕見的例子。其他有爭議的、並且具有行動指導性的概念還包括權力、自由、犯罪、民主等這些著名的例子。這個清單快速地增加，並擴充了科學和認識論的指導概念。我們之所以難以解決有關於因果、解釋、理解和知識等等的正確分析，會不會是因爲我們不了解價值判斷的成分總是牽涉在其中所致呢？

然而重要的是，我們很難找到斷然的例子說，理論負載總是因而是價值負載，而即使我們成功了，我們也不需要去提倡相對主義，或二話不說就對客觀性感到絕望。

首先，我們可能還是會有理性的基礎來選擇這些理論或定義當中的某一個。在柏拉圖的對話錄中，有關於比方說勇氣、知識或正義的定義——這些定義是對這些課題的智慧的開端——是以，而且只能是以，蘇格拉底式的冗長討論來達成的。在這個傳統下的理性主義者總是認爲概念有所謂的真實定義，這些真實定義可以掌握住被定義事物的本質。科學革命系統的創建者，如笛卡兒，認爲他們的公設雖然是先驗的，但卻是被發現的。康德企圖辨別出在各種概念思考領域中的基本範疇。晚近的約翰・勞斯則認爲他的《正義論》（1971）旨在提供正義的「概念」，而他特別強調該理論掌握了正義的真正「概念」（雖然他（1993）的書中對這一點有不一樣的看法）。像這樣的途徑讓貧窮是否涉及相對剝奪這個問題，變成一個客觀的問題，而有必要去論證這個問題本身，也證明了它的確是一個客觀的問題。認爲理論真理在人類心靈的掌握中有著一個清楚的領域這個信念，雖然在現今已不再是那麼時髦，但仍然是一個可以被加以辯護的想法。

其次，即使理論上的理解最後無法完全與倫理學上的理解區分開來，這也未必見得是個大災難。畢竟，我們可能樂於發現社會科學有倫理學上的邏輯蘊涵。這會意味著說，有關社會政策良窳的道德爭論，會和蘊涵它們的理論的真假有關。爲什麼要排除這個呢？是什麼東西讓一個人去假設說：一個有關於國家消除貧窮的責任的範圍和限制的道德爭論，和有關貧窮概念正確分析的理論爭論間，並沒有蘊涵關係呢？提倡事實／價值區分的人通常會假設說，因爲倫理學中並無所謂的客觀性，因而科學判斷不可能既客觀又蘊涵道德結論。但我們非得接受這個熟悉的區分不可嗎？我們非得讓步說，科學和倫理學的一個區別是：科學是客觀的，而倫理學卻是相對的嗎？

（3）倫理學中的相對主義？

當康多塞寫下「知識、力量和德行是以不可鎔解之鍊緊緊地綑綁在一塊的」的時候，他並不懷疑德行是科學的適當研究對象。他假設倫理學是知識的一支，目的在引導人們如何增進個人和集體的生活。人類的目標是相當明顯的，比方說：健康、財富和幸福。但也許幸福才是唯一的目標，具有明顯達成它的手段，如健康、財富、自由和正義等等，而「道德科學」則在於企圖去發掘將它們轉化爲政策的方法。不管怎麼說，道德科學的計畫包括了道德上的進步；「德行」是一個傾向的問題，因而，爲了我們自己或社會關係的共同利益，我們最好去辨識這些德行，並且好好的耕耘它們。倫理學是心靈的農業學。

這個啓蒙時代的樂觀想法假設了人類的本性都是一樣的、人類的目標可以彼此諧和、取得這些目標的手段可以被發掘、以及科學可以據此設定一個工作表。它因而呈現了清楚的標的。諧和的假設乍看之下是最站不住腳的，但它比起其他假設來說，則不是那麼重要。同時，從霍布斯開始，還有另外一路的啓蒙時期想法，則是將鬥爭深植於對個人和社會的分析當中，然後賦予科學和諧工程的任務，即使這個任務是很容易破碎的。如果鬥爭的原因是出於無知，這樣的鬥爭總是可以在最後藉著知識的成長而加以驅逐，因而，如同康多塞所宣稱的，「有朝一日，陽光將只會照亮在哪些除了理智之外，別無其他光亮的自由人身上」。

對普遍人性假設的威脅其實是更根本的。休謨以其慣常的懷疑論立場主張說：

> 野心、貪欲、自戀、虛榮、友誼、寬容、公德心：這些情緒彌漫在社會間，以不同的程度混雜著，並且從世界創史以來至今，都是人類被觀察到的行動和進取心的根源。……在各時代和各地方，人類都是如此地相似，以致於歷史在這些特別的方面並沒有告訴我們任何新鮮的事情。

我懷疑，很少人會同意休謨的看法。多元性似乎是生活中極為明顯的事實，這個事實被人類學和歷史學大幅地證實。對於相信社會結構和文化不同會造成情緒和行動不同的人來說，上述這個事實並不是什麼令人驚訝的事。

如果我們仍然從外在於人類生活的道德編織物的角度去思考，並且相信科學能夠一舉發現所有的原因、功能、理由、目的和意義，那麼，這樣的多樣性對倫理學來說並不是什麼大不了的事。在這種情形下，我們可以認知多樣性，但卻仍然堅持說，有唯一一組道德真理是每個人都應該接受的真理。但我們卻敞開了詮釋學的機會，讓狄爾泰得以評論說「生活在它自己之外並無意義可言」。一個徹底的、破壞性的相對主義似乎立即可以從此導出。

倫理學上的相對主義並非懷疑說所有道德信念都能夠有真假。有些相對主義者主張，一個人應該在羅馬做羅馬人做的事，而在雅典做雅典人做的事；有些則主張，妳應該被妳所承諾的事所拘束，而我則應該被我所承諾的事所拘束。但它們共同的看法是：否認有任何讓倫理學得以在傳統上宣稱具有客觀性的普遍道德原則存在。任何指引我們行動的道德信念的涵攝性只能夠是地域性的——因而相對主義者給了像剛剛所舉的社會或個人的例子。道德信仰在人類、時代和文化當中具有多樣性這個淺顯的事實，因而是對相對主義的激勵，即使這樣的多樣性並不蘊涵任何特別的事情。許多的相對主義者的確進一步主張全面的懷疑論。在社會的陣線上，一個像馬克思主義者對維多利亞時期宗教所做出的規範功能性解釋，較易於說明指導行動的信念的力量，但又能夠同時否認這種指導性的權利。在個人陣線上，一個哲學性的理論會是比較恰當的，比方說情緒理論的主張：道德陳述只是說話者個人態度的表達，它們並不會讓任何人——即使是說話者也不行——因而有權利據此而行動。

形式上，前一段落所說的並不蘊涵任何事。多元性這個簡單的事實本身並不證明任何事。它並不證明說，每一個道德信念都是客觀上爲假，也不證明說，道德信念對於贊同它們的人來說爲真。它甚至不證明說，並沒有任何一個根本的道德信念——如關心父母的責任（加以適當的脈絡說明）——是普遍的。倫理相對主義的各種版本仍然需要進一步的論證來支持。但信念的多元性、信念傾向於根據社會地位和人格類型而變化、以及有關事實／價值區分的普遍訴求，三者結合起來，共同使得倫理學中的相對主義成爲社會學價值中立的標準看法外的另一種聲音。不過，仍然有一些倫理學的理論企圖去保存客觀性和理性的基礎，但卻不訴諸於外在道德編織物的傳統想法。其中兩個這樣的理論對社會科學來說是特別相關的。

它們之一是功利主義；用彌爾的話來說，功利主義主張：「行動的正確性與它們促進幸福的傾向成正比」（1861，第二章）。其基本想法是人類都欲求幸福。爲了防止其他人以人類的多樣性來反對該主張，「幸福」或「效用」通常是以如此的方式來定義的：任何人想要的「任何事」都可以用追求效用的語彙來加以描述，就好像之前理性抉擇理論所做的一樣。雖然我們無法在此評估該主張作爲道德哲學的利弊，但功利主義在社會科學中，尤其是經濟學，無疑有極大的影響力。如果所有的行動都能夠普遍地被分析爲偏好策動的行動，那麼，我們可以愉悅地同意說，人類的偏好是五花八門的。而如果人類的福祉可以用偏好的滿足來加以定義的話，那麼，社會科學對於滿足偏好的條件和政策，將會有許多的話可以說；社會科學甚至可以評論說，哪些偏好應該被鼓勵，而哪些又應該被禁止。相對主義因而無法推翻社會科學研究的客觀性。

另一個企圖則是康德的責任倫理學。康德的想法是，藉著反省行動的道德理由這個概念，我們將可以達到客觀性。康德論證說，對於任何一個被提出的倫理學來說，我們都有一個客觀的、測試它的方法：它的原則是否是普遍的、不偏頗的、非私心的？因此，我打破對妳的承諾這件事不可能是對的，除非妳打破對我的類似承諾也是對的，因爲有關承諾的基本原則必須是這樣的形式：「所有」承諾都應該被履行。甚者，承諾之所以應該被履行，並不是因爲它們是達成某種我們（或我們當中的一些人）恰好有的目的的工具——即使這個目的是人類全體的幸福也不行——而是簡單地因爲我們做了這些承諾。在康德的語言中，道德的命令是「絕對的」（非條件式的），而深思熟慮後的命令則是「假設性的」（只有當一個人想得到遵守它們的結果時才應用得上）。「自治的」（真正自由的）行動者之間的關係是受到絕對命令所引導的，否則的話，我們就是在拿別人來作爲自己目的的工具，因而不是公平地應用我們的原則。要對自己宣稱自治，就必須承認其他人也有相同的權利。從這個觀點來看，道德的社群是「目的的國度」，其中每一個自治的行為人都在法律的無私庇護下尊重其他人的自治（康德的憲政國）。理性因而達到客觀的標準，藉此我們可以評斷競爭中的倫理學理論，並至少過濾掉一些不恰當的道德教條。反省讓我們得以界定道德的觀點，儘管相對主義者努力否認有這樣的觀點存在。

功利主義因此提供了一個建築在人性客觀性質之上的人類福祉學。康德則對道德的觀念提供了一個客觀的分析。這兩個途徑繼續影響著社會科學。比方來說，在有關民主及如何促進民主的理論上，這兩者都深深地牽涉其中。它們的共同基礎在於強調理性、自由與道德間的廣泛關聯，而這種關聯也就是被寬鬆地稱為自由主義的主要特徵。提倡標準的事實／價值區分的人無疑會在此打斷並抱怨說，自由主義者並不想以這樣的方式將科學與倫理混在一起，這尤其是因為，在功利主義的社會福利和康德的個人自由之間，並沒有明顯的緊張關係存在。但即使自由主義的確是一種傾向於深刻內部爭論的「意識型態」，我們仍應該小心地不要假設說，自由主義因此不能在客觀的科學和倫理學中運行。

在道德和政治哲學上，當前還有其他企圖達到客觀性的看法，這些看法努力去妥協當代社會中日漸多元化的事實，但卻不至於淪為相對主義。不過，康德和功利主義仍然保持其重要的地位，它們給予我們足夠的東西去思考價值中立性。我們可以說功利主義接受價值的相對性，但卻提供了傾向滿足的科學以發現更高的立論基礎。康德學派並不承認價值的相對性，他們只承認人們對價值的多種混淆看法。但這兩種理論並沒有繼續去制定一套特殊的道德規範、或詳盡的政治憲法。倫理及政治中的理性滿足於普遍性的先決條件；這些先決條件雖然排除了某些規範和憲法，但對於其他的規範和憲法則相當寬容。這兩種哲學都依賴某種對於人性的觀點，並且都宣稱了一些在過去稱爲「道德心理學」的看法。這些宣稱導致對社會科學價值中立問題的不同答案，而且提醒我們說，這個問題並沒有一個唯一的答案。

結論

「知識、力量和德行是以不可熔解之鍊緊緊地綑綁在一塊的」。兩個世紀之後，這個看法看起來似乎既大膽又太單純。目前標準的看法是：科學描述、詮釋、解釋但卻不能去提出道德上的理由。科學提供知識並給予改變世界的力量，但它的處方卻都是這樣的形式：「告訴我們你要什麼，然後我們會告訴你如何達成你想要的」。科學家可能會有一些特別的責任，因爲他們是實際執行研究的人，並且能夠事先看到這些研究成果將如何被使用，但他們的責任之一是從科學中屏除掉價值判斷。這對社會科學來說同樣爲真，即使社會世界裡瀰漫著價值，而社會科學家也是其中的住民。科學對德行沒有什麼至上的聖諭。

這個想法的智慧顯然被事實／價值的區分所增強，而且也被存在於個體和群體中的多元價值事實所增強。這幾乎讓價值判斷在道德哲學和生活的事實中成爲相對性的。如果事實真是如此，那麼，一個有道德蘊涵的科學就會妨礙它自己的斷說成爲科學。但我們必須要小心，以免犯了丐題的危險。有關事實／價值的區分，以及這個區分能夠拿來做什麼，還是有許多反對它的爭論方式。在目前的道德哲學中，我們並不會被迫去訴求價值中立性，以便於從道德研究的苦差事中做出最好的結果來。此外，我們已經發現若干理由去認爲說，我們不能夠在不判斷某些行動者所持有的道德信念的真假的情況下，而希望去從內部瞭解社會生活。社會行動者當然有一些彼此衝突的、有關他們自己和社會世界的理論。有些這些理論也與研究人員的理論相衝突。要點是，我們是否要將「道德」定義成廣泛到能使這些不一致的想法都成爲道德的想法。爲了要讓研究清清爽爽而強加事實／價值的區分，這樣的做法只是丐題而已。

回到問題的起頭，我們仍然不清楚詮釋的要求有什麼關於相對主義的蘊涵。一個詮釋性的社會學，依靠從內部理性建構出主觀和互爲主觀意義的方法，似乎必然會被自己所阻礙。因而，直到我們進一步想清楚所謂有客觀的、超然的、和普遍的特性的科學觀點之前，我們勢必不能夠推導出有關價值中立的結論。一開始我們的問題是有關道德進步的問題，這個問題在下一章仍得繼續探索。

第十一章

理性與相對主義

如果在詮釋之前，並無所謂的事實，那麼，對世界知識的宣稱是否一定總是相對於在某一特殊時地所抱持的信念？這是前幾章中所浮現的知識問題。如果行動必須以從內部去理性重構其意義的方式來加以理解，那麼，我們將會有「雙重的詮釋」和進一步朝向相對主義的推撞。有關其他心靈的問題將會採取令人卻步的形式。但是，即使抽象上令人卻步，實際上卻相當簡單。人們在溝通心中想法時，往往沒有什麼問題。而儘管文化和時代的障礙讓這個任務困難些，但當考古學家們從灰燼、骨骸和破陶片中重建古代都市時，或當歷史學家們從古老教區的文獻與資料庫中讀出封建時代的故事時，或當人類學家們穿透了語言與文化，而發現，比方說，阿贊德人相信巫術或努埃爾人將人類雙胞胎歸類爲鳥類時，這樣的溝通和理解卻毫無疑問地實際被進行著。

這是如何辦到的？這裡有兩個互相衝突的想法。其一說：由於不同的民族居住在與我們十分不同的心智世界中，這個溝通理解的關鍵就在於：對於能夠發掘到什麼抱持著完全開放的心胸。另一個則說：除非我們依賴著其他心靈基本上與我們相似的假設，否則我們將無法詳細標出這些差異，也無法證立某一個宣稱是正確的；所以，這個關鍵其實在於：將這些相似點當作是我們的橋頭堡。一個想法將我們帶到某種版本的相對主義，另一個想法則將我帶到某種版本的普遍主義。哪一個才是對的？它們是否能夠結合在一塊？這些都是熱烈討論中的問題，也是社會科學恰當特性的重要問題之一。

哲學上來說，這個任務真的是令人望而生畏的，而非僅是其研究對象相當遙遠或已死亡而已。日常的理解同樣涉及到詮釋的功夫，儘管平時行動者一直都在執行這些理解。我們將從他心問題開始談起，看看這個問題爲何真的是一個問題。然後我們將轉而談論異文化的問題，並探討這個一般性的主張：要理解一個文化，就必須要能夠鑑別出哪些事情是其成員認爲真實而理性的。這個想法將招致「誰的標準？他們的還是我們的？」這樣的問題，並將指向有關理性和相對主義的困難問題。討論完各種類型的相對主義之後，我們將面臨到「循環詮釋」，並將提出四種逃離循環的方法。我現在可以說，我們的結論將反映出我認爲哪一個逃離的方式是最有希望的看法。

他心

對初學者來說，這個問題的敘述方式通常佐以人的心靈面與物理面的明確區分。傑克如何知道吉兒所想的、所感覺的、所知覺的、和所想要的事情呢——簡單地說，他如何知道發生在吉兒心中的事呢？它只能看到她的物理行爲，而這些包括她所發出的聲音和她所寫出的字句。無疑地，他假設說，就好像他的物理行爲是由他的心靈狀態所導致一樣，所以她的物理行爲也必定是由她的心靈狀態所導致。他對他自己的心靈狀態有直接的管道，但對她的心靈狀態則沒有。所以，看起來，他必須推論出她的心理狀態。但這樣的推論如何被證立呢？

這聽起來不是太困難。當吉兒撞到手肘大叫一聲，或當吉兒看到一隻貓說「我看到了一隻貓」，傑克可以推論說：

（1）當我撞到手肘，我之所以會大叫一聲，那是因爲我在痛楚中。
（2）吉兒撞到手肘而且大叫了一聲。
（3）所以，她在痛楚中。

或者

（1）有一隻貓在哪裡能夠被看到。
（2）當我看到一隻貓時，我（經常）這麼說。
（3）所以，她看到了那隻貓，而且她也這麼說。

第二個推論同時暗示說，如果吉兒說“Ich sehe eine Katze”，傑克將會學會德文「我看到了一隻貓」的說法。一般說來，一個可信的初步想法是：我們之所以能夠了解其他心靈的心理內容，包括他們用字的意思，乃是透過和我們自己的類比。

然而，稍作反省，我們就會發現，這個類比是非常特別的。當傑克看到一個咕咕鐘時，藉著他觀察過的、其他有布穀鳥在其中的老式咕咕鐘的類比，他可以推論說這個時鐘裡面會有一隻布穀鳥。這個結論可以在經驗上被試驗，比方來說，等著看下一個小時那個時鐘上的小門被打開來。這個推論是一個歸納的推論，並且有著下列的形式：

（1）其他具有性質 f、g、h 的時鐘都具有性質 i。
（2）這個時鐘具有性質 f、g、h。
（3）所以，它（可能）具有性質 i。

但是，如果這就是推論的釋模，它並不適用於傑克對吉兒所具有的知識，也不能拿來證立他有關吉兒心中可能在想什麼的信念。他從來就沒觀察過、將來也不會觀察到吉兒的「任何」心理狀態。他唯一能直接觀察到的只有自己的心理狀態。這就好比從一大堆無法被觀察到的布穀鳥去爭論說，有另一隻無法被觀察到的布穀鳥存在一樣。換句話說，傑克有關吉兒心靈狀態的類比推論「預設了」她的確和他是一樣的，而這正是犯了丐題的謬誤。也許當她報告說她看到了某個紅色的東西時，她實際上的經驗會是傑克認爲有個綠色東西的經驗（如果傑克能夠擁有她的知覺的話）；但她們的共同語言掩蔽了這個差別。也許她和其他人只是複雜的機器人，缺乏像傑克一樣的心理狀態。傑克怎麼可能會知道呢？

這樣的懷疑聽起來很荒唐。這也許是「邏輯上」可能的：人們在知覺上非常的不同，但由於說話及行動方式相同，因而使得這些不同變得不重要。也許這個假設是「形式上」不矛盾的：傑克是機器人世界中唯一的一個人類。但一個明顯的反駁方式是說，這樣的可能性太過牽強、無須掛慮；即使它們是邏輯上可能的，但它們爲真的機率卻非常非常的低。但這樣的反駁是不會成功的。如果機率是關於從已知例子到類似例子的推論，那麼，當沒有已知例子時也就沒有機率可言。懷疑論者指出了這一點，並反對他心問題被這樣的處理。這就好像我們被誘拐去想像自己是單人潛艇的艦長一樣，一個人孤零零地藉著儀器工作著，從來沒有直接見過任何海面上的物體，當然也從來沒見過另一艘潛艇的內部。在這種情形下，沒有人能夠事先比較儀器的數據與海中的東西，所以也無從保證目前有關什麼是機率較高的宣稱；我們更無從比較海中的東西與其他潛艇內部儀器的數據。懷疑論者爭論說，如果我們以這樣的方式去看待問題，他心問題將會是無解。

除了他心問題之外，還有更多的問題。知覺是外在物理刺激的心理反應這個普通的想法，也被哲學家們挑戰過。但這個問題會將我們的重點扯遠了。所以，我們還是專注在這一點上吧，如果傑克終歸得依賴於他對自己的心理狀態與自己的行爲之間的關係的知識而去做出推論，那麼，他從吉兒的行爲到吉兒的心理狀態所做的推論將會是沒有好根據的。這一點也許可以用來支持這樣一種僵硬的行爲主義觀點：完全否認任何人，甚至包括傑克，有任何有別於行爲，並且能導致行爲的心理狀態存在。但我們並不需要採取這樣的看法。所以，讓我們繼續假設說，吉兒的擠眼和她的眨眼是不同的，前者傳遞了一個訊息給傑克並希望他能夠理解，雖然這個訊息也可能是用來誤導他有關她真正的心理狀態。因此，他心問題是一個如何證立推論的問題，而這些推論在特殊情形或一般情形下有可能會是錯誤的。我們如何可能承認雙重詮釋的必要性，但卻不會讓這樣的推論變得一點根據都沒有呢？

如我們之前已經注意到的，韋伯的策略是將行爲與行動放在「直接理解」的基本層次上（第 147-151 頁）。藉著「移情」，我們「看到」一個帶著斧頭的人在砍樹，或一個帶著步槍的人在瞄準他的目標。然後我們從各種途逕，視脈絡與我們所想知道的事情而定，前進到「解釋性理解」。伐木工這時變成了一個在經濟背景下討生活的人，而在他的經濟背景下，伐木這樣的事對他來說是一個理性的方式。而在一個仇殺是一種制度的社會裡，槍手這時成了替被謀殺的家屬復仇的人。如果我們問說，這樣複雜的發現是如何可能以一種可被證立的方式去進行的，韋伯最寬闊的答覆將會是：在大部分的情形下，行動是理性的，而解釋性理解則是以讓這些理性變得明晰的方式來進行的。「在意義層次上的恰當性」因而奠基在一個方法論上的假設：理性是解開他人心靈的鑰匙。

這個想法招致一個明顯的反駁：我們真的「看到」槍手用步槍在瞄準嗎？要辨認出那是一把步槍，我們需要有足夠的概念和豐富的社會知識。訪問地球的火星人，即使物理上能夠看到我們所看到的東西，也不會看到一把「步槍」。如果我們所看到的物體在近一點檢視後發覺是一根柺杖或假槍，那麼我們的確也不會看到一把步槍。移情難道不涉及從物理資料所做出的推論嗎？然而，韋伯可以回答說，所有的知覺都涉及概念，而應用含有社會功能性的概念這件事並沒有什麼特殊的地方。也許來訪的火星人也不認識木頭或金屬。但是，如果一個由木頭和金屬所製成的東西是一個可以被看到的東西，那麼，步槍也會是一個可以被看到的東西。同樣地，每一個知覺上的判斷都有點賭注。如果所謂的步槍最後發覺是塑膠做的假貨，那麼，將它看作是步槍就是一個錯誤；但將它看作是木頭和金屬所作成的東西同樣是個錯誤。物理事物和物理行爲的辨識涉及詮釋。步槍的例子並沒有什麼進一步的問題。

這樣的回答適合提倡自然主義的人，因爲它將行動與其他的事件都放在相同的知覺架構中。槍手用步槍瞄準比起貓捉老鼠這件事來說，並不會在知識論上更令人難堪。毫無疑問地，對仇殺的解釋性理解需要較爲複雜的事項。但即使它需要從內部來的社會性敘述，最後所有這些東西仍然會「在因果的層次上」以科學方法可以接受的方式被呈現出來。因而，自然主義者可以爭論說，他心問題最終不過是廣泛的知識問題的一個例子罷了。

從另一方面來說，維根斯坦學派的人可能會反駁說，下面這件事並不是很明顯的：我們能夠提供一個有關仇殺的說明，該說明是牢固地建築在個體的行動上，而這些行動的主觀意義則是能夠直接被知覺到。先前我們區分了一個行動的意義和行動者用它來表達的意義。在維根斯坦的精神下，我們建議說，後者可能是依賴前者，就好像遊戲中的行動依賴於構成遊戲的規則一樣。在這種情形下，主觀的意義並不能優先於互爲主觀的意義；而韋伯的錯誤便在於假設移情對於理解社會行動來說是最基本的。結果是，一個維根斯坦學派的人可以繼續說，他心問題是一個特別的問題，而它並沒有一個個體論式的解決之道。一般說來，即使我們同意每一個知覺都涉及概念，而每一個事實也都涉及解釋，但對行動的理解仍然涉及到之前對社會實踐的理解。到目前爲止所說的事都不能告訴我們，如何能夠證立有關辨識社會實踐的宣稱，而這樣的辨識乃是解決他心問題的關鍵。

這個維根斯坦式的反駁，對於像傑克和吉兒間的私人關係來說，聽起來也許並不是那麼可信。也許我們應該承認：除非傑克是一個橋牌玩家而且進一步懂得叫牌制度，否則傑克將不會知道吉兒叫「兩張梅花」是什麼意思。但當她坐在針上因而大叫一聲，這件事則似乎並不預設什麼規則和實踐；他也不會認爲她在給某人的情書上所透露的愛意僅僅是愛情遊戲中的一個舉動。但就算我們承認這一切，維根斯坦式的反駁對於仇殺這件事仍有一定的力量，因爲行動者是否感覺到他人所表達的情緒，對理解仇殺遊戲中的行動來說可能是無關緊要的。所以，接下來讓我們轉而討論有關他心問題的制度層面。

其他文化

同樣地，韋伯認爲理性是關鍵在此仍然值得一說。但這個想法現在卻變得比較開放些。如果日本軍人儀式性的自殺，在武士道榮譽的規條脈絡中算是理性的，那麼，這些行動者的心靈對我們來說就會變得比較不那麼難懂了。但這個脈絡，或這種的脈絡，卻不能用來理解倫敦青少年的自殺行爲。從制度而產生的理性行動對該制度來說是非常獨特的，這個版本在詮釋上的要求似乎內建了相對主義在其中，行動是相對於脈絡而爲理性的，沒有什麼東西普遍存在於所有的脈絡中。

人類學提供給我們很多有關這個主張的例子。其中一個格外受到哲學家的重視，而儘管還有其他的例子，但這個例子卻特別地有啓發性。艾德華・伊凡普理查 1937 年出版的《阿贊德人的巫術、神諭和魔法》一書，提供了一個鮮明的描述，讓我們在企圖從內部了解文化時，能夠集中注意力在理性的問題上，和相對主義針對文化差異所著眼的範圍。該書生動地描述了一個文化，該文化的世界與我們的世界無論在組成事物或關係互動上都十分不同，而且這個描述是從內部所作出的描述。

在《阿贊德人的巫術、神諭和魔法》中，伊凡普理查探討了某一個社會世界，其中許多發生的事被認爲是來自於巫術，而邪惡的巫術活動則可以藉著神諭的幫助來加以診斷，也可以藉魔法之助來加以對抗。因而，如果一個穀倉完全由於白蟻的關係而崩壞了，穀倉的擁有者將會想要知道爲什麼他的穀倉會如此地被損壞。藉著求助於神諭，他尋求發生在他身上的詛咒的來源和特性。然後他可以找一個整治巫術的醫生，行使報復巫術的魔法以便將詛咒解除掉。這些活動都相當有條理，也是司空見慣的事；巫師平常就是很活躍的，而預防和治療巫術之道也都是日常生活的一部分。事實上，伊凡普理查報告說，他用阿贊德人的信仰與規範來治理他的家庭，共計達十八個月之久，其結果是十分令人滿意的。

在他的研究中，在巫術無所不在的假定下，阿贊德人是非常細膩的、而且通常是科學的思想家。特別是他們對神諭的用法有一定的方式，並且形成一定的階層結構。最簡單的請教神諭方法是隨意地用一個拓印板，而且只能指出問題的大致方向。詢問的人然後將問題以是非題的方式，去請教於較爲複雜的「毒藥神諭」。在回答每一個問題時，祭司輪流地將浸毒的穀物餵給兩隻雞吃。如果第一隻被餵的雞死了，答案就會是「是」，如果第二隻被餵的雞死了，答案就會是「不是」。問題因而可能得到不一致的答案，比方說，當穀物的毒性太強以致於兩隻雞都死了，或者當穀物的毒性太弱以致於兩隻雞都沒死。只有當同樣的一劑毒藥造成了不同的結果時，一致的答案才會出現，這是一個適當地、科學上的謹慎態度。但再一次地，求神諭的人可能仍然會猶豫，因爲準備穀物的儀式有可能被執行的不太恰當，也有可能這個儀式已經被巫術入侵了。在這種情形下，求神諭者可以最後請求國王所作的神諭。總而言之：

> 巫術、神諭和魔法形成了一個智性上一致的系統。它們當中的每一個都解釋了、也證明了其他的事物的存在。死亡是巫術的證明。巫術可以被魔法來反制。反制魔法的成功是由毒藥神諭來證明的。毒藥神諭的正確性是由國王的神諭來決定，而國王的神諭則再也沒有什麼可以懷疑的地方。（1937 年，第 388 頁。）

但伊凡普理查並不認爲該系統是全然一致的。「從阿贊德人對巫術的描述，我們無可避免地得結論說，巫術並不是一個客觀的條件……巫師，以阿贊德人理解的方式來看，是不可能存在的」（1937 年，第 63 頁）。不一致的事項之一是，阿贊德人相信每一個巫師的後代都會自動是巫師。這會意謂著，在伊凡普理查造訪之時，每一個阿贊德人都是一個巫師；但阿贊德人並不認爲每一個阿贊德人都是巫師。

> 阿贊德人看得出這個論證的道理，但他們不接受這個論證的結論；而如果他們接受這個論證的結論，這會讓他們有關巫術的概念變得矛盾。由於阿贊德人對這個問題並沒有理論上的興趣，所以他們並不像我們一樣看待這個矛盾。而且他們表達他們對巫術信念的情境，並不會讓他們認為他們對巫術的看法有這個矛盾的問題。（1937，第 24 頁至 25 頁）

同樣地，雖然神諭是以科學的精神被執行的，但藉著進一步看事件是否會發生的測驗方法，我們發現他們對巫術的威脅是否已經解除的判斷常常是錯的。但這樣的錯誤卻不允許用來懷疑基本的理論。神諭的失敗經常用這樣的宣稱來解釋：有更多的巫師涉及在其中，或儀式中有了一些錯誤，或任何其他可以用來維持系統健全的方式：

> 阿贊德人和我們一樣，認為神諭的失敗真的需要解釋，但由於他們是如此限於神秘的觀念，以至於他們得用這些觀念去解釋神諭的失敗。經驗與神秘觀念之間的矛盾是以神秘的觀念來加以解釋的。（1937，第 338 頁）

總的來說，伊凡普理查認爲阿贊德人是理性的，雖然只是在這樣一個智慧的系統中才算得上是理性的。該系統奠基在錯誤的、甚至是互相矛盾的信念之上，而這些信念的失敗卻因爲訴諸於神秘觀念的緣故而被遮蔽。重要的是：

> 在這樣的信念之網中，每一個信念之絲都依賴於其他信念之絲；由於這個世界是他唯一知道的世界，因而一個阿贊德人是無法離開這個網的。這個網並不是封住他的一個外部結構。這個網是構成他思想的材料，他無法認為他們的想法會是錯誤的。（1937，第 195 頁）

伊凡普理查的途徑從頭到尾依賴於有關科學上理性和神秘之間的區分。理性上來說，阿贊德人就像我們一樣，努力地去預測和控制他們的世界。他們像我們一樣從前提推論到結論，同樣尊重實驗和科學方法。相對地來說，他們的神秘觀念對這個客觀的邏輯卻有很大的威脅，比方來說，可能會阻礙他們有關實驗證據的批判性思考。藉著結合邏輯與神秘的思想，他們編織了一個他們無法逃離的網，因爲他們無法認爲他們的想法會是錯誤的。

這一切聽起來只是像在對這個經驗性問題提出一個經驗性的答覆：阿贊德人對於這個世界以及它的次序具有什麼樣的信念？答案是，他們與我們有相同的理性觀念，但卻將理性觀念侷限於他們局部的脈絡中。方法論上來說，一般性的策略似乎是，不要假設任何事；等著去發現一些讓我們嚇一跳、覺得是不理性的信念，但在局部的脈絡中讓它們能夠被說得通、因而讓它們變得是理性的。總之，如果理性能夠適度地與相對主義中的適當成分相調和，那麼異文化大部分的成分都會是理性的。

經驗主義的限制？

但當我們從反省中得知，伊凡普理查必須穿透阿贊德人的語言，以便於辨識他們的概念架構，然後以英文描述他們的「信念之網」時，這樣的問題和答案就變得越來越不是經驗性的了。在閱讀他的書時，讀者們會注意到，他假設了許多的共同立場。比方來說，他視這些事爲理所當然：他自己、阿贊德人和他的讀者們看到一棵樹時，都會知道那是一棵樹；因此，阿贊德人一定會有一個字來代表樹。並且，當討論的題目是看得見的樹時，不但那個字能夠應用得上這些東西，而且當他將那個字翻譯爲「樹」時，他的讀者們也會懂得那個字的意思。這聽起來像是陳腔濫調，但這其中不但涉及一些經驗上的假設，還涉及了一個可以被爭辯爲完全非經驗性的假定。這些經驗性的假設包括了：他發現了阿贊德人的語言中代表樹的那個字、這個字代表了阿贊德人區分物理事物的一個重要元素。這些之所以是假設，那是因爲它們指引了他一開始的研究方向，但如果解釋開始對一個不一樣的指稱和分類架構較爲有利時，該假設就可以在後來被拋棄。不過，這樣的調整不可能是全面性的調整，因爲調整必須是相對於一個牢固的翻譯背景下才能做出的。只有當他確定了其他許多字的意義時，他才可能搞錯阿贊德人語言中的「樹」字。伊凡普理查從頭到尾都假定，在大部分的情形下，阿贊德人知覺到我們所知覺的事物，而且以他們平時所共同分享的方式，去將所知覺到的事物區分爲不同的種類。

伊凡普理查當然做了這個假定；但由於這個假定的結果很成功，因此他不會去質疑它。的確，我們還傾向於進一步說，它是如此的成功，以致於它被豐富的事證所核驗，而如果在經驗不利的情形下它還是可以被拋棄的話，那麼，爲什麼我們要懷疑它不是一個一般性的經驗假設呢？畢竟，分類的架構各式各樣極爲不同，而不同的文化在事實上如何做出區分的問題，聽起來也像是一個經驗性的問題。在一個全然相對主義的觀點下，各種可能的、不同的架構並沒有一個理論上的限制，爲什麼我們會認爲這不是一個經驗性的假定呢？

以下是一個我們可以稱爲「理性主義式」的答覆。翻譯並不是藉著心電感應來進行的。一剛開始的翻譯只能藉著這樣的對應來進行，將阿贊德人在事物出現及事件發生時所說的話，對應到（在本例中）英文使用者會認爲在這些場合中正確使用的英文字句。所謂「正確的」使用，其核心就在於作出爲真的斷言。因此，所有的翻譯都依賴於將不同語言所說的、有關簡單事物和事件的真實描述等同起來，這些所說的語句對於所有的人來說，都是以相同的方式呈現出來的。成功的翻譯並不在經驗上展現出這件事的確如此，因爲初步的翻譯已經無可避免地預設了共享的知覺。或者，更精確地說，當翻譯在經驗上實際證明了一個人是在處理語言，而非只是像猩猩或蜜蜂這些動物的複雜行爲，這時，翻譯並無法

「證明」某個語言的分類架構的知覺與基本成分，碰巧就和我們的分類架構是一樣的，因爲這是一個無可避免的預設。同樣地，即使某個特殊的翻譯可以在未來被修正，但這也只有當夠多的區域語言中的成分已經被對應到這個普遍的架構，並使得我們有足夠的理由去判斷的時候，這個翻譯才可以被判斷爲較可能是錯的、而不是對的翻譯。

同樣地，「理性主義者」可以繼續說，所有的翻譯都預設了一個基本的、普遍的理性，其純粹的邏輯成分爲否定、非矛盾、以及簡單的推論。試試看你能不能假定不同的東西。比方試著假定說：語言 L 的說話者是如此地將語句 P、Q、P*Q、和!Q 關聯在一塊：給定 P 和 P*Q，一個人可以推論出!Q；而且試著去假定說，當 P 可以被正確地翻譯爲「天下雨」時，Q 是否意謂著「天不下雨」或「天神們在發怒」則是有問題的。讓我們說「*」及「!」都是邏輯操作詞（儘管這樣說有丐題的危險）。一個顯然的建議是將該 L 中的推論翻譯爲：

（1）天下雨。

（2）如果天下雨，則天神們在發怒。

（3）所以，天神們在發怒。

但現在試著去假定說，語言 L 中的邏輯和我們的邏輯差異非常大。比方來說，假定 Q 意謂著「天不下雨」，「*」意謂著「如果…則不…」，而且「!」意謂著「所以」：

（1）天下雨。
（2）如果天下雨，則天不下雨。
（3）所以，天不下雨。

或者，試假定 Q 意謂著「天神們在發怒」，「*」意謂著「如果…則…」，而「!」意謂著「不」：

（1）天下雨。
（2）如果天下雨，則天神們在發怒。
（3）所以，天神們不在發怒。

在這個假定下，除非在理論上對詮釋的可能作限制，不然，我們其實是在擬想這樣的一種邏輯：明顯地，P 蘊涵非 P，而且任何事都蘊涵任何的事。

不論如何，請注意最後的這兩個「推論」不可能被正確地翻譯到英文。這兩個論證中所涉及的邏輯字詞，沒有一個的意思和英文中的「不」字意義相同。這不僅是因爲它是十分區域性的。我們明顯地是在擬想一種 P 蘊涵其否定，並因而蘊涵任何事的邏輯。由於這麼混亂的邏輯並不是邏輯，因而它不能被翻譯到任何對「否定」的意義作限制的語言中。由於一個混亂的「語言」並不是語言，使用這樣一種「邏輯」的人將不會有語言可言。因此對我們來說，整個的擬想會是無法理解的，而我們也可以公平地問：是否在所有可能的意義下，這樣的語言會是可能的嗎？

放在一塊來看，前兩個段落的綜合建議是，翻譯以及理解，開始於在一個未知的語言中先建立起一個「橋頭堡」，該橋頭堡集合了所有的普遍資料。這個出發點是先驗的：

> 要建立一個橋頭堡，我的意思是一組用來定義字的標準意義的話，[人類學家]得假定他和土著分享著相同的知覺，而且在簡單的情形下會作出同樣的經驗判斷來。這涉及一些有關經驗真理和指涉的事實，而後者又涉及對土著大致的邏輯推論概念賦予一定的正確性。……只有當人類學家將大多數的土著信念解釋為一致和理性的時候，而且也讓大多數土著的經驗信念為真的時候，他才會有較好的理由去接受而非拒絕他的解釋。這些觀念在以下的意義下是「先驗的」：它們屬於他的工具，而非他的發現，這些工具提供了他接受或拒絕可能解釋的標準。（霍利斯，1968，第 246 頁）

這個大膽的宣言招致了這樣的指控：它排除了一些嚴格討論的地帶，尤其是當一個人同樣將它應用在同一個語言或文化中的理解（「翻譯」）的時候。心理學家可能會回嘴說，人們在如何知覺這個世界這件事情上是十分不同的，正如心理語言學家迅速地將知覺上的不同連結到語言上的不同，邏輯學家可能會去挑戰這個普遍邏輯核心的宣稱，指出三值邏輯和其他不同的邏輯，並且去爭論邏輯的本質。比方說，有關古典理論和直覺理論間的爭論就是如此。因此，如果橋頭堡要有任何可信度的話，該論證必須被小心地處理。這個問題涉及到「概念架構這個觀念本身」〔這也是戴維森一本很有影響力的論文的名稱（1984）〕，以及到底有多少種不同的可能翻譯。要處理這個問題，我們需要接著去區分不同形式的相對主義。

相對主義的形式

讓我們暫時回到一開始有關知識的正面想法上，在這個想法下，這個世界靜待著科學家的發現，並且提供客觀的試驗去測試科學的假設。有關科學知識的宣稱必須與我們所觀察到的事實相吻合，或者，當它們超乎觀察時，至少得吻合邏輯的法則。因此，這樣的測試對於什麼是經驗上爲假、或者什麼是邏輯上不可能的這件事，並沒有什麼「相對性」可言。但這仍然讓相對主義在另外兩個前線上有明顯發揮的空間：道德的和概念的前線。此外，第四章中實用主義以及其他對實證主義的修正看法，也開放了一條道路給關於「觀察事實」及關於邏輯與真理客觀性的相對主義去走。

（1）道德相對主義

雖然道德相對主義不是本章的重要議題，但對道德相對主義有利的證據卻十分容易掌握。正如我們早先已經看到的，我們很容易去論證說，並沒有什麼可以用來測試道德信念真假的事實，不管它們是不是道德事實。道德信念應該彼此一致這個要求也不能用來限制它們。因此，道德信念在不同的人們、時代、與文化之間大不相同這個清楚的事實，似乎會導致相對主義。由於我們已經探討過這個問題，因而我將不會在這裡重覆地說明這一點。但有兩個一般性的重點值得在此再次強調。第一、除了對絕對和普遍的原則之外，道德相對主義者不需要是道德懷疑論者。主張說一個人在羅馬應該做羅馬人所做的事，在雅典應該做雅典人所做的事，或者主張說，你應該信守你所承諾的，而我應該信守我所承諾的，這些主張與相對主義是一致的。相對主義者可以是客觀主義者，雖然他們也可以不是。第二、信念的多樣性這個事實本身，並沒有證明任何事情。它並不證明說，每一個道德信念都是在客觀上爲假；也不證明說，每一個道德信念對贊成他們的人來說爲真。它甚至不證明說，沒有所謂最根本的道德信念，像關心父母的責任。當脈絡的差異被容納時，這些都是普遍的道德信念。因而各種版本的道德相對主義，不管多熟悉或多誘人，仍然有值得爭論的地方。

（2）概念相對主義

一旦我們承認經驗與邏輯不足以決定哪個對於世界的信念是理性的，我們就留下了許多的縫隙讓概念架構以不同的方式去起作用。各種文化對於事物應該如何被分類、被概念化、及應該如何整理經驗等等，在看法上是十分不同的。一些文化認爲這個世界上有樹的精靈，並且認爲暴風雨是天神發怒的結果，而其他的文化則致力於次原子的粒子和動力能量理論。西方人用空間、時間、因果、數目、行動者、個人等等範疇去組織他們的經驗，但這些範疇顯然不是舉世皆然，至少在細節上不是。其他的文化並沒有自我的概念，有些則似乎完全沒有人格等同的概念。即使在單一的文化內，概念上的深刻分歧也是常見的事；想想瀰漫於心靈哲學中有關自我、心靈、和身體的激烈爭論，或者在理論物理學中有關物質最終本質的激烈對峙，就可以明白這一點了。

概念在架構事實上十分不同，這是一個不能否認的事實。但是，正如同道德相對主義的情形，我們必須小心地處理這個事實。形式上來說，多樣性並不證明，沒有一個有關事物的根本次序、或有關人類心靈如何融貫於感官經驗的單一真理可以被尋求。因而，雖然邏輯實證論者否認傳統關於倫理客觀性的宣稱，並認識到科學概念多樣性的事實，但他們仍然認爲，有關於經驗的理性次序的不同宣稱，乃是競爭中的假設，原則上可以公開地接受經驗上的測試。即使概念多樣性會削弱我們自認爲對世界的知識，但它並不會強迫一個人去放棄絕對世界次序的想法，這個絕對的世界次序，讓我們這麼說吧，乃是像上帝所理解它一樣地存在著。

但我們早先對理論與經驗的討論可以提出下面這個更具挑戰性的想法：概念架構加強了，而非發現了世界次序在我們對世界的認知之上。讓我們回憶伊凡普理查所做的評論，阿贊德人並不能夠逃離他的信念之網，因爲「這是他唯一知道的世界」，並且因爲「這個網是構成他思想的材料，他無法認爲他們的想法會是錯誤的」。如果這樣的評論的確是真的，它會同樣適用於每一個「信念之網」之上，包括封閉伊凡普理查的網，也包括封閉我們的網。否則，阿贊德人可以藉著與伊凡普理查對話、聽英國國家廣播電台、或旅行國外去逃離這個網。如果，因爲概念架構不是一個「外在的結構」、而是一個「構成他思想的材料」，而逃離該網真的是不可能的話，那麼，概念相對主義將全面地勝券在握。

（3）知覺相對主義

是我們強加了，而非發現了，世界的次序這個宣稱，挑戰了任何這樣的預設：知覺帶給我們有關世界的、未經掩飾的客觀訊息。這個挑戰也可以赤裸裸地以有關語言與知覺的主張提出，此即人類學家所謂的沙皮亞—沃爾福假設：

> 在相當大的程度上，「真實的世界」是建築在群體的語言習性上。不同的社群所居住的世界是*不同*的世界，而非貼上了不同標籤的相同世界。我們之所以如此看、聽、經驗事物等等，那是因為我們社群的習性事先預定了對某些解釋的選擇。（沙皮亞，

1929。第 209 頁，斜線部分為沙皮亞所強調）

> 我們以自己語言中的劃線方式來切割自然。我們之所以從世界的現象中獨立出範疇和類型來，這並不是因為我們發現它們事實上是如此，不是因為這些事實對每個觀察者來說都昭然若揭；正好相反，世界所呈現給我們的是萬花筒般的流動印象，它們需要被我們的心靈加以組織起來——而這大致指的是我們心靈中的語言系統。（沃爾福，1954 年，第 213 頁）

之前，我們已經看到過，這個主張乃是另外兩個看法的一個成分：溫曲爭論說，「世界沒有鑰匙」（第 156 頁）；而孔恩則宣稱說，當典範轉移時，科學家就進入了一個不同的世界（第 84 頁）。如果這個主張是對的，「橋頭堡」論證就垮了，因爲，我們不能理所當然地認爲，不同的人對日常的事物會有著相同的知覺。

（4）真理相對主義

最極端形式的相對主義否認有任何事情是必然普遍的，即使是關於邏輯的事也是如此。正如溫曲所說的：「邏輯的標準並非上帝直接所賜的禮物，而是起自於生活方式和社會生活模式的脈絡，並且也只有在其中才可以被理解」（1958，第 100 頁）。如果設定何者可信的思想規則本身就是可以改變的，那麼，沒有認何有關其他文化的事情將會是可以「先驗地」被知道的。也許阿贊德人並沒有察覺到他們思想中的矛盾，而這是因爲，根據他們邏輯的標準，並沒有所謂的矛盾存在。

在此情形下，詮釋的工作包括：去發現在任何特定的文化中，思想融貫的區域標準實際上爲何。打個比方說吧，如果我們認爲我們關於否定、非矛盾的基本觀念、以及從「P」和「若 P 則 Q」到「Q」的推論，都是思想容貫的「堡壘」，那麼相對主義者的勝利將會在於攻下其他邏輯和準邏輯的關係。相信某個命題這件事，將不再自動地變成我們相信另一個命題的任何理由。某個人的信念之網中是否有任何的聯結在兩個信念之間這個問題，也將會完全變成經驗性的問題。

相對主義的限制？

很少有相對主義者抱持著上述所有形式的相對主義。舉例來說，馬克思主義者的主張——亦即，意識型態相對於經濟結構——並不意謂著說，經濟結構不是客觀的社會科學可以區別的真實基礎。類似地，當溫曲評論說，邏輯的標準並不是從上帝直接來的禮物時，他同時也補充說，各種邏輯在各自的社會生活模式中是可以被理解的。初步看來，這似乎建議說，在辨識區域性的邏輯標準之前，我們能夠知道社會生活的各種模式。

但溫曲也堅持說，社會世界只有從內部理解才有道理，而一般說來，「實在界並沒有鑰匙」。這個看法使得他採取一個較爲寬廣的、實際上全面性的相對主義。「生活的方式」包括用以判斷何物爲真實的分類規則，也包括用以判斷哪些信念和行動算是理性的推論規則。【亦見溫曲（1964）】然而，批評者這時可以反對說，他正是在以一種壞循環的方式去理解其他的文化。要發現宰制阿贊德人思想的規則，我們需要知道他們將巫術當作是真實的東西；而要發現後者，我們需要知道宰制阿贊德人思想的規則。知覺或邏輯都無法打破這個循環，因爲這兩者都是內在於我們試圖去穿透的生活方式當中。簡單地說，在知道什麼是在區域性的思想中是真實的之前，我們必須先知道什麼在區域性的思想中是理性的；而在知道什麼是在區域性的思想中是理性的之前，我們必須先知道什麼在區域性的思想中是真實的。

這是一般所知的「詮釋學的循環」的一個版本。這個循環的威脅，產生自詮釋學的詮釋本身。在從社會內部去理解社會世界時，我們或許會傾向於排除那些賦予不理性信念給社會的詮釋。但我們知道，「我們」認爲不理性的信念，從內部的角度來看可能是完全理性的。所以，我們也傾向於接受怪異的信念，並且以是否能夠讓這些看來怪異的信念變得理性作爲標準，去辨識區域性的理性標準。這聽起來像是一個好的進行方式，即使它是一個循環的方式。但這對我們是否能證立某一詮釋而非其他詮釋，卻有著相當大的威脅。所有的詮釋都可以被擊潰，其代價是將沒有任何一個詮釋能夠比其他的詮釋更能夠被證立。如果這的確是必須接受的結果，那麼，這個循環真的是一個壞循環，而從內部的詮釋學的詮釋則將會導致災難。

四種逃離的方式

如果完全的相對主義將導致壞循環，我們也許會傾向於拒絕詮釋學的詮釋本身。但這樣的做法，等於放棄了尋求作爲第一要務的意義層次上的恰當性。所以，也許這個問題並不是來自於這個根本的想法：這個世界必須從內部去理解它；而是來自於如何應用這個想法。我們注意到，一個通常被稱爲「寬容原則」的東西，其實在這裡起著作用。這個原則讓我們去假定：其他的心靈和文化在他們的經驗次序中都是理性的；而且它似乎蘊涵說，我們應該拒絕那些將它們當作是不理性的詮釋。

這聽起來像是一個好的忠告，尤其是當它阻止了我們有關西方理性優越性的種族本位想法時。但如果它讓我們寬容到不能證立任何一個詮釋的時候，顯然有些錯誤。以下是四種可能的逃離方式。

（1）第一種、同時也是對相對主義來說最不壓縮的方式，是去提醒我們自己說：理解是循序漸進的。上述的循環之所以會看起來如此的差，那是因爲當它被大膽地抽繹出來時，是從一序列小的進展抽繹出來的結果，而每一個小的進展都是根據比較優劣的權衡方式來進行的。詮釋者必須要慢慢地進行才對，而如果某個翻譯會導致對它自己的反例的話，詮釋者必須永遠準備對一個看起來有希望的翻譯作出修正。大致說來，猜測性的詮釋是逐步地導向更精確的詮釋。詮釋者可以任他所好地從某一個「橋頭堡」出發，但他必須了解，這個橋頭堡只是一個猜測，而且在必要時必須一次一步地修正其中的一部分或全部。

這是一個吸引人的忠告。但對我來說，它似乎預設了它所要否認的。如果我們認真地假定說，我們可能在最後發現，被探索的世界與我們所居住的世界並沒有任何一點相同的地方，如此一來，這樣的一小步仍然能夠進行嗎？反過來說，如果修正必須依賴於優劣的權衡，那麼，這樣的修正就必須依賴於不同文化間有夠多的相同之處，以便於進行這樣的權衡。否則的話，對於那些大膽到取消所有之前的詮釋的猜測，我們就沒有任何保證可以排除它們。寬容原則不應該被當作是允許任何人去相信任何事，它應該被認爲是在堅持說：有些理性的信念是所有人都抱持的信念。區域上的不同必須要有其限制。

（2）但這些限制是什麼？第二個逃避的方法是去說：在企圖將所有認知活動內化到生活方式的過程中，在這樣的內化過程裏，我們排除了自然世界以及自然科學。當天下雨時，相對主義者和我們其他人一樣會淋濕；一個人不能僅藉著改變語彙而讓自己不淋濕。這個逃避的方式是以這樣的方式來限制知覺相對主義：堅持說有一個外在於我們知覺建構的外在世界。這意味著使用某種形式的實在論—

—比方說知覺的因果理論——去建立起知覺判斷的基礎，並且以這個世界作為因果導致這些判斷的東西。這個逃避之道也許既能夠限制知覺相對主義，同時又能夠接受觀察總是預設理論的看法。也許我們能夠接受說「沒有概念的知覺是盲目的」，但卻不至於讓自然世界變成內化於文化中的東西。因此，正好與沙皮亞所說的相反，所有的人類都居住在相同的世界中，儘管這個世界被貼上了各種不同的標籤。

這個逃避之道同樣是很迷人的。但我懷疑它是否涵蓋了足夠的基礎去解決有關如何理解社會實踐的論證，而這些論證直覺上並非與自然世界有關。它並未碰觸到伊凡普理查的問題：如何將阿贊德人有關不可見的巫術世界的信念關聯到有關巫師、神諭和魔術力量的區域性本體論來。這個本體論是內在於阿贊德人的概念架構中的，即使阿贊德人會否認這件事。但這樣的社會實踐是客觀的社會事實，而阿贊德人的社會權力結構也同樣是客觀的社會事實。這些事實對那些陷在其中的心靈來說是合法且真實的事實。而就算它們會讓訪問地球的火星人感到困惑，這也絲毫無損於其真實性。

（3）第三種的逃避方式是採取兩階段的知識社會學，這樣的知識社會學叫我們首先從內部去理解信念之網，然後將這樣的理解固定在外在於該網的社會機構結構中。巫術、神諭和魔術都是社會實踐。要理解它們，我們需要一些有關於不可見世界的一致信念；然後，為了要解釋它們，我們需要一個對於阿贊德人權力結構的功能性說明。假設上，這樣的權力結構可以不必訴諸於有關巫師的信念來加以描述。因而，概念相對主義者只有在將概念架構關聯於有異於它們的社會結構時，他們對於概念架構的相對性看法才是正確的。

但要深入探討這個問題顯非本書所能及。這個想法對於下面這樣的自然主義者來說，有著相當強的吸引力：他想要賦予社會事實一定的真實性，該真實性既有別於心靈中的觀念，亦有別於物質世界中的物理力量。但它需要在這兩方面都加以辯護，而這對目前的討論來說，是太過複雜了。讓我只簡單地這樣說吧，我並不信服將社會生活切割成信念和社會結構這樣的想法。信念並非毫無根據地懸浮在半空中，而結構則是由具有自我意識的行動者所產生。由於角色扮演者推動著社會世界，因而將實際上融合在一塊的東西區分開來，這將會是一個錯誤。同時，如果我們讓理性信念的最基本標準有地區性的差別，對於消除這個差別所導致的任意性來說，第三個想法對此毫無助益。

（4）據此，第四個逃避之道乃是去再一次地斷言說：有些一致的想法是普遍的。用彼得・史陶生的話來說：

> 人類思想中有大量沒有歷史——或沒有記載在思想史上——的中央核心；某些範疇和概念的最基本的特性上從不改變。顯然地，這些東西並不是最精緻的思

> 想所特別產生的。它們在最粗糙的思想中也隨處可見；但它們是最複雜的人類概念裝備中不可或缺的核心。（1959，第 10 頁）

如果真的有這樣一個「大量的中央核心」，那麼，這樣的核心就能夠、也必須爲任何的研究者所預設，而如果擬想中的詮釋背離了這些核心，這樣的詮釋就應該被拋棄。這個核心究竟包括些什麼東西，這無疑是一個需要長久論證的事。但它的存在將對經驗研究範圍內的研究設下重要的限制，並保證了「橋頭堡」的論證。邏輯的標準也許是或不是來自於上帝的直接禮物，但作爲概念裝備中不可或缺的東西，這些核心思想乃是被任何企圖去對社會生活說出個一致道理的研究所預設的東西。

採取上述這些逃脫之道，也就是去高舉理性而去反對相對主義。但這四者同時也共同強調了：除了各種的相對主義之外，有關理性特性的爭辯也自有其空間；而這些就是我們目前所能夠說的了。

結論

> 在這樣的信念之網中，每一個信念之絲都依賴於其他信念之絲；由於這個世界是他唯一知道的世界，因而一個阿贊德人是無法離開這個網的。這個網並不是封住他的一個外部結構。這個網是構成他思想的材料，他無法認為他們的想法會是錯誤的。

對於意義層次上的恰當性、它如何與因果層次上的恰當性相關聯、以及它是否可以從壞循環中被拯救出來等等問題，我們至此究竟學到了些什麼呢？爲了要摘要本章的討論，我們將對伊凡普理查的信念之網的圖像再做一些最後的評論。由於這些評論反映了我對一個麻煩論題的個人看法，因而讀者們不防謹慎看待它們。

（1）這個網也許對一個阿贊德人來說是唯一的一個世界，但他至少在理論上可以逃離它的拘絆。不可能每一個文化都是完全地封閉的；否則的話，一個來訪的人類學家就無法追索這些信念之絲，並且用另外一個語言來描述它們。翻譯預設了共享的概念，這些概念是以相同的方式被應用在共享的經驗上。我認爲這是任何人知道語言 1 中的「X」同義於語言中 2 的「Y」的一個「先驗」形式條件。這個看法仍留下很多的空間，讓人們得以討論說我們所預設的東西到底是什麼，而且它也允許文化的豐富多元性。但它有效地否認了：理解的理想工具乃是一個——讓我們這麼說吧——單向的鏡子（或歷史學家的望遠鏡）。藉著假設共通的人性，理解「始自於」內部。這些切入口同時也是出口這件事，乃是文化變遷的一個重要成分。

（2）因此，一個阿贊德人仍然可以認爲自己的想法是錯的。他也許就像我們一樣，無法適應太劇烈的改變，而如果「橋頭堡」論證是正確的，有些信念會對修正來說是免疫的。但由不協調的經驗與概念而來的反省，將會使得信念之網一次一小點地重新編織起來。在事後看來，這些修正甚至可以累積到被視作是典範的轉移。這個網不是外部的結構，但它也不是靜態的。意義層次上的恰當性必須捕捉住該網的運動方向。

（3）然而，從另一個意義來說，一個阿贊德人不可能認爲自己的想法是錯的。「反省能夠摧毀知識。」這個口氣和緩的弔詭評論來自柏納・威廉斯的《倫理學與哲學的限制》一書（1985，第 148 頁），該評論的要點是：人們可以不用問太多的問題，便擁有有關社會和道德的方向感。荷馬史詩中的英雄知道他自己是誰及歸屬何方。他知道他在世界中的方向，而該世界中的角色和規範是由神祇所制定，人們則視爲理所當然。當它的後代試圖去證立這個世界的概念和道德基礎時，原先指引他們行爲的理由便失去了指引的力量。由於要求行動的理由，反省摧毀了實踐的知識。類似地，在阿贊德人中，如果他們的世界要持續下去的話，國王的神諭是不可被懷疑的。就這個意義來說，一個阿贊德人不可能認爲自己的想法是錯的。典範的轉移並不會迎接一個新的世界，但它需要一些新的人群和新的認同。

（4）相關地，這裡有一個「我們」是誰的問題。「橋頭堡」論證堅持說，「我們」有時候指的是全部人類。但在其他的時候，「我們」只是指其中的一個族群。在不同的脈絡下，「我們」可以是當代人、西方人、安格魯薩克遜人、哲學家、說英文的人等等。當用來反對有關真理和邏輯的相對主義的同時，這個論證並沒有反對有關於什麼構成不同族群認同的相對主義觀點。然而，該論證卻暗示說，我們不應該將人類分爲先現代、現代、和後現代。我們共同分享的理性超越了歷史的脈絡，並且對形上學和政治上的多元主義同時設下了一定的限制。

（5）如果「人類思想中有大量沒有歷史的中央核心」，那麼，是什麼事讓文化認同的差別成爲可能？我認爲，伊凡普理查對阿贊德人的封閉認同，追溯到了他們共同持有的「神秘觀念」。如果一個人想要堅持意義和信念之網的自治性，我認爲這是一個聰明的策略。自另一方面來說，它對於使用理性以作爲理解的認識論關鍵，則製造了一些問題。如果一個人將理性等同於科學方法和健全的推論，那麼，「神秘的觀念」就會被勾銷爲不理性。但如此一來，這些東西如何能夠從內部獲得理解？

（6）有趣的是，伊凡普理查在他稍後的書《努埃爾宗教》（1956）中採取了一個不同的想法。他不但不清楚區分科學與神秘，反而認爲所有的社會實踐都可以被看作是用來說明經驗的理性運作。科學的和宗教的思考在特性上仍然有所不同，但這兩者在某個意義下都是理性的，而這個意義下的理性最終與自然協調較有關，而與主宰自然較爲無關。因而，努埃爾人抱持了一個信念，該信念似乎可以被翻譯爲「雙胞胎是鳥類」。在這樣的翻譯下，伊凡普理查認爲它其實不是什麼神秘的非邏輯的東西、也不是用來晦澀地表達某些社會關係的面向。一旦我們知道雙胞胎就像空中的飛鳥一樣，特別受到上蒼神靈克沃斯的眷顧，我們就會發現這個信念是充分可以理解的。

（7）這似乎回答了神秘的觀念如何能夠被理解的問題，但它的代價是重開了詮釋學循環的威脅。伊凡普理查阻擋這個威脅的方法是力挺宗教的真理。《努埃爾宗教》一書以這些話作爲結束：

> 雖然祈禱者和犧牲是外在的活動，努埃爾宗教最終是內在的狀態。這個內在的狀態外顯於可觀察到的儀式，但它們的意義卻最後依賴於對上帝的意識、以及人們是上帝的眷屬而需屈從於祂的意志這些看法上。在這一點上，神學家從人類學家手上接下了研究的工作。

顯然地，早已接手了的神學家乃是追求真理的人。但社會科學家卻很少去接受一個人最終只能知道他相信爲真的事的這種看法。所以我在此提供一個較爲不極端的結論。從內部描繪一個世界的第一步驟就是去理解它的居民所相信的。當一個人相信某個信念既爲真又有良好的理由時，我們就不需要下一步了。有良好理由相信的錯誤信念，能夠以將它們關聯到「橋頭堡」信念的方式來加以理解。然而，壞的理由則需要一個因果層次上的解釋，該解釋補充了一個外在的結構以便於說明它們。因此，理性先佔據了重要的位置，而相對主義則是後來才出現。

（8）我們是從互相衝突的兩個想法開始出發的。其一是，由於不同的人居住在與我們的世界極爲不同的心智世界中，因而開放的心胸乃是理解的主要關鍵。另一個則是，除非我們能夠依賴於其他心靈基本上和我們一樣理性這個假設，否則我們既無法描述它們的區別，也無從證立某個作出的宣稱是正確的。我建議，這兩個想法都是對的，但後一個想法則較前一個想法優先。我們可以理解，爲什麼某些我們認爲不理性的信念會在其他人的眼中是理性的，但只有設定了相對主義的限制以後，我們才可以這樣地去理解。

第十二章

結論：兩個可以說的故事

有關於結構與行動的問題帶領我們跳了一支精緻的舞蹈。我們曾經希望能夠找到一將解決結構與行動問題的鑰匙。但當我們逐一試過系統、行爲人、行動者和「賽局」之後，這個探索變得好像圖 12.1 中圍繞著中央之柱的五朔節圍柱歌舞。

從第五章開始，我們首先嘗試了那將最不可信的鑰匙，亦即，社會結構外在於並優先於行動，並且完全決定了行動。這個看法是如此無視於人類的策略，以致於該舞蹈很快地就將我們帶到了左下的象限內，其中理性抉擇理論和賽局理論的行爲人作出行動，甚至可能也造成結構。

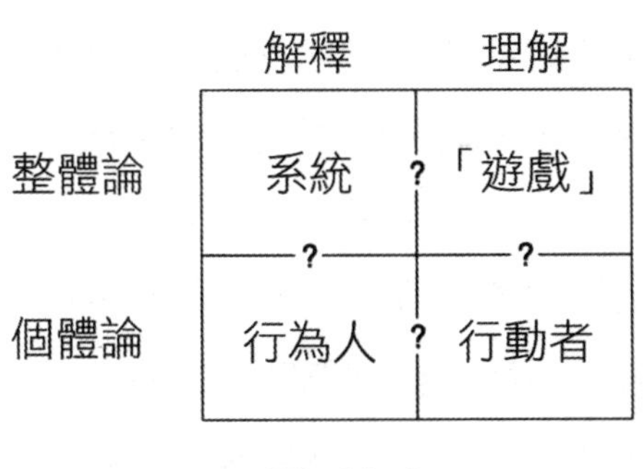

圖 12-1

但給定他們的偏好和內在計算機制，這些行爲人變得十分機械。難道他們不是非常創造性地去詮釋他們的情境、形塑他們的偏好、並控管他們的行爲表現嗎？如果我們認爲如此，那麼，我們就被帶到右下的象限內，其中行動者有著更豐富的品質的生活，而且他們的行動也有著主觀的意義。但當我們問說如何去理解這些意義的時候，我們開始了解，外在於每一個行動者，都有一些意義規則和規範性的期望架構。舞蹈於是繼續跳著，而且跳上了右上的「遊戲」方格內，以便於尋求某種互爲主觀的社會次序。這也許就是我們所想要的：一個完全由制訂性規則和規約性規則所織成的外在編織物，它能夠完整地說明社會行動。

但舞蹈不是到這裡就停了。即使這些「遊戲」和「生活方式」乃是開啓社會生活的鑰匙，而這些社會生活也只「意味」著自己而不意味其他東西，但它們並不是存在於自然的真空狀態中。它們真的是自我控制或自給自足的嗎？它們當然有各種的型態，而且會根據自然條件、物質的缺乏、和科技的物理狀態等等而演進。如果這些壓力等於決定了規則的系統，那麼我們就又回到的左上角方格的「系統」內部，因而準備再跳一個循環舞。如果我們不能在最終時停留在某一個單一的因素內，那麼，這個舞蹈就會一直循環地跳著；或者，如果你喜歡的話，以反方向跳著。當跳著五朔節圍柱歌舞時，跳舞的絲帶會越纏越短而且越纏越糾結，下一步也會越來越簡單，而且我們也就會越來越趨近中心點，此處每一個東西都連結於其他的東西，而且爲其他的東西所連結。

當越跳越緊密時，有些舞蹈者便跟著興奮起來，直到解釋和理解、整體論和個體論通通糾結在一起爲止。這個結果將會是一個無所不包的社會理論，其中結構乃是行動重製結構的媒介，而這個辨證性的發展則以動態綜合的方式演進著。其他的舞者，包括我自己，則會發現這種景象過於混亂而難以想像。但其他舞蹈停留在某一方格內的純粹終結方式，則如我們所見，似乎都十分可疑。它們的宣稱將或者只是獨斷的，或者依賴於柔軟地吸收頑強的成分，以致於該宣稱變得十分空泛。因此，假設上，我們似乎須要某些元素的結合，問題在於這樣的結合有著什麼樣的限制呢？

圖 12.1 所顯示的問題暗示了四種可信的結合。爲了讓全書首尾一貫，我們將逐一地討論它們，並將加上一些建議性的參考文獻，好讓讀者能進一步探討它們。我自己的估算是，將個體論和整體論混雜在一塊是比較可信的，而解釋與理解則似乎不容易結合起來。因此，在結尾時我們將會有兩個故事要說。由於不是每個人都會同意以下所說的事，因此，讀者應該小心看待下述的簡短評論。

我們將區分增加與混合這兩者。將兩個國家形成一個聯盟是一回事，將它們合併在一塊則是另外一回事。一般說來，當組成的元素間不衝突時，聯盟是比較容易的，但合併則讓人比較興奮。讓我們回憶一下分析層次的問題，當有多個層次時，我們可以問的是：是系統決定了成員的行爲呢？還是相反地，成員決定了系統呢？如果一個人拒絕這兩個純粹的選項，比方基於「你所處的位置決定了你的視野」這樣的理由，那麼，他可以有兩種想法。其一是去論證，官僚體制的行爲方式是受到它們如何被組織、以及工作在其中的人們所決定的，而這兩者是獨立的因素。另一則是去論證，官僚體系中的角色扮演展現了結構與行動間的複雜混合。第二個想法是比較讓人覺得興奮的，但它也比較困難些，因爲它需要一個全新的、有關社會行動者的混合說明。但第一個想法同樣有它的困難，尤其是當我們問說，是什麼東西宰制了官僚體系與個人間的互動的時候。

結合個體論與整體論

（1）系統和行動者？

理性抉擇理論和賽局理論中的理性行爲人（第五章）身處於自然的環境中。只要這意味著物理的地理環境，那麼這仍無損於理性行爲人的社會重要性。但如果這包括市場力量和供需法則，而我們又認爲這些是社會事實的話，那麼，單單是行爲人本身並不足以說明所有的事情。我認爲，一般的看法是：行爲人仍保有他們的獨立性。但是，當行爲人是給定一定偏好的機械計算者時，他們的獨立性至少是被有關於他們的偏好如何被決定的外部說明所威脅的。

當我們早先討論這個問題的時候，我們發覺，這個威脅對個人主義來說是相當難堪的，這裡有另外一個阻擋這個威脅的企圖，該企圖同時想要保持結構和行動間的區別。喬治·赫曼（1964）的〈將人類帶回〉一文，乃是企圖去反駁當時流行的、氣焰正盛的結構社會學的一篇文章。赫曼在該文中論證說，如果不以下面這些心理學的命題作爲佐助，任何結構社會學的解釋將不會有什麼豐碩的成果可言：

- 當人類知覺到一個行動愈有價值時，他們也就愈可能從事該行動。
- 當人類知覺到一個行動成功的報酬愈高時，他們也就愈可能從事該行動。

對赫曼來說，這些命題是如此地無可避免，以致於他補充說：「我現在懷疑，其實並沒有普遍性的社會學命題，也就是對所有的社會或社群都爲真的命題；可能有的普遍社會學命題其實都是心理學命題」。好吧，但以上的那些例子看起來都出奇地像是恆真句，而且它們當然會招致這樣的問題：是什麼東西宰制了人類對於價值和成功前景的知覺呢？這些帶回來的人類當然不能僅是一些鎖鏈，用以連結從一個結構狀態到另一個結構狀態的社會進步過程。

赫曼的心理學乃是強大的行爲主義形式下的理性抉擇理論，其中，行爲人的偏好乃是從其選擇的類型推論出來的。當我們早先考慮這個版本的主張的時候，我們那時看不出來，如果我們將行爲人看成是插入在社會系統中的電腦的話，這個版本如何能夠抵抗整體論的攻擊。所以，我們只好試著讓理性行爲人變得更有內省力，更不是他們偏好的犧牲者，以便於阻擋這個威脅，同時希望這樣做能夠對於說明規範的問題能夠有所助益。但這樣的做法卻將我們帶到了「理解」的領域。然而，這裡我們推論不出一般性的結論，因爲理性的選擇理論並不是「解釋個體論」的唯一一種形式。我們可以在心理學中尋找其他的形式，或者在心靈哲學和語言者學中尋求其他種有關行動概念的進一步分析。雖然理性抉擇理論是一個主要的理論，而且它所設下的限制對於社會科學來也有其特別的重要性，但本書並沒有證明解釋性但獨立於系統的個體論是不存在的。

如果「系統」和「行爲人」之間的聯盟讓人覺得不安，也許我們還是有將它們混合起來的方法。一個間接的策略是從理解那裡奪下角色扮演的概念，並賦予它一個因果性的分析。但這會導致這個最終的問題：解釋與理解的最後關係爲何？更直接一點的是，如果在圖 12.1 左方欄中問號所代表的東西毫無任何的地位可言，這也會是一件奇怪的事。大衛希樂・盧濱在《社會世界的形上學》一書中便給了這個主張一個很強的論證。作爲一個堅決的自然主義者，他論證，個體與社群間的關係不是部分與整體的關係。如果某個東西是一個整體的部分的一部分，該事物本身也會是該整體的一個部分。但人類個體是群體的一分子，而社會整體的一分子的一個分子卻不見得會是該整體的一個分子。因此，羅吉是法國的一個分子，而法國則是聯合國的一個分子，但羅吉卻不是聯合國的一個分子。盧濱的書是在對社會哲學中的整體論加以辯護。但是，由於他並不是想將個體化約為他們的社會特性，我認為他其實是在論證，我們在本質上是群體的分子，在這個意義下，它滿足了圖 12.1 左方欄中的問號。然而，這個觀點是不是可以在自然主義的架構中被採取，卻是進一步的一個重要問題。

（2）「遊戲」與行動者

當我們將注意力轉往理解時，將個體論與整體論混合起來，似乎比將它們當作獨立的聯盟要來得容易得多。社會的整體是互為主觀的，不能沒有社會行動者而獨立存在。反過來說，如果哲學上對於「個體同一」與「社會認同」的區分被接受的話，那麼，即使是一個純粹的自我，也必須在社會關係中展現出它自己。不管怎麼說，在第八章中所處理的角色扮演概念讓我們能夠混合遊戲與玩家，而一個類似的融合似乎涉及到這樣的概念，遵循一個規則，或至少部分是，在解釋該規則的過程中建構起該規則來。規範性的期望以作為行動理由的方式來帶動社會世界；沒有這樣的理由，就沒有社會世界。

我並不想假裝說，我們已經探討了「意義」是「社會生活與歷史世界所特有的範疇」一語的意思到達了一定的深度。哲學上來說，有關意義與語言的問題仍有許多令人困惑的地方，而在社會科學中，有關詮釋學途徑的邏輯蘊涵，也同樣有許多令人困惑之處。但我希望，我們已經發現了一些理由去認爲說：如果理解規範比解釋規範來得容易，那是因爲詮釋學讓我們比較容易看出，規範能夠讓行動者去表達他們自己。在理解欄位中的問號比較不讓人感到困惑，除了他心問題這個困難而無解的問題以外。

混合解釋與理解

（3）「遊戲」與系統

社會整體論堅決主張有社會事實，但就像涂爾幹一樣，該主張不確定應該將它們當作是客觀的事實呢（左上）？還是互爲主觀的事實呢（右上）？我們還沒有認真地處理這個問題，雖然對這個問題的討論可以用將下面這兩個觀點加以比較的方式來加以進行：（1）「物質生產力」乃是「法律與政治上層結構」的真正基礎（第一章中的馬克思），以及（2）一些支持「集體意識」的支配優勢的看法。如果我們對此問題沒有什麼進展，那或許是因爲我們對力量或權力這個概念還說了太少的緣故。但現在才開始對照自然力量，如毛澤東所說，是出自於槍桿子的力量，以及社會力量，控制那些它所控制的人的利益如何被表達、甚至如何被知覺的力量，已經是太晚了些。所以，讓我們僅簡單地推薦史蒂芬・路克斯（1974）的書，以作爲對這個主要問題的一個精緻研究的開始。

一般說來，上述兩種看待社會事實的方式要同時並存似乎有些困難。早先的時候，爲了要調停自然主義與詮釋學間的戰爭，我們曾經試著去同意說，社會世界必須在第一步時從內部來看待。但這樣的停戰協定並沒有延伸的太遠。當詮釋學藉著辨認構成與控制社會的規則去重新建構社會世界的時候，自然主義者們耐心地等待著。然後自然主義者們開始著手解釋，爲什麼機構會在某個歷史的時刻採取它們當時的形態。詮釋學陣營似乎只好反駁說，這樣的解釋本身進一步依賴著某種互爲主觀的社會事實；因而這些用來解釋的項目同樣屬於由居民從內部建構的世界，同樣需要被理解。這個停火協定很快就瓦解了。

這個爭執也可以在一個比較抽象的層次上被進行，也就是將它當作是有關於自然主義可能的爭執。我們一直將自然主義當作是一個雙面的主張：一方面是關於科學所調查的、具有獨立且客觀特性的世界的本體論主張，另一方面則是關於科學方法的整合與客觀性的方法論主張。這兩種主張都容易受到詮釋學的攻擊。如果實際上並不存在著理論中立的事實的話，那麼，堅持說世界是獨立於研究者的說法，就會變得很困難，除非我們採取一個高階的觀點。在此觀點上，研究者可以往後站一步，以便於檢視包括他自己在內的、低階的世界。但這個做法會遭惹上帝看待這個包含我們自己在內的世界的方式，是人類所無法理解的這種評論。這個評論並不會堵住自然主義者的嘴，但是會讓他們忙著去回防。

方法論上的主張則會招惹這樣的評論：科學是一種人類的機構，而且就像所有其他的機構一樣，也都需要從內部去理解。科學無疑包括了如何到達客觀結論的規則；但這些規則同樣是社會性的，而且結論的客觀性也是內在於它們所達到的過程。這樣的說法同樣不會堵住自然主義者的嘴，就像我們在第十一章所說明的，因爲它蘊涵了一種非常強的相對主義的攻擊，而我們能夠以指出這樣的相對主義是自我擊潰的方式來化解該攻擊。在此，我將不會進一步再討論這些複雜的問題。

自另一方面來說，我們已經發現了一些間接的理由去讓我們認爲，這些爭論的人也許是想要和解。他們面對著一個共同的敵人——個體論。許多的機構有兩個不同的面相。比方來說，天主教義可以被看作是一組信念，展現在它的儀式和經文中，但它也可以被看作是在許多社會生活中一種具有組織的社會力。從教皇以降，天主教教庭中的職務都有這些精神的和世俗的雙重面相。表面上看起來似乎是精神的面相在意義的層次上操作，而世俗的面相則在因果的層次上操作，因而使得整體論者的辯論顯得格外重要。然而，只要不同層次的說法說得通，仔細反省之後，我們不難看出這兩個面相其實在這兩個層次中都在操作。如何操作？一個現成的答案是，這兩者在佔據這些職位的人身上都聚集在一塊。比方來說，一個教區的神父並不是一個碰巧皈依了天主教、在社區中佔據權勢社會地位的一個人；他也不是一個碰巧有一群社會人要去牧養而且心靈聖潔的兩腳獸。他的羔羊和他們的神父間有著社會關係，而神父的神職則帶給他世俗的權力。教堂中的社會世界乃是社會行動者的世界，就好像市場中的社會世界是社會行動者的世界一樣。

這兩種的整體論需要團結起來以抵禦個體論的入侵。它們的回覆是，教會的權力並不是其成員個別能力的總和。如果它們的回答是同聲一氣的，那麼我們就有了一個滿足上方問號的立場。但是，就我所能看到的，這兩種整體論的差別其實很大。這兩種的整體論無論在本體論上、方法論上、或認識論上都有些不同調的地方，每一種相較於另一種來說，對於它們的某些入侵者都有一些更類似的地方。基於一些在簡短評論第四個問號後所會得到的理由，我懷疑這種較爲長久的聯盟是否有可能。

（4）行為人與行動者

對於有興趣於行動理論的哲學家來說，這個結合可能是最令人心動的。難道我們不能將社會世界中的「理性的傻瓜」，如同阿馬提雅・孫一篇十分挑戰性的論文篇名所稱呼的，代之以這樣的人嗎。他們藉著混合了策略性的理性抉擇、睿智地完成他們的角色、以及對道德關懷的開放心胸等思維，去判斷自己該如何從事某個行動？我們在第八及第九章中努力讓經濟人和社會人的概念變得可理解。但它們仍然反映了我一個很勉強的看法，認爲這兩者間還是有些不盡吻合之處。似乎它們之間仍然存在著兩個很固執的差異點，這兩點挑戰了一個單一的實踐理性理論的希望。

首先，理性行爲人以行動回應他們的慾望和信念。他們當然還是有空間去重新檢視他們的信念，以便於檢修邏輯上不一致的、或缺乏證據的信念。他們藉著所謂慎思的理性程序去檢修它們，這個程序的重要性與特性往往爲下面這個命題所遮蔽：理想的理性行爲人擁有完美的訊息和完美的計算機。但是，他們的行動實際上是由他們的慾望所引發，而我們最多只能將「理性行爲人有既定的偏好」這個想法加以軟化。不能軟化的堅硬核心部分仍在於，即使是對修正後的經濟人來說，偏好的作用方式仍然像一個人的口味一樣，而且最終只能用預期的報酬來加以代表。雖然心靈哲學提供了其他不同的、我們尚未探討過的、有關於實踐理性的說明，但放棄了這個核心部分等於就是放棄了這整個的釋模。然而，緊握這個釋模的代價，卻是使得反省性的自我指導以及規範性、或道德的約定毫無空間可言。角色扮演的行動者在這方面的表現就好得多。但行動者所需要的實踐理性理論卻與行動者所需要的實踐理性理論不相容。這樣的不相容是很難化消的——不管你怎樣去處理下面這個想法：角色扮演者不僅在解釋角色時同時建構角色，作爲一個人，他們還同時可以從他們的各種角色中退後一步來冷靜觀察。這個想法當然威脅著去將規範性的約定和道德性的約定撕裂開來，但它同時也讓「理性行爲人」再也無法回到理論中來。

因此，其次，我們有兩個不同的、關於理性的重新組構的概念。其一將我們的行動重新組構成自我控制個體的工具性的理性抉擇，並將任何規範性的、或表達性的元素當作是對行爲人所知覺到的、對報酬的影響。另一則是將我們的行動重新組構爲明智地順服於所玩的遊戲規則，此處「遊戲」一詞的特殊意義使得玩家們不再是自我控制的個體。與此相關的是，讀者們應該注意到，確定單稱詞「個體單位」和複數詞「玩家們」之間的對比。後者明確標出了「行爲人」與「行動者」間的區別，也反映了我們有關「互爲主觀是否優先於主觀」這個問題的一個沒結論的討論。這個討論之所以沒結論，與規範性約定與道德性約定間一個無解的緊張關係有關，這些問題都不涉及到理性行爲人這樣的東西。

就像我們談到整體論時一樣，我們也可以懷疑說，是否這兩種的個體論者可能結合起來，以抵抗整體論的入侵。理性行爲人仍然受到來自於對他們的偏好作出結構性解釋的威脅，而理性的行動者則受到將他們吸收入他們所體現的社會實踐的威脅。但對我而言，這兩種個體論間的頑強差異似乎暗示著說，每一個版本的個體論相較於另一個版本來說，對於某種的整體論反而都有一些更類似的地方。

但也許還有兩種「對角式」的結合方式：系統結合行動者與遊戲結合行爲人。不過，在我看來，這兩種的結合方式都是不可能的。要將系統與行動者結合起來，我們必須將社會事實既看作是外部的、限制性的系統，也看作是讓行動者能夠自我定義的主觀意義的總和。這樣看待社會事實的方式似乎是不連貫的。試著去結合「遊戲」與行爲人，則有較大的空間；比方來說，我們可以試著去解決規範的問題，同時讓理性抉擇理論保有良好的樣子。我們先前曾經試過這樣的做法，不過沒有成功。我建議，基於認爲行爲人與行動者不可能調解的相同理由，將「遊戲」與行爲人結合起來也同樣會失敗。

這個結論如果被接受的話，似乎有利於本章一開始圖 12.1 中央的大規模綜合。任何看了圖 12.1 的人似乎都有一種立即的衝動想去建議，真理就在舞蹈結束時的正中央。我的確見到了這樣的吸引力。但我的看法仍然是，該圖的中央代表一個黑洞，所有的社會理論和社會哲學都會被吸入到其中，並且消失得無影無蹤。

主題與問題

所以，仍然有兩種故事可以說。由於自然主義與詮釋學仍然在本體論、方法論、和認識論上有著爭執，解釋與理解因而依然固執地對立著。讓我們歸結一下本書的各種主題。

競爭中的本體論所涉及的是社會世界和它的成員。這兩個故事彼此可以同意說，這個社會世界是經過一定程序所建構起來的，該程序塑造了社會行動或者被社會行動所塑造。就某個意義下來說，社會世界是巧思下的產品，而重點則在於就哪個意義。自然主義者通常心中的想法是一種演化過程，該過程使得蜜蜂和蜂巢長期彼此互動地去修改蜂巢，甚至修改蜜蜂。當然，人類比蜜蜂來得更複雜些，而且由於來自於行動者慾望與信念的系統性壓力的緣故，說明這個演化的過程也需要訴諸於複雜的人類心理學。由於這個心理學不能避免糾纏於像思想與語言間關係這樣的問題，它的確會是相當繁複的，除非我們有像理性抉擇理論這樣的捷徑。然而，到終了，「大自然只是使用同一個麵糰，但不同的酵母而已」。最後的故事內容是，從旁觀者的超然角度來看，社會生活如何屬於自然世界的故事。

適合於詮釋學的本體論則對於「社會世界是一種巧思下的產品」這個想法，有著不同的推斷。社會世界是從意義所建構起來的巧思產品。在某些版本的詮釋學中，這些意義是如此地公有，以致於它們幾乎有自己的生命，隨著歷史展開的節奏而逐漸成形。我們沒有探討過這樣宏大的意義觀，但我們曾經試探過這樣的想法，社會機構和社會實踐受到「生活方式」所宰制，而後者則沒有什麼可以進一步說明的地方。其他版本的詮釋學則讓我們——個別地或集體地——成爲自己的主宰者，成爲自己生命與社會生命的製造者。在這種版本中，由於人類的生活以及其歷史世界是極其特殊的，大自然因而並非只使用相同的一塊生麵團。

方法論上來說，這兩個故事都能夠以「如何從內部去理解行動」作爲開始。但它們很快就分手了。在某一點上，自然主義者或者會引入所謂的解釋性的因果描述，或者會堅持說，這個解釋性的因果描述其實是從頭到尾都在進行的。想要聽完整的詮釋學故事的人，則會拒絕這兩種做法。我們很難去仲裁它們之間的爭執到底誰對誰錯，而這至少是因爲我們還缺乏一個一致同意的、有關自然主義的因果解釋的緣故。如果我們早先對於實證科學方法論的苛責被接受了，那麼，大致上我們仍然有以下兩條不同的路子可以走。一條是去追求看看，接受了「不存在不預設理論的事實」會有什麼樣的邏輯蘊涵或結果。這條路或許會將我們導向實用主義及第四章中所說的；或者會將我們導向一個我們尚未檢視過的心理學的說明，說明爲什麼我們會認爲某些種類的因果描述相當地具有說服力。另一條路是去堅持實在論和科學方法，認爲它們可以讓我們從被解釋的現象中，推論出可以解釋它們的隱藏原因。仲裁的裁判只能評論說，面對這樣的分歧，我們歡迎社會科學家用已經建立起的教條無負擔地從事他們的研究。

我們曾經利用這個特權去探討有關理性重新建構的不同想法，最初從理性抉擇理論、與將行動分析為規則依循這兩個清楚且互相競爭的想法出發。但我們後來試著依序將它們與自省的、自我監控的行動者相調和，並因而打破了它們之間明確的對立。這讓我們留下許多哲學上及方法學上可以思考的空間。特別是，哪一種對於約定、以及約定如何與行動的理由相關聯的分析，最能夠提供我們一個豐碩的成果？哪一個關於實踐理性的分析最能夠與策略性選擇、規範性期望、以及個體的判斷等等相關聯在一塊？

就認識論上來說，我們還有很長的路有走。實證科學至少可以訴諸於經驗主義的知識論，來將基礎建立在我們的直接經驗上，並使得能夠以觀察的方法來判斷其假設是否為假。如果我們放棄了傳統對於知識基礎的信念，我們就不清楚將會發生什麼事。在本書中，到目前為止，實在論者看起來是如此令人無法容忍的獨斷，而實用主義者又是如此令人擔心的柔順。同時，詮釋學途徑卻仍然還在與下面這些問題艱苦奮戰：指出理性的重建如何能夠提供一個認識論上可以被辯護的方式，以便去處理其他心靈的問題，及提供一個逃離詮釋學循環的方法。

這些聽起來都像是在公開邀請相對主義入主中原。看起來，我們所有的東西似乎都只是對地區性的、歷史上特殊文化的描述、因果說明和詮釋，這些東西挑戰了發現一個後設描述、並據以作出判斷的企圖。但這並不是我們所想要作出來的結論。本書第十一章想要說明的正是這個結論會是一個災難，而這個災難來自於某種自我擊潰的相對主義。就此而論，適當的結論是，認識論上我們還必須做一些漫長的來回研究，檢討每一種與研究和發現真理方法的歷史特殊性有關的論證，然後回頭重新決定如何回答「知識如何可能」這個超驗的問題。

同時，以下是由圖 12.1 所引發的四個摘要性的問題：

- 社會生活遊戲中的玩家，能夠一致地同時被看作是規則依循者和抉擇決定者嗎？
- 我們應該採取「行動理由即其行動原因」這樣一種的實踐理性理論嗎？
- 爲了要讓社會事實說得通，我們需要優先於心理學或外在於自然科學的概念嗎？
- 是否有某種的決定論是社會科學最好去接受的？

最後，我懷疑，當康多塞說「知識、力量和德行是以不可鎔解之鍊緊緊地綑綁在一塊的」的時候，他所說的是否正確。有些連結的確已經造成。自然主義者會評論說，對自然的知識，包括對人類和自然的社會部分，會帶給我們主導與控制的力量。雖然大部分的自然主義者還會補充說，知識是倫理學上中立的，但仍然有些自然主義者會去爭辯倫理學的客觀性、以及自我知識與德行間的關係。在房子的另一邊，理解和塑造生活的力量，則被構成與規範社會生活的規則緊緊地綁在一塊。許多詮釋學家會補充說，規範性的期望與道德責任無關。但這樣的說法可能是低估了，用查理士・泰勒一本很有啓發性的書名《倫理的確實性》作爲社會科學主題與在當代社會中的重要性。於用自治這個概念去連結美好的生活、自由的公民、以及正義社會的規範這件事，我並不感到悲觀或絕望。

如果有所謂終極智慧的話，本書並未能達到這樣的智慧。本書只是一個較爲謙遜的研究，其精神可以用艾略特在《小吉丁》一詩中所說的來加以說明：

> 我們不應該停止探索
>
> 雖然一切探索的終點
>
> 終究回歸當初的出發處
>
> 但這仍是全新的體驗

參考書目

Allison, G. 1971. *Essence of Decision*. Boston: Little, Brown.《決定的本質》

Ayer, A.J. 1936. *Language, Truth, and Logic*. London: Gollancz. 《語言，真理與邏輯》

Bacon, F. 1620. *First Book of Aphorisms*. In J. Spedding *et al.*, eds., *The Great Instauration*, London, 1857-59.《警語》

Barnes, B. and Bloor, D. 1982. 'Relativism, Rationalism and the Sociology of Knowledge.' In Hollis and Likes, eds., 1982. 《相對主義，理性主義與知識社會學》

Berger, P. 1963. *Invitation to Sociology*. Harmondsworth: Penguin Books.《社會學導論》

Beveridge, W. H. 1942. *Social Insurance and Allied Services*. London: HMSO (Cmnd 6404). 《社會保險及其相關服務》

Black, M. 1990. *Perplexities: Rational Choice, the Prisoner's Dilemma and Other Puzzles*. Ithaca: Cornell University Press. 《困惑：理性抉擇，囚犯兩難與其他難題》

Bloor, D. 1976. *Knowledge and Social Imagery*. London: Routledge and Kegan Paul. 《知識和社會意象》

Bohman, J. 1993. *New Philosophy of Social Science*. Cambridge, MA:MIT Press.《新社會科學哲學》

Braybrooke, D. 1987. *Philosophy of Social Science*. New York: Prentice-Hall. 《社會科學哲學》1990. 'How Do I Presuppose Thee? Let Me Count the Ways: the Relation of Regularities to Rules in Social Science', *Midwest Studies in Philosophy*, vol.15, pp. 80-93

Bunge, Mario. 1996. *Finding Philosophy in Social Science*. Yale University Press. 《找出社會科學中的哲學》

Colman, M. 1995. *Game Theory and its Application in the Social and Biological Sciences*. Oxford: Butterworth Heinemann. 《賽局理論與其在社會科學與生物科學中的應用》

Condorcet, M. de. 1795. *Sketch for a Historical Picture of Progress of the Human Mind*. Trans. J. Barraclough. London: Noonday Press.《人類心靈發展的歷史圖像概說》

Davidson, D. 1984. 'On the Very Idea of a Conceptual Scheme.' In *Inquiries into Truth and Interpretation*. Oxford University Press.《真理與詮釋的探究》

Davis, M. D. 1984. *Game Theory – A Non-Technical Introduction*. New York: Basic Books. 《賽局理論—非技術性簡介》

De George, R. 1983. 'Social Reality and Social Relations', *Review of Metaphysics*, vol. 37, pp. 3-20. 〈社會實在與社會關係〉

Descates, R. 1637. *Discourse on the Method*. In E. Haldane and G. Ross, eds., *Philosophical Works of Descartes*. Cambridge University Press, 1911. 《談方法》

1641. *Meditations on First Philosophy*. In E. Haldane and G. Ross, eds., *Philosophical Works of Descartes*. Cambridge University Press, 1911. 《行上學沈思錄》

1644. *The Principles of Philosophy*. In E. Haldane and G. Ross, eds.,《哲學原理》 *Philosophical Works of Descartes*. Cambridge University Press, 1911.

Dilthey, W. 1926. *Gesammelte Werke*, ed. B. Groethuysen. Stuttgart: Teubner Verlag. 《狄爾泰全集》

Durkheim, E. 1895. *The Rules of Sociological Method*. New York: The Free Press, 1964. 《社會科學方法之規則》

1897. *Suicide: A Study in Sociology*. London: Routledge and Kegan Paul, 1952.《自殺：社會學研究》

1898. 'Individualism and the Intellectuals', trans. S. and J. Lukes. Political Studies, vol. 17, pp.14-30.〈個體主義與知識分子〉

1912. *The Elementary Forms of the Religious Life*. London: George Allen and Unwin, 1915. 《宗教生活的基本形式》

Edgeworth, F. Y. 1881. *Mathematical Physics*. London: Kegan Paul. 《數學物理》

Elster, J. 1984. *Ulysses and the Siren* (rev. edn). Cambridge University Press. 《尤利西斯與賽壬》

1985. *Making sense of Marx*. Cambridge University Press《理解馬克斯》

1989(a). *Nuts and Bolts for the Social Science*. Cambridge University Press.《社會科學的工具箱》

1989(b). *The Cement of Society: Studies in Rationality and Social Sciences*. Cambridge University Press.《社會鞏固：

理性與社會科學研究》

Evans-Pritchard, E. E. 1937. *Witchcraft, Oracle and Magic among the Azande*. Oxford: Clarendon Press. 《阿贊德人的巫術、神諭和魔法》

1956. *Nuer Religion*. Oxford University Press. 《努埃爾宗教》

Fay. Brain. 1996. *Contemporary Philosophy of Social Sciences: A Multi-Cultural Approach*. Oxford: Basil Blackwell.《當代社會科學哲學：多元文化取向》

Feyerabend, P. 1975. *Against Method*. London: New Left Books. 《反方法》

Flyvberg, B. 2001. *Making Social Science Matter: Why Social Enquiry Fails and How it can Succeed Again*. Cambridge University Press《社會科學的重要：爲何社會調查會失敗與社會調查如何再次成功》

Fontenelle, B. de 1686. *The Plurality of Worlds*, trans. (1688) J. Glanvill. London: Nonsuch Press, 1929. 《多樣世界》

Frankfurt, H. 1971. 'Freedom of the Will and the Concept of a Person.' *Journal of Philosophy*, vol.68.〈自由意志與人的概念〉

Friedman, M. 1953. 'The Methodology of Positive Economics.' In *Essays in Positive Economics*. University of Chicago Press. 〈實證經濟學的方法論〉

Gauthier, D. 1986. *Morals by Agreement*. Oxford University Press.《約定下的道德》

Gauthier, D. and Sugden, R., eds. 1993 *Rationality, Justice and the Social Contract*. Hemel Hempstead: Harvester Wheatsheaf.《理性，正義與社會契約》

Giddens, A. 1979. *Central Problems in Social Theory*. London: Macmillan. 《社會理論的中心問題》

Gilbert, M. 1989. *On Social Facts*. London: Routledge《論社會事實》

Habermas, J. 1967. *On the Logic of the Social Sciences*. Trans. S. W. Nicholson and J. A. Stark. Cambridge, MA: MIT Press. 《論社會科學的邏輯》

Hacking, I. 1999. *The Social Construction of What?* Cambridge, MA: Harvard University Press《社會建構了什麼？》

Hahn, F. 1980. *Money and Inflation*. Oxford: Basil Blackwell. 《貨幣與通貨膨脹》

Hahn, F. and Hollis, M., eds, 1979. *Philosophy and Economic Theory*. Oxford University Press. 《哲學與經濟理論》

Hargreaves Heap, S., Hollis, M., Lyons, B., Sugden, R., Weale, A. 1992. *The Theory of Choice: A Critical Guide*. Oxford: Basil Blackwell. 《抉擇理論：批判式導引》

Harsanyi, J. 1955 'Cardinal Welfare, Individualistic Ethics and Interpersonal Comparisons of Utility.' *Journal of Political Economy*, vol. 63.〈基本福利、個人倫理與人際功利比較〉

Hobbes, T. 1651. *Leviathan*, ed. J. Plamenatz, London: Fontana, 1962; ed. R. Tuck. Cambridge University Press, 1991. 《巨靈》

Hollis, M. 1968. 'Reason and Ritual.' *Philosophy* pp.231-47. Reprinted in B. Wilson, ed., 1971, and A, Ryan, ed., 1975. 〈理智與儀式〉

1996. *Reason in Action: Essay in the Philosophy of Social Science*. Cambridge University Press. 《行動中的理智：社會科學哲學論文》

1998. *Trust Within Reason*. Cambridge University Press. 《理智中的信任》

Hollis, M. and Lukes, S., eds., 1982. *Rationality and Relativism*. Oxford: Basil Blackwell.《理性與相對主義》

Hollis, M. and Smith, S. 1990. *Explaining and Understanding International Relations*. Oxford: Clarendon Press. 《國際關係的解釋與理解》

Homans, G. 1964. 'Bringing Men Back In'. *American Sociological Review*, xxix, No.5, pp.809-18. Reprinted in A. Ryan, ed. 1975.〈將人類帶回〉

Hookway, C. 1988. *Quine*. Cambridge: Polity Press. 《蒯因》

Hughes, J. and Sharrock, W. 1997. *The Philosophy of Social Research*, 3 rd edn. London: Longman. 《社會研究哲學》

Hume, D. 1739. *A Treatise of Human Nature*, ed. L. A. Selby-Bigge. Oxford: Clarendon Press, 1978. 《人性論》

1748. *Enquiries Concerning the Human Understanding*, ed. L. A. Selby- Bigge. Oxford: Clarendon Press, 1975. 《人類悟性探索》

International Labour Office, 1976. *Employment Growth and Basic Needs: a One-World Problem*. Geneva: International Labour Office.《就業成長與基本需求：單一世界問題》

James, S. 1984. *The Content of Social Explanation*. Cambridge University Press.《社會解釋的內容》

James, W. 1890. *The Principles of Psychology*. New York: Dover Books, 1950. 《心理學原則》

Kant, I. 1781. *The Critique of Pure Reason*, trans. N. Kemp Smith. London: Macmillan, 1929. 《純粹理性批判》

1785. *The Groundwork of the Metaphysic of Morals*. Trans. H. J. Paton under the title of *The Moral Law*. London: Hutchinson, 1953. 《道德形上學的基礎》

1788. *The Critique of Practical Reason*. Trans. L. W. Beck. Cambridge University Press, 1949. 《實踐理性批判》

Keynes, J. M. 1936. *The General Theory of Employment, Interest and Money*. London: Macmillan. 《就業、利息和貨幣通論》

Kincaid, H. 1996. *Philosophical Foundations of Social Sciences*. Cambridge University Press. 《社會科學的哲學基礎》

Kuhn, T. 1970. *The Structure of Scientific Revolutions*, second edition. University of Chicago Press. 《科學革命的結構》

Lakatos, I. 1978. *The Methodology of Scientific Research Programmes*. Cambridge University Press. 《科學研究綱領方法論》

La Mettrie, J. O. de. 1747. *L'Homme machine*. Trans. G. A. Bussey, under the title of *Man a Machine*. La Salle: Open Court, 1912. 《人即機器》

Lewis, D. 1969. *Convention: A Philosophical Study*. Cambridge, Mass.: Harvard University Press. 《慣例：哲學研究》

Lipsey, R. E. 1963. *Introduction to Positive Economics*. London and New York: Harper and Row. 《實證經濟學導論》

Little, D. 1991. *Varieties of Social Explanation: An Introduction to the Philosophy of Social Science.* Oxford: Westview Press. 《社會解釋的多樣：社會科學哲學簡介》

1992. *Understanding Peasant China: Case Studies in the Philosophy of Social Science.* New Haven, CT: Yale University Press. 《理解中國農民：社會科學哲學中的案例研究》

Lukes, S. 1973. Durkheim – His Life and Work. London: Allen Lane《涂爾幹—平生與著作》

1974. *Power: a Radical View.* London: Macmillan.《權力：激進觀點》

Lyas, C. 2000. *Peter Winch.* Chesham: Acumen Publishing.《彼得・溫曲》

Lynch, M. 1997. *Scientific Practice and Ordinary Action.* Cambridge University Press. 《科學活動與日常行動》

Macpherson, C. B. 1962. *The Political Theory of Possessive Individualism.* Oxford University Press. 《佔有性個人主義的政治理論》

Martin, M. and McIntyre, L., eds. 1994. *Readings in the Philosophy of Social Science.* London: MIT Press. 《社會科學哲學選讀》

Marx, K. 1852. *The Eighteenth Brumaire of Louis Napoleon.* In Karl Max and Fredrick Engels: Selected Works, vol. q. Moscow: Foreign Languages Publishing House, 1962. 《路易斯拿破崙的霧月十八日》

1859, Preface to *A Contribution to the Critique of Political Economy.* In T. B. Bottomore and M. Rubel, eds., *Karl Marx: Selected Writings in Sociology and Social Philosophy.* London: Penguin Books, 1963. 《政治經濟學批判》

Mill, J. S. 1843. *A system of Logic.* London: J. W. Parker. (Book VI, edited by A. J. Ayer, London: Duckworth, 1988). 《邏輯體系》

1859. *On Liberty*, ed. M. Warnock. London: Fontana, 1962. 《論自由》

1863. *Utilitarianism*, ed. M. Warnock. London: Fontana, 1962.

《效益主義》

Morrison, K. 1995. *Marx, Durkheim, Weber*. London: Sage. 《馬克斯，涂爾幹，韋伯》

Nietzsche, F. 1887. *The Genealogy of Morals*. New York: Doubleday, 1956. 《道德系譜學》

O'Neill, John, ed. 1973. *Modes of Individualism and Collectivism*. New York: St. Martin's Press. 《個體主義與集體主義的形式》

Papineau, D. 1978. For Science in Social Science. London: Macmillan《社會科學中的科學》

Parsons, T. 1951. *The Social System*. Chicago: The Free Press. 《社會系統》Phillips, D. C. 1996. *Holistic Thought in Social Science*. Stanford, CA: Stanford University Press. 《社會科學中的整體論想法》

Pleasants, N. 1999. *Wittgenstein and the Idea of a Critical Social Theory*. London: Routledge. 《維根斯坦與批判社會理論的看法》

Popper, K. 1945. *The Open Society and its Enemies*. London: Routledge and Kegan Paul. 《開放社會及其敵人》

1959. *The Logic of Scientific Discovery*. London: Huntchinson. 《科學發現的邏輯》

1960. *The Poverty of Historicism*. London: Routledge and Kegan Paul. 《歷史主義的貧困》

1969. *Conjectures and Refutations*. London: Routledge and Kegan Paul. 《臆測與拒斥》

1972. *Objective Knowledge*. Oxford University Press. 《客觀知識》

Potter, G. 2000. *The Philosophy of Social Science – New Perspectives*. London: Longman. 《社會科學哲學—新觀點》

Przeworski, A. and Teune, H. 1970. *The Logic of Comparative Inquiry*. New York: Wiley and Sons. 《比較研究的邏輯》

Quine, W. v. O. 1953. 'Two Dogmas of Empiricism'. In *From a Logical Point of View*. Harvard University Press, 1961. 〈經驗主義的兩個教條〉

Rawls, J. 1971. *A Theory of Justice*. Oxford University.《正義

論》

1993. *Political Liberalism*. New York: Columbia University Press. 《政治自由主義》

Robbins, L. 1932. *An Essay on the Nature and Significance of Economic Science*. London: Macmillan. 《經濟科學的性質和意義》

Romp, G. 1997. *Game Theory – Introduction and Application.* Oxford University Press. 《賽局理論—導論與應用》

Rorty, A. 1982, 'Method, Social Science and Social Hope'. *In Consequences of Pragmatism.* Brighton: Harvester.〈方法，社會科學和社會期望〉

1987. 'Non-reductive Physicalism.' In K. Cramer, ed., *Theorie der Subjectivität*. Frankfurt: Suhrkamp, PP. 278-96. 〈非化約式物理主義〉

Rosenau, P. M. 1992. *Post-Modernism and the Social Sciences*. Princeton University Press. 《後現代主義與社會科學》

Rosenberge, A. 1995. *The Philosophy of Social Science* (2nd edn). Boulder, CO: Westview Press. 《社會科學哲學》

Rowntree, B. S. 1901. *Poverty: a Study of Town Life*. London: Macmillan. 《貧困：城鎮生活研究》

Ruben, D.-H. 1985. *The Metaphysics of the Social World*. London: Routledge and Kegan Paul. 《社會世界的行上學》

Ryan, A. 1970. *The Philosophy of the Social Science*. London: Macmillan. 《社會科學哲學》

Ryan, A. ed. 1975. *The Philosophy of Social Explanation*. Oxford University Press. 《社會解釋哲學》

Samuelson, P. 1963. 'Problems of Methodology – A Discussion.' *American Economic Review*, vol. 52, pp.232-36.〈方法論的問題—討論〉

1964. 'Theory and Realism – A Reply'. *American Economic Review*, vol.54, pp.736-40. 〈理論與實在論—回應〉

Sapir, E. 1929. 'The Status of Linguistics as a Science.' *Language*, vol. 5. 〈語言學作爲一個科學的地位〉

Schelling, T. C. 1960. *The Strategy of Conflict*. Cambridge, Mass: Harvard University Press.《衝突策略》

Searle, J. 1995. The Social Construction of Reality. Harmondsworth: Penguin Books. 《社會建構的實在》

Sen, A. K. 1977. 'Rational Fools.' *Philosophy and Public Affairs*, 6, pp.317-33. Reprinted in Hahn, F. and Hollis, M. eds., 1979 and in Sen, 1982.〈理性傻瓜〉

1982. *Choice, Welfare and Measurement*. Oxford: Basil Blackwell《選擇、福利和量度》

1995. 'Rationality and Social Choice', *American Economic Review*, vol.85, pp.1-24. 〈理性與社會抉擇〉

Shubik, M. 1982. *Game Theory in the Social Science*. Cambridge, MA: MIT Press. 《社會科學中的賽局理論》

Singer, D. 1961. 'The Level-of-Analysis Problem in International Relations.' In K. Knorr and S. Verba, eds., *The International System: Theoretical Essays*. 〈國際關係中的分析層次問題〉Princeton University Press, pp.77-92.

Skinner, Q. 1985. *The Return of Grand Theory in the Human Sciences*. Cambridge University Press. 《人類科學重返巨型理論》

Strawson, P. F. 1959. *Individuals: An Essay in Descriptive Metaphysics*. London: Methuen. 《個體：論描述式行上學》

Taylor, C. 1964. *The Explanation of Behavior*. London: Routledge and Kegan Paul.《行爲解釋》

1991. *The Ethics of Authenticity*. Cambridge, Mass.: Harvard University Press.《真實性的倫理》

Townsend, P. 1979. *Poverty in the United Kingdom*. London: Allen Lane.《英國的貧困》

Turner, S. 2000. *The Cambridge Companion to Weber*. Cambridge University Press. 《劍橋指南：韋伯》

Wallace, W., ed. 1969. *Sociological Theory*. London: Heinemann. 《社會學理論》

Weber, M. 1904. *The Methodology of the Social Sciences*. Glencoe: Free Press, 1949.

1922. *Economy and Society: an Outline of Interpretative Sociology*. Berkeley: University of California Press, 1978. 《社會科學的方法論》

Whorf, B. L. 1954. *Language, Thought and Reality*. Boston: MIT Press and New York: Wiley. 《語言，思想與實在》

Williams, B. A. O. 1985. *Ethics and the Limits of Philosophy*. London: Fontana Books. 《倫理學與哲學的限制》

1995. *Making Sense of Humanity*. Cambridge University Press. 《理解人性》

Williams, M and May, T. 1996. *Introduction to the Philosophy of Social Research*. London: UCL Press. 《社會研究哲學導論》

Wilson, B. ed. 1971. *Rationality*. Oxford: Basil Blackwell. 《理性》

Winch, P. 1958. *The Idea of a Social Science and Its Relation to Philosophy*. London: Routledge and Kegan Paul. 《社會科學之理念與哲學的關係》

1964. 'Understanding a Primitive Society.' *American Philosophical Quarterly*, wol.1, pp.307-24.〈理解原始社會〉

Wittgenstein, L. 1953. *Philosophical Investigations*. Oxford: Basil Blackwell. 《哲學研究》

索引

A

B

C

F

G

H

I

J

K

L

M

N

O

P

T